JN015385

皆川博子随筆精華Ⅱ
書物の森への招待

皆川博子
日下三蔵 編

河出書房新社

皆川博子随筆精華 II 書物の森への招待

目次

第一部　ミステリ　009

第三部　海外文学／コミック／現代文学／ノンフィクション　177

第四部　幻想／SF／ホラー　253

皆川博子随筆精華Ⅱ
書物の森への招待

装画　新倉章子
装丁　柳川貴代

第一部　ミステリ

少年探偵団（江戸川乱歩全集第二十三巻）

江戸川乱歩

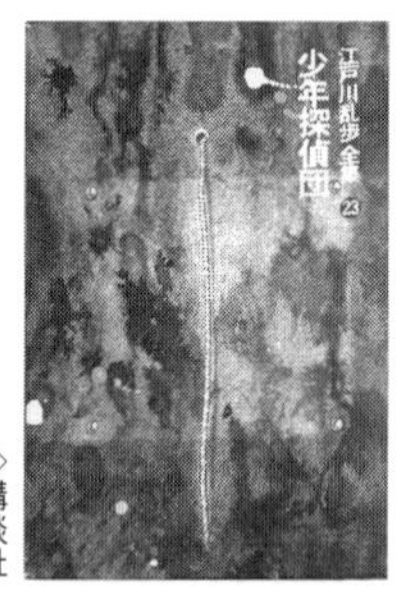

◇講談社
◇一九七九年四月

反転の美学

〈乱歩〉という言葉は、独得の意味あいを持つ。〈乱歩〉は、固有名詞であるにとどまらず、耽美、怪奇等々、乱歩の作品が持つすべての特質を包含する。

横溝正史の初期の短篇「舌」は、アセチレン灯がにおう薄暗い夜店で、壜詰めの舌を売っている話である。

乱歩についての一文に正史をもち出したのは、ほかでもない、この不気味な露店をのぞいた客が手にしたのが、一冊の古本、著者の名は江戸川乱歩、そうして、これがその客にとってはじめての乱歩との出会いであったとしたら、彼は何と倖せな〈乱歩〉の読者だろう、ということを言いたかったまでである。

幼時に何らかの乱歩体験を持った人は、かなり多いのではあるまいか。たしかに、〈乱歩〉を知ることは、一つの体験なのだ。

日常が崩壊し、昼の光の下では醜であるものが、闇に照らされて美に変貌してゆくという、奇怪な反転現象を体験することになるのである。

そのもっとも極端な例の一つが、「蟲」であろう。（常用漢字では「虫」だが、これはぜひ「蟲」であってほしいのだ。「虫」では、字面がかるがるしすぎて、バッタが一匹とびはねているようではないか。）

厭人癖のある孤独な男――この主人公の性格には、乱歩自身が投影されている――が、恋する女とその相手の情事をのぞき見する場面は、こうである。

〈それらのあらゆる幻惑の中で、柾木愛造を最も引きつけたものは、不思議なことに、彼女のふくらはぎに、ちょっとばかり、どす黒い血をにじませた、掻き傷の痕であった。（略）彼の眼の前に異様に拡大されてうごめく、まぶしいほどつややかな薄桃色のふくらはぎと、その表面を無残にもかき裂いた、生々しい傷痕の醜さとが、怪しくも美しい対照をなして、彼の眼底に焼きついたのであった〉

主人公柾木の窃視願望は執拗である。女が逢いびきするとき、必ず隣室に泊り込み、〈どの家の壁にも、一つずつ小さな穴を〉あけて行くのである。

穴は絢爛たる悖徳の闇への通路である。彼の眼にうつるのは、前述の場面では、たかが、女のひっかき傷のあるふくらはぎである。

それが、狭い穴からのぞき見るという行為によって、異様なものに変形する。

まず、巨大化する。つややかさは、いっそうその度合を増す。ふくらはぎを対照的に美しくすることによって、醜い傷痕もまた、魔性の美を付与される。

醜の美への反転がもっとも衝撃的な力を持つのは、後半である。柾木は恋人を絞殺し、土蔵にその死体と共に閉じこもり骸（むくろ）を愛撫する。

その骸は、このように描写される。

〈……だらしなくひらいた唇のあいだから、美しい歯なみと舌の先がのぞいていた。（略したくないが、紙面の都合で略）非現実なロウソクの光がからだ全体に無数の柔かい影を作った。胸から腹の表面は、砂漠の砂丘の写真のように、蔭ひなたが、雄大なるうねりをなし、からだ全体は、夕陽を受けた奇妙な白い山脈のように見えた。気高く聳（そび）えた嶺つづきの不可思議な曲線、滑かな深い谷間の神秘なる陰影……〉

そうして、骸は、しずかにおごそかに、しかも官能的に、腐敗してゆく。

死後硬直の起きた軀（からだ）は、〈ある種の禁制の生人形（いきにんぎょう）のようで、決して醜くなかったばかりか、むしろ異様になまめかしくさえ感じられた。〉

しかし、骸は腐敗がすすむ。

〈……仔細に見ると、もう眼がやられていた。白眼の表面は灰色の斑点でほとんど覆い尽され、黒眼もそこひのように溷濁（こんだく）して、虹彩がモヤモヤとぼやけて見えた……〉

〈少しむくんだ青白い肉体が艶々しくて、海底に住んでいる、ある血の冷たい美しい動物みたいな感じがした。〉

骸は、更に壮絶に変化してゆく。〈……おびただしい屍斑(しはん)であった。不規則な円形をなした、鉛色の紋々が、まるで奇怪な模様みたいに、彼女のからだじゅうを覆っていた。〉

柾木はくずれゆく美をくいとめようと、死体を彩色する。そうして、破局がくる。

〈からだがゴム鞠のようにふくれたために、お化粧の胡粉(ごふん)が相馬焼みたいに、無数の亀裂を生じ、その網目のあいだから褐色の肌がきみ悪く覗き、顔も巨大な赤ん坊のようにあどけなくふくれ上がっていた。……〉

私が、タブーをおかす不安、おののきと共に乱歩を体験したのは、小学生のときだった。大人の本を読むことを厳禁されていた。そのなかでも、乱歩は、さわってもいけない本のように言われていたのである。祖母の家の離れに『現代大衆文学全集』が揃っており、私は、かびくさいその部屋にこもっては、背を丸めて読みふけった。何事にも寛大で甘い祖母が、乱歩を読んでいるところをみつけたときだけは、怖い顔でとりあげた。

そういうなかでかくれ読みするのだから、その味はかくべつ蠱惑(こわく)的であった。醜と美の価値観が逆転する世界は、たしかに、子供には知らせられないものだったのかもしれない。同じ全集で読んだ『落花の舞』だの『敵討日月双紙(かたきうちじつげつぞうし)』などは、ああ、おもしろかったですむけれど、乱歩は、読後いつまでも何かねばっこいものがまといつき、子供のころ、私は、乱歩は嫌いで、好きだった。

最近、チリの作家ドノソの『夜のみだらな鳥』という長篇を読んだ。千枚を超える物語のなかで、オブセッションにとり憑かれた独白者の妄想が増殖し、分裂し、時間と影像と平面は混乱し、読む者は不条理の闇の中で窒息する。『アンダルシアの犬』等で日本にも熱狂的なファンを持つ映画監督ルイス・ブニュエルが絶讃している。

この物語を読みながら、私は〈乱歩〉を連想していた。

『夜の……』には、畸形の集団があらわれる。それが『孤島の鬼』や「踊る一寸法師」などを連想させたのだろう。また、あらゆる体孔(たいこう)を縫いふさがれたインブンチェ（妖怪の一種）を模して頭だけを出して麻袋の中に縫いこめられる主人公に「芋虫」のイメージが重なる。

長大で錯綜をきわめる『夜の……』から畸形に関する部分だけとり出すと、次のようになる。

名門でありブルジョアである政治家に畸形の子が生まれる。父親はその子供を閉ざされた館に住まわせ、彼の周囲を国中から集めたあらゆる種類の畸形で固める。館のなかでは畸形が正常となり、正常が不具とみなされる。美と醜が逆転した世界を作りあげるのである。

『孤島の鬼』のかたわらに『夜の……』をおいたとき、同じように畸形を素材とし、怪奇な世界を描きながら、日本とヨーロッパの体質のちがいがみえてくる。木と石。湿と乾。情と非情。

乱歩の小説は残酷で怖ろしいと一口に言われるが、この対比物を置くと、残酷さ怖ろしさのかげに、意外なほど、哀しさ、やさしさが透けてみえる。

怪奇、耽美、残酷、といった形容詞が、常に乱歩に献じられる。

同じ形容詞を持つヨーロッパの作家、マンディアルグやハンス・ヘニー・ヤーン等と対比しても、乱歩の湿った哀しさが顕著になる。

ヤーンに「水中芸人」という短篇がある。見物人の投げ与える小銭を水中にもぐって拾い生活の資にする黒人たち。その中の精悍な美貌の若者を〈わたし〉は熱愛する。若者は船のスクリューにまきこまれ、腹部を切断されて死ぬ。若者の骸への〈わたし〉の執着。男色とネクロフィリア、流血の美しさ。

乱歩の世界に共通の嗜好であるが、ヤーンがみせてくれる世界は硬質である。

乱歩の作品にただようやさしさ哀しさは、大正、昭和初期という時代の投影もあろうが、また、日常からの攻撃にひっそり耐えるものの悲哀といえるかもしれない。先にあげた海外諸作家の作品には、日常性、正常性に迫害される哀しさはない。それ自体が、堅牢な石造建築なのである。

サーカスのジンタ。夜店のアセチレン灯のにおい。

乱歩の一冊に、薄暗い露地の夜店ではじめてめぐりあう人は、しあわせなのだ。

再録・『江戸川乱歩』（新文芸読本）河出書房新社、一九九二年四月

緑衣の鬼（江戸川乱歩推理文庫18）

江戸川乱歩

◇講談社
◇一九八九年四月

妖しきは乱歩体験（乱歩と私）

いまでも古本屋で時たま見かけるが、昭和の初期に平凡社から発行された『現代大衆文学全集』というのがあった。

暗い鉄色の表紙に金で模様を押した装丁で、一冊が千ページあまり、背の厚みが四センチ以上ある分厚い本だった。

活字は大きく、しかも総ルビなので、子供にもたやすく読める。私がその全集を無我夢中で読みふけったのは、小学校の三年、四年のころだった。

吉川英治『鳴門秘帖』『神変麝香猫』、国枝史郎『八ヶ岳の魔神 その他』、本田美禅『御洒落狂女』、矢田挿雲『澤村田之助』、大佛次郎『照る日曇る日』、小酒井不木『恋愛曲線 その他』、更には、紅はこべを下敷にした『落花の舞』やら『砂絵呪縛』『敵討日月双紙』……。

いずれも、読む者の心に妖しい毒を注ぎこむ物語群が、ずらりと取り揃えられていた。

まして、八つ九つの、いわば幼年期である。実際以上に、毒の刺激は強かった。

その上、それらの〈大人の本〉は、手を触れることさえ、親に厳禁されていた。人目をしのび隠れ読むスリルは、毒の陶酔力を倍加させた。

祖母の家の、そのころまだ独身だった叔父の部屋の、高い棚の上にそれらは並んでいた。叔父の部屋は離室（はなれ）であり、叔父は昼間は学校に行って留守だから、しのびこむのに都合がよかった。一人で祖母の家に遊びに行っては、何をおいても、まず、少し埃（ほこり）くさい、離室に閉じこもるのだった。

大正デカダンスの名残りが大衆よみものにも、その挿絵にも、濃密にしみこんでいた。男も女も、細い眉の下の眼は黒ずんだ翳（かげ）りを帯び、黒い血を流していた。

その妖しさは、子供向けの挿絵にさえひそんでいた。頽廃の翳濃い伊藤彦造の絵は、当時の私の大のお気に入りだった。山口将吉郎の絵は、清冽で凜々（りり）しいのが特徴だけれど、やはり、一瞬後に流されるであろう血の凄艶美を予想させる危うさがあった。

話がそれた。鉄色の表紙のよみものに戻ろう。その中の一冊に、とりわけ禍々（まがまが）しく恐ろしいものがあった。短篇集である。

「踊る一寸法師」「パノラマ島奇談」「屋根裏の散歩者」「鏡地獄」「二銭銅貨」「心理試験」「闇に蠢（うごめ）く」……。

乱歩の、今にして思えば、傑作中の傑作群が、その一冊に集結していたのだった。

しかし、読み終るたびに、私は後悔するのだった。

おだやかな陽の射す部屋が、森閑と冥(くら)みを帯び、ちりけもとがぞくぞくし、一寸法師が血のしたたる首を弄(もてあそ)ぶ絵が眼裏から消えず、禁忌を犯した罰はてきめんで、こんな怕(こわ)い本、二度と読まない、手にも取らない、と決意するのだけれど、次のとき、また、手は江戸川乱歩の一冊にのびている。一寸法師の絵だけは見まい、あの話は読むまい、と思いながら、蛇の眼に魅入られた小動物が、じりじりと引き寄せられるように、ページを開いているのだった。

そのころ、母の知人の家に、絵を習いに行っていた。小学生のことだから、本格的なデッサンなどではなく、五、六人の子供が集まり、写生も時にはするけれど、自由画の方が多くてたのしかった。その家に、乱歩の全集が揃っていた。

乱歩の全集があるということが、私には不思議だった。私の家では、〈江戸川乱歩〉は、名前を口にしてもいけないような雰囲気だったのである。

大人の目をかいくぐり、苦労して、私は全集の中の数冊をぬすみ読んだ。全冊読みとおす前に、絵の稽古は中止になった。

『現代大衆文学全集』には載っていない長篇を読んだのはこのときで、『孤島の鬼』を読んだ戦慄は、忘れがたい。

怕いばかりではない。異様な哀しさがあった。

思えば、あの恐ろしい踊る一寸法師にも、その他の多くの乱歩の物語にも、哀しさは沈潜していたのだった。

凡庸な世の規範からはずれた気質を、どうしようもなく身に備えて生まれついてしまったものの哀しみであろう。

後年、岩田準一の『本朝男色考』を繙いたとき、乱歩の文章が二篇、序文として載せられているのに接した。

岩田準一は、乱歩が鍾愛した年若い友人である。〈交りをはじめて少したつと、お互に同性愛について興味を持っていることがわかり、昭和二、三年頃から、両人の同性愛文献あさりがはじまった。二人つれ立って、よく古本屋廻りをやったものである。東京だけでなくて、名古屋や京都の古本屋へも行った。京都の醍醐三宝院で有名な「稚児の草子」を見たときも、二人いっしょであった。〉と、乱歩は記している。

国文学の素地のある岩田準一は、収集した厖大な文献をもとに、同性愛の史的研究書『本朝男色考』の執筆にとりかかる。世間からとかくエロ・グロ扱いされがちなこの研究を、乱歩は力をこめて称揚している。

五つ六つ年下のこの友人と旅し、語らうとき、乱歩は心からくつろいでいたようだ。

二人が巻いた歌仙、それも名づけて「衆道歌仙」が、この序文には披露されている。

青葉して細うなられし若衆かな　乱
夜な〳〵蛙きいて伽する　準

道中は御葛籠馬で乗り掛けて　準
村の舞台に匂ふ前髪　乱

〈袖笠に落ち行く月の野中道〉と乱歩が詠めば、
〈女郎花には裾もぬらさじ〉と、準一は応じる。おそらく、二人は、意の通いあう微笑をかわしたことであろう。

寺の名も朽ちて髑髏のひとり棲み　準
おどろの闇に冴ゆる振袖　乱

このころ――昭和十五、六年――、乱歩は通俗探偵小説を書くのに倦み果て、人を避け、家を外に放浪していた。その旅に、準一が同行したこともあるのだろう。歌仙を巻いたのは旅の宿でか、帰京の後かわからないけれど、〈以下三、四句は両人だけに分る楽屋落なり〉と註して、

若衆ざかりをくすむ湯の宿　乱
（中略）
いけどりし青衣童子は消えもせず　乱
天狗一口何のものかは　準

などとあるのを見ると、旅の宿での二人の、のびやかな戯れようが、目に浮かぶ。

岩田準一は、空襲が烈しくなってきた昭和二十年二月、四十四歳で病没している。準一の研究は、昭和五、六年、雑誌に連載されたものの、単行本にはならず、原稿は散佚していた。また、戦前のことで、皇室に関する部分は全部伏字になっていた。乱歩はそれを惜しみ、『人間探求』という雑誌に、伏字も埋めての再録をすすめ実現させた。

そういう細やかな面倒見のよさが、海外ミステリを紹介し、後輩を引き立て、ミステリの隆盛に力をつくした、戦後の大乱歩に通底するのだろう。

この『江戸川乱歩推理文庫』は、全六十五冊の一つ一つに、〈乱歩と私〉のエッセイが付くという。実に多数の人が、何らかの〈乱歩体験〉を持っているわけだ。私もまた、埃くさい離室で、ちりけもとをぞくぞくさせながら読みふけった幼時を、いま、なつかしく思い出している。

明智小五郎事件簿Ⅰ
「D坂の殺人事件」「幽霊」「黒手組」「心理試験」「屋根裏の散歩者」
江戸川乱歩

◇集英社文庫
◇二〇一六年五月

明智小五郎、探偵デビュー

いかにも変わり者で、頭がよさそうで、探偵小説を読むのが好き。棒縞の浴衣を着て、変に肩をふって歩く。

それが、大正十三年（一九二四年）、「D坂の殺人事件」で探偵小説界に初めて登場した明智小五郎でした。後に少年探偵団を率いて怪人二十面相を相手に大活躍する頼もしい明智探偵とはだいぶイメージが違います。モジャモジャの髪の毛を引っかき回すのが癖で、いつも木綿の着物によれよれの兵児帯という姿は、戦後、金田一耕助に引き継がれていますね。

日本のミステリ界を牽引した江戸川乱歩の作品集は何度も刊行されていますが、全十二巻にわたるこの文庫シリーズは、明智小五郎の事件発生順に編纂するという興味深い構成になっています。

探偵が論理的に思考し、意外な犯人を指摘するいわゆる本格ミステリは、エドガー・アラン・ポーが一八四一年に著した「モルグ街の殺人」をもって嚆矢となすと言われています。ポーはほかに、「盗まれた手紙」で隠したい物は逆に目につくところにさりげなく置くという型を編みだし、「黄金虫」では冒険小説の要素と共に暗号解読を主眼としています。同時に、「アッシャー家の崩壊」「黒猫」「赤き死の仮面」など幻妖怪奇の傑作を数々著してもいます。

筆名からも明らかなように、江戸川乱歩はポーに心酔していました。

乱歩が執筆を始めるようになった大正末期、大衆が読み物に求めるのは、毒気にみちた刺激の強い作でした。

大正という時代が、頽廃的、浪漫的、情緒的である一方、社会主義運動が盛んになるという両面を持っていました。貧富の差は激しく、農村では貧困のために娘を売らねばならぬほどなのに、都会は享楽の場が賑わい、猟奇趣味が流行し、高等遊民と呼ばれる男たちが、ぞろっぺえで浅草あたりを散策しているのでした。昭和の初期にもその雰囲気は揺曳しており、川端康成が『浅草紅団』で鮮かに描写しています。

そのころの日本の探偵小説は、乱歩の先輩の大家小酒井不木にしても、「恋愛曲線」「メデューサの首」など、推理の要素は全くない、グロテスクなものが大半でした。小酒井不木医学博士は、海外の探偵小説を数多く日本に紹介した功績で讃えられるべき人物です。

乱歩が最初に発表した小説「二銭銅貨」は、当時の風俗を活写しながら、暗号解読を主眼とするみごとな本格ミステリでした。これには明智小五郎は登場しませんが、〈南無阿弥陀仏〉の六文字を用いた暗号を解読する松村武は、その数作後にデビューする明智小五郎であっても、いっこうに違和感はありません。

『新青年』の編集長として海外の名作を日本に紹介してきた森下雨村に認められ、乱歩は同誌に短篇を掲載するようになります。

「D坂の殺人事件」の明智小五郎は、おそらく日本で初めての、論理で犯罪を解明するデュパン型の探偵でした。記述者の〈私〉と探偵役という、デュパンに始まりホームズに引き継がれる〈本格ミステリの型〉を、「二銭銅貨」以来、乱歩は著し続けてきました。「D坂……」では、目撃者の証言の信憑性が問われています。

二人の学生が、犯人らしい男を見ている。その着物の色を、一人は黒だと言い、もう一人は白だと、正反対なことを言う。そのために、語り手の〈私〉から明智小五郎その人が疑われる羽目になる。

人間の観察や記憶のあてにならないことを、明智小五郎は、海外の例をあげて〈私〉に説明します。これは乱歩の該博な知識をあらわしてもいます。

目撃者の証言があてにならないということを、私自身経験しています。数年前、腰痛の激化から入院する羽目になったときでした。検査のために病室をあけており、戻ってきたら看護師さんに「お見舞いの方がみえています」と告げられました。入院早々で、家人のほかは誰もそれを知らないときでしたから、誰だろうと不思議に思いました。

「背の高い、身なりの立派な、眼鏡をかけた男の方でした」

まったく思い当たる節がありません。入院時の付き添いは娘がしてくれたので、連れ合いはまだ病院にきてはいませんでした。見舞いにくる男性といえば連れ合い以外にいないのですが、当時すでに九十に近く、背は曲がり、杖がなくては歩けない状態です。白内障の手術をしたおかげで、眼鏡はかけないですんでいました。

「検査中ですと申し上げたら、売店に行かれました」

じきに、色褪せたセーターに着古した背広をひっかけた老人が、右手に杖、左手にレジ袋を提げてよろよろと部屋に入ってきました。連れ合いでした。看護師さんの証言はすべて正反対でした。

私が初めて明智小五郎に出会ったのは、この文庫にも収録されている諸作によってでした。

戦前、小学校の二、三年のころ（昭和十二、三年）叔父の部屋に『現代大衆文学全集』（平凡社）という〈読んではいけない大人の本〉が揃っていて、せっせと盗み読みしました。

大正から昭和初期にかけての日本の大衆小説は、いけないものを読んでいる、と自覚せざるを得ないものばかりでした（前記小酒井不木の不気味な短篇群も、この全集で読みました）。その中でも江戸川乱歩は、飛び抜けて〈いけないもの〉でした。

明智小五郎の探偵物だけではなく、「鏡地獄」だの「人間椅子」だの、嗜虐被虐、怪奇妖異の濃厚なオーラを存分に漂わせる短篇がぎっしり詰まっており、筆名も旧字の亂歩でしたからいっそう禍々しく、「踊る一寸法師」ときたら挿絵が恐ろしくて、二度と読むまいと思いながら、ついまた手を伸ばしてしまうというふうでした。その毒こそが乱歩の魅力だと、後に思うようになりましたが。

同じころ改造社の『世界大衆文学全集』も内緒で読み漁っており、こちらにはドイルのホームズやガボリオのルコック探偵が入っているので、和洋の探偵物を併読していたのでした。ルコック探偵は、推理要素はほとんどありません。

どちらも総ルビですから、子供でも難なく読めます。こんな面白いものを読むなというのは、ケーキをずらりと並べた棚を見せびらかしながら、食べるな、というようなものです。

昔読みふけった本の内容はほとんど忘れ、あるいは間違った記憶を持っていますが、八十年にもなろうという昔に読んだ「D坂……」の棒縞と障子の格子、そして同じ『江戸川亂歩集』に収録されていた「心理試験」「屋根裏の散歩者」は記憶に食い込んでいました。

暗号を解読する「黒手組」を、内容どころかタイトルまでまったく憶えていなかったのは、乱歩にしては毒気が少なかったからだろうと、今回再読して、思いました。

「心理試験」と「屋根裏の散歩者」は、スタイルからいえば倒叙になります。

心理試験を受ける犯人の狡猾さと、結果に齟齬を見出し犯人を追いつめる素人探偵明智小五郎のやり方はたいそう斬新で、驚きをもって読んだのでした。

知識欲旺盛で、海外の出版物を小説から論文にいたるまで広く渉猟していた乱歩は、犯行の動機をドストイェフスキーに学び、心理学者ミュンスターベルヒの著作に想を得て、この傑作を書き上げたそうです。

大正十四年、「心理試験」を総タイトルとした短篇集が春陽堂から刊行されたとき、小酒井不木が、絶賛の辞を寄せています。欧米に劣らぬ本格探偵小説の作家が日本にいないことを憂えていた不木の、社交辞令ではない、心の底から迸る歓びが溢れこぼれる長文です。

〈エドガア・アラン・ポオが探偵小説の鼻祖であるとおり、わが江戸川乱歩は、日本近代探偵小説の鼻祖であって、従ってこの創作集は日本探偵小説界の一時期を画する尊いモニュメントということが出来るであろう。〉と締めくくっています。

今、この序文を読みながら、新本格と呼ばれる方々が作品を発表するようになったときの、鮎川哲也先生の歓喜を思い重ねました。本格推理が息絶え絶えであった時期に、若い方たちが、人工的な小説を排除する世評などものともせず好きな物を書いて世に問い、広く熱く読者に受け入れられたのでした。

江戸川乱歩の作の魅力を、不木は〈日本刀のニオイ〉と表現しています。

「屋根裏の散歩者」は、日本家屋の構造を巧みに用いた傑作ですが、埃臭い天井裏を這いずり覗き見を堪能する犯人に、乱歩の好みが如実にあらわれてもいて、それがこの作を、「人間椅子」と並んで一読忘却不能な物にしています。

明智小五郎はやがて、怪人二十面相と対決するヒーローとなって、子供たちを魅了します。

探偵小説――推理小説――の魅力を世に伝え広め、後続のミステリ作家を育成した大乱歩は白玉楼に移られましたが、明智小五郎は、不滅の探偵であり続けることでしょう。

いつかあなたが
南條範夫

登場人物に少しの甘さもないミステリ

昔の家には、大黒柱があった。ひとかかえもありそうな、重厚、堅牢な柱である。たいがい、欅（けやき）などでできている。欅は、信頼のもてる樹である。こういう柱のある家は、床板も、磨きぬかれて、木肌の底から艶がにじみ出ている。木口とほぞが寸分の狂いもなく噛みあい、嵐にあおうと小ゆるぎもしない。安っぽい合板や接着剤などは、どこにも使われていない。柱も床も壁も、陽の光を吸い、闇を吸い、歳月の重みを吸いこんでいる。だから、手を触れると、暖かみと冷徹さを同時に感じる。

この家のなかにいると、守られている安心感と、奥深くかさなる部屋、又部屋の先に、どのような秘密がかくされているのかと、畏怖も生じる。

南條範夫氏の作品は、そういう由緒ある旧家のたたずまいを、私に連想させる。

◇徳間文庫
◇一九八五年六月

氏の作品を〈解説〉するなど、私にはたいそうおこがましいことなので、筆がすくむ。私がまだ物語書きのはしくれにもならない、気楽で贅沢な一読者であったころ、氏はすでに大作家であり、そうして今にいたるまで、すぐれた足跡を残しつづけておられる大先輩なのだから。

もちろん、年月の長さは、問題ではないのかもしれないが、なにしろ私は「燈台鬼」を読んだときから、氏の作品に圧倒されつづけ、畏敬の念を抱いているのである。

そういうわけで、以下述べるのは、解説ではなく、読者であった私と、氏の諸作とのかかわりあいの思い出である。

正確な資料は手もとに揃っていないので、いささか、うろおぼえになるが……。

昭和三十一年上半期の直木賞受賞作として『オール讀物』に掲載された「燈台鬼」を読んで惹きつけられたことは、先に書いた。この素材には、なじみがあった。小学生のころ読んだ子供むけの戯曲に使われてあったのである。同じ史実を用いて、これほど印象がちがうものか、と、そのとき特に強く感じたようだった。子供ものには、燭台にされた無惨な父親が、帰路入水(じゅすい)する場面はなかったのである。父子、手をとり合い、めでたしめでたしで終わっていたと思う。

以後、氏の歴史物をむさぼり読んだ。そうして感じたのだが、氏の作は、どれほど冷酷無惨な話が書かれていようと、生理的な不快感を与えられることはない。凄まじいサディスト、マゾヒストが登場し、酸鼻をきわめる場面が描かれようと、それらは、きわめて知的な作業、高度な知性によって紡ぎだされたものであって、氏の生理から滲(にじ)み出たものではない。書き手とのあいだに、冷静な間隔が、どの人物、どの場面にも、等しくながれているからだろう。これが、沼正三氏、あるいは丸尾末広氏の諸作であれば、読み手は、書き手の生理にひきまわされて、ぐちゃぐちゃになってしまうのである。

『第三の陰武者』を夢中になって読んだ当時が思い出される。

領主に酷似していたばかりに、影武者にされてしまった名も無い男の話であった。領主と肉体的条件を同じにせねばならぬため、領主が一眼を失えば、影武者も健全な一眼をくりぬかれる。

氏の残酷物は、グロテスク好みの読者に迎合するために書かれたものではない。

先に堅牢な旧家の建物にたとえたように、社会状況、歴史的状況の正確、該博な知識に裏づけられ、人間は、薄っぺらな画像ではなく、立体的な厚みを持っているのである。こけおどしの表現はなく、端正な語り口で語られる。

『被虐の系譜』『残酷物語』『古城物語』など、一連の武士道残酷物は、歴史のきわめて新鮮な切り口を、読者に見せてくれたのであった。

思い出深い作の一つに、『三百年のベール』がある。

徳川家康の出自を、現代の人間が、ベッド・ディテクティヴに近い方法で追求してゆく話であった。これも、読み出したら最後のページまで目が離せなかったのをおぼえている。

残酷が書き手の生理から滲出する場合は、書き手はこの蜘蛛の網にみずから絡めとられ、逃げ出すすべがないのだが、氏の場合は、危げのない大人の感覚が根底にあるから、自由な飛翔が可能である。人間を書くのに、一つのタイプにこだわらず、極悪、中悪、小悪、小善人、物欲のとりこ、愛欲のとりこ、と、えこひいきなしに、また勧善懲悪的な絆にとらわれることなしに、書きわけられる。

作品のジャンルの幅の広さも、この、氏の大人の感覚により可能なのだと思う。残酷物が、まず鮮烈に登場したが、更に、史伝ものや維新ものと、歴史小説の分野で多彩な活動をするとともに、現代ミステリも数多く手がけている。『わが恋せし淀君』のような、ユーモラスな、ＳＦと歴史の混淆作品もある。

氏の現代ミステリには、たっぷりしたゆとりが感じられる。

構成といい、人物の配置といい、ミステリの定石が完全に手のうちにあって、更に定石を越える工夫がなされる、というふうである。犯罪を刑事がこつこつと調べあげてゆく、というものより、人間関係のからみから、思わぬ結末がみちびき出される、というものが多いように思う。

氏の全作品を読破しているわけではないので、断言はできないのだが、少くとも現代ミステリにおいては、氏が自作の登場人物を見る目は、少しの甘さもない。言いかえれば、ナルシシズムを作中にもちこまないタイプの作家である。

作家をナルシシズムを作中にもちこむ度合を尺度に分類すると、三島由紀夫がＮ＝ナルシシズムタイプの最右翼に位置する。

そうして、残酷とか、性倒錯とか、そういう、社会通念からいえば異常と烙印(らくいん)を押される傾向に関心を持つのは、Ｎタイプの作家に多いと思うのだが、南條氏は、残酷を書き、悪を書きながら、完全に非Ｎタイプである……と、私は思う。

Ｎ型は、自己にのみこだわる。社会のどんな現象も、自己とのかかわりにおいてのみ、関心がある。N型におけるNの度合と内在する幼児性は、当然、比例する。

非N型は、大人なのである。こう書いてきて、私が南條氏の作品に畏敬の念を持つゆえんがわかってきた。私は自戒しているのだけれど明らかにN型だから、非Nであり、しかも完成度の高い南條氏の作品に、安心してよりかかっていたくなる。氏の作品は、父性的なのだ！……と、解説文でさえ自分にひきつけて語ってしまうのが、N型の困った点である。

ところで、本書『いつかあなたが』におさめられた諸作も、人間のからみあいに視点がおかれている。

〈いつかあなたが、こうした事件の当事者となり、あるいはすくなくともこうした事件に捲きこまれるようなことがないと、誰が言えるだろうか。〉

と、著者は冒頭に、この作品集の性格を言いあらわしている。

登場するのは、あなたの隣りに住んでいそうな、あるいは、あなたが通勤の電車のなかで出会いそうな、あるいは、喫茶店でななめ前のボックスに坐っていそうな、ふつうの人たちである。しかし、なかなか、悪知恵がはたらく男――又は女――なのだ。

浅知恵の持主もある。浅知恵をはたらかせたばかりに、もっと悪知恵のはたらくやつに利用されたり、してやられたりもする。

これ以上、一つ一つの作品について言及はしたくないのである。

映画を見る前に、プログラムで解説からあらすじから熟読する人がいるけれど、あれでは、映画を見るたのしみが半減してしまう。全く白紙で画面を見てこそ、一つ一つの場面が新鮮な驚きとなるのである。AはBを愛しているといっているけれど、実は、AはCを好きなので、AとCは結託してBをだましているのである、などと、あらすじで知ってしまったら、つまらないじゃないの。

ことに、この十二の物語は、短篇である。うかつに紹介したら、とっておきのタネをばらす結果になってしまう。ミステリの愛読者はカンがいいから（ミステリの手のうちをよく知っているから、と言おうか）、ちょっとした言いまわしから、裏を見ぬく。

あなた、せっかく、謎やどんでんがえしのいっぱい詰まった本を手にしたんです。おもしろさが、ちょっとでもへずられるの、いやでしょ。損でしょ。

作品解説なんて読まないで、まず、本文にぶつかってごらんなさいよ。

とは言うものの、私も、文庫を手にとると、まず解説のページをひらいてしまう。（ただし、映画プログラムのあらすじは、読まない。）

〈いつかあなたが〉というタイトルの下に、〈書くとしたら〉とつけ加えてみるのは、どうでしょう。

十二の物語、いろいろなシチュエイションができてきます。いつかあなたが作家になって書くとしたら、どんな結末をつけるか、物語の途中で本を伏せて考えてみる、というたのしみかたもありますよ。

一九八五年五月

六の宮の姫君

北村薫

◇東京創元社（創元クライム・クラブ）
◇一九九二年四月

〈ゲラ〉という言葉は、読者にはあまりなじみのないものかもしれません。

活版印刷では、組み上げた活字を三方に縁のある長方形の盤に収めます。この盤の名称をgalleyといい、なまってゲラと呼ぶようになりました。そうして、活字をゲラに入れたまま校正用に試し刷りしたものも、また、ゲラと呼ばれます。いまは写植が多いのですが、校正刷りはやはり〈ゲラ〉でとおっています。

北村薫さんの『六の宮の姫君』の解説を書かせていただくことになり、このゲラが戸川安宣編集長から送られてきました。

これは、たいそう倖せなことでした。

美しく製本された書物を手に取りページを捲（めく）るのも、もちろん、読書好きの者にとっては倖せな時なのですが、ゲラで読むということは、カヴァーのデザインや帯の惹句（じゃっく）による先入観だの予備知識だの、いっさい無しで、白紙の状態で本文の世界に入って行けるということです。先に解説や後書きを読むのは、読書の楽しさだの感動だの驚きだのを半減させてしまいます。いま、この解説に目をとおしていらっしゃるあなたが、すでに本文をお読みになったあとだといいなと思います。

北村さんの語り口の巧みさは、『空飛ぶ馬』『夜の蟬』でよく承知しているので、読み出したらやめられなくなるから、『六の宮の姫君』は、時間の余裕のあるときにゆっくり読もうと、机のわきにおきました。

深夜、自分の仕事がうまく進まないままに、つい、北村さんのゲラに目がいきました。

……………

読み終わったとき、陽がのぼって目ざめた鳥たちが鳴き交わしていました。

まったくの白紙でこの小説を読めたことはほんとうに倖せだったと、あらためて思いました。

書物を読んで感動すると、つい、人に語って共感をわかちあいたくなります。でも、読者の楽しみを奪ってはならないので、極力、内容に触れずに、この一文を記そうと思います。〈解説〉としては、矛盾したことをせねばならないのですが。

本文の中に、〈よく読んで、それをただの知識とせず、鑑賞者としてもしっかりした自分を持って〉という言葉があります。芥川龍之介がそういう人だったと主人公が言っているのですが、作者北村薫さん自身がまさにそうだと、初めてデビュー作にふれたときから、私は感嘆していたのでした。

北村さんは、実に多読で知識の豊富な方ですが、それがペダンティックな羅列にならず、言葉の底の深みに感覚の針がとどいている、そう感じられたのです。

本作では、いっそう、その深みが増し、芥川と菊池寛、二人の心の深奥の孤独、地獄……未読の読者の楽しみを、微量でも削ってはならない、内容には言及すまい、と思いながら、つい、筆が走ります。

芥川龍之介がかつて口にしたという何気ない一言に疑問を感じた主人公が、芥川と菊池の作品や、それに関連したさまざまな資料を渉猟し、読み解き、謎の核心にせまってゆく、と、そのくらいは明かさせてください。といっても、少しも堅苦しいものではありません。『空飛ぶ馬』以来おなじみの、魅力的な正（しょう）ちゃんや円紫師匠も登場し、それは楽しいのです。

本文のなかに、こういう箇所があります。『新潮日本文学』の『森鷗外集』は、福永武彦の編纂になるのですが、何を収録し、何を割愛したかによって、作品集は編者自身の作品ともなる、〈つまり、この本は『森鷗外集』であると同時に立派に福永武彦の作品なのだ〉と主人公は痛感します。

本書『六の宮の姫君』には、芥川、菊池、そうしてさらに、数多い作家の作品が引かれていますけれど、その引用部分の持つ迫力、そうしてそれにたいする主人公の、熱い読み込み、鋭く精緻でしかも根本に暖かさのある洞察、どれも、作者北村さんの心の深さの顕れです。

小説は、どのように書いても、主人公がだれであっても、作者の心の深浅が反映されると思います。私小説ではなく、まったくのフィクションであっても、です。

何を引用し、それを主人公がどう感じたか、すべてが、『森鷗外集』が福永武彦の作品であるのと同じ意味で、〈北村薫自身の作品となっている〉のです。

もう一ヵ所だけ、本文から引きます。

〈芥川の雑文を読んでいた時のことである。池西言水（いけにしごんすい）の《蚊柱のいしずゑとなる捨て子かな》を、彼が《鬼趣を得た句》として紹介しているのにぶつかった。中学生で、心がまだ柔らかかった私は、ショックで思わず本を閉じてしまった。後から思えば、句と共に、これを紹介する芥川にも《鬼趣》を感じたに違いない。〉

解説を、書き進めれば進めるほど、内容に触れてしまいそうです。

解説者自身があまりに賛辞をのべるのも、控えなくてはならないでしょう。読後感は、読者にまかせるべきです。

すでに本文を読み終わった方と、ね、あれが凄いね、あそこがいいね、後半の菊池寛、鬼気をおぼえるね、などと語り合いたいなと、拙い解説者は思います。

本書からはなれ、北村さんの話術の巧みさについて少し書き添えます。

あまり適切な例ではありませんが、よく知られた和歌に〈あし引きの山鳥の尾のしだりをのながながし夜をひとりかもねむ〉というのがあります。言うまでもなく、あし引きの、は山にかかる枕言葉、山鳥の尾のしだりをのは、ながながしを言うための言葉で、一首の核は、長い夜をひとり寝するのかと嘆じているだけなのですが、それなら、それまでの言葉はまったく無意味かと言えば、決してそうではなく、情趣をかもしだすのに役立っています。

北村さんの作品には、本筋と一見まったくかかわりないようなエピソードがあらわれ、おや？と読み進んでいると、それが、ある一つの場面や情感、あるいは人物の魅力をひきだすみごとな伏線になっているということがしばしばあります。いわゆるミステリの伏線とはちがう伏線です。もう一つ、付け加えます。

北村さんの『夜の蝉』が、一九九一年、第四十四回日本推理作家協会賞を受賞したことは、ごぞんじの読者も多いと思います。私もそのとき、選考委員をつとめていました。（これは憂鬱な役目です。候補作はどれも厳選の結果の力作、秀作なのに、入選落選を決めなくてはいけないのですから。）

五人の委員は、それぞれ、ミステリにたいする考え方も好みも異なります。

しかし、北村さんの『夜の蝉』の受賞は、全員一致でした。意見が分かれると、長所、短所をあげて討議するのですが、最初からみな最高点ですから、討論も不要だったのでした。

カケスはカケスの森

竹本健治

白銀の、月魂石の彩に
街衢は冷えびえと蒼く沈下み
大理石の舗道に陰形をおとす
僧形のものがふたり、五人

夜を疫む
小路の磴、扉、または洩れ灯……
破獄せる囚人の瞳のやうな
牕框の凌霄花のはなびら

◇徳間文庫
◇一九九三年十二月

黒絹の、紫衣の、
紗綾をさめざめと纏うた
「見も知らぬ、青い神々の
古怪い彌撒はもう終つたのか?」

城左門の詩集『近世無頼』から引用しました。「月光(An extravaganza)」というタイトルの詩の一部です。

城左門。探偵小説家としての名は、城昌幸。かつて、探偵小説の牙城であった旧『寶石』誌の編集長でもありました。美しく怪しい掌篇を、数々書いています。長篇の伝奇ロマンもあります。右に引用したような、それこそ古怪い詩を書く詩人が、探偵小説をも書いていた時代でありました。

探偵小説が推理小説、ミステリ、と呼び名を変え、ジャンルをひろげ読者をひろげ、隆盛になったのはいいのでしょうけれど、その結果、失われたものもあります。

城左門の詩、城昌幸の探偵小説にうかがわれるような、ある独特の雰囲気です。根底に、美に溺れる詩人がいたのが、かつての探偵小説ではなかったか、と思います。日常と同じ水位では語れない、偏った、それゆえに美しい言葉が、すぐれた探偵小説の言葉でした。その言葉を聴く楽しみを知るものが、探偵小説の読者でした。

詩の香気と不可解な謎の融合に成功したとき、美しい人工世界が生じます。

中井英夫さんの『虚無への供物』の出現は、索漠とした砂漠にいる思いの者——私もその一人——の渇きを癒してくださいました。

というのを枕に、さて、我が畏友、竹本健治さんです。

発表と同時に偉大な伝説ともなった竹本さんの『匣の中の失楽』については、すでに幾度も語られ、読者もつとにご存じと思います。『匣の中の失楽』が、『虚無への供物』の嫡子であるということも。

その血脈は、埴谷雄高の『死霊』にも繋がるものである、ということも。

社会派でなければ、そうして日常的なリアリズムに立脚しなければ、ミステリとはみとめられないような一時期がありました。かなり長期にわたり、その力は圧倒的でした。

そういう風潮の中で、『匣の中の失楽』で出発した竹本さんは、『囲碁殺人事件』『トランプ殺人事件』『狂い壁　狂い窓』と、強靭に、独自の世界を築きつづけたのでした。

それを読んでファンになり、竹本さんの本を作る編集者になりたいからと、『トランプ殺人事件』を出した出版社の就職試験を受けた人がいるほどです。今、書評家としても活躍中の『初日通信』編集長、小森収さんです。——ばらしちゃった。——

綾辻行人さんの『十角館の殺人』が、こういう作品を待ち焦がれていた読者に大歓迎され、一時水脈が絶たれていたかに見えた綺想と美の小説が、新しい酒を新しい革袋にみたして、今は、一大水流となったのですけれど、そのかげに、この流れを支持し、積極的に育てようとする編集者——講談社の宇山日出臣さんや創元社の戸川安宣さん——と、世評の矢面に凛として立ち、後輩たちをささえとおした島田荘司さん、本格一筋でこられた鮎川哲也先生の力添えがありました。パラレルワールドとしての英国をつくってしまい、そこで、奇想天外な事件とパンク刑事の活躍を展開させる山口雅也さん。世紀末の陶酔的な繊細な濃密な幻想美で読者をからめとり酔わせてくださる服部まゆみさん。残酷で無邪気で不思議な、これこそミステリという作品を書かれる谷山浩子さん。そうして、さらに――お名前をひとりひとりあげきれませんけれど――綺想繚乱のたのしさです。

竹本さんも、いまや、のびのびと、本領発揮です。

いえ、呻吟(しんぎん)しておられるのは、よく知っていますよ、竹本くん。

お目にかかるたびに、いつも、「締切が、ア、ア、ア、書けませェん」と、おでこに握り拳をあてて、呻(うめ)いておられますものね。

非日常、反日常の世界をつくり上げるのは、大変な力わざで、身の回りのありふれた事象や常識的人情にたよることはできず、ひたすら、想像力と、心の深奥におろす探り針の手応えをたのみにするほかはありません。

書けませェん、の悲鳴も当然で、でも、しっかり、書き上げちゃうんですよね。

『匣の中の失楽』に、濃密な霧の場面がありますが、厚く垂れ込めた霧は、人間の、深層の領域の象徴でもあると思います。

そこは、日常しか見ることのできない眼には、不可視の場所です。

そこには、表層の事実はないかもしれないけれど、しばしば、真実は、あります。

『匣の中の失楽』を書いたとき作者は、二十を少し出たばかり、ほとんど少年でした。だから、作中の少年も、ミルク色の厚い霧の迷路を、なにか淋しく彷徨い歩いています。

　それから十年あまりを経て書かれた『ウロボロスの偽書』では、竹本健治は、いっそう巨きくなりました。さらに深い混沌とした内面世界を、笑いさえ浮かべて歩く余裕を、持ちました。余裕は、描写力の冴えにもみごとにあらわれて、霧は可憐なミルク色一色ではなく多彩になり、クラインの壺のような迷路の陰から、操り師が顔をのぞかせ、額に握り拳をあてて、はにかんだような笑顔をみせ、次の瞬間、血の色の霧が、読者をたのしく惑わせる、と、自在な手さばきです。

最近、竹本健治の短篇を網羅した『閉じ箱』（何と魅力のあるタイトル！）が刊行されました。竹本さんの内部にたたえられた闇色の蜜が溢れた作品集です。その稠密さはタールみたいに濃厚で、私は、くらくらするほど楽しんだのでした。

　欧羅巴の刑罰に、罪人のからだにタールをぬりつけ、鳥の羽根をまぶすというのがあったそうです。マンディアルグの作品にも、これを意識したものがあります。

『閉じ箱』は、凡庸という罪をおかしたものには、苛酷なタール刑。そうして、退屈な常識社会に背をむけ、禁断の蜜をあじわうものには、こよない濃厚な快楽。

　広範な読者には、あまりに濃すぎるのかもしれなくて、竹本さんは、蜜を少し薄めて、数多い読者に口当たりよく饗する手法をも獲得しました。

　本書『カケスはカケスの森』は、竹本健治の繊細な詩人の一面が色濃くあらわれています。〈あたし〉という一人称によるプロローグとエピローグにはさまれた本文は、すべて、〈あなた〉

という二人称で書かれています。

作者のたくみな企みです。

二人称で書かれた小説は、ビュトールや倉橋由美子にもあります。ふつうなら三人称、あるいは一人称で書くところを二人称に置き換えたもので、読者は、自分自身が行動しているような、不思議な感覚を持ちます。登場人物への感情移入とはまた違った感覚です。『カケス～』の二人称は、ビュトールと異（ことな）り、主人公の少女を指すことがはっきりしているのですけれど、やはり、読者は、自分自身が、見も知らぬ青い神々が古怪（あやし）い彌撒（みさ）をおこなっているベルギーの古城に行き、物語のなかでの行動を誘導されているような、独特の感覚にひきこまれてしまいます。

カケスの森で遊ぼうよ、という〈あたし〉の、そうして竹本健治の、怖い誘いに、のりましょう。

一九九三年十一月

時計館の殺人
綾辻行人

◇講談社文庫
◇一九九五年六月

始めもなく終わりもない、無限の〈時〉のなかに、限られた時間を生きる人間がいる。人の所有する時間は、あるとき、かならず、断ち切られる。

ミステリにおいて、〈死〉はほとんど欠かせない素材だが、作家綾辻行人にとっての〈死〉は、もっと切実なテーマなのではあるまいか。〈死〉を、〈時〉と言い換えてもいい。〈時〉は、綾辻行人にとって、切実なテーマなのだ、と。

人の持つ時間はうつろい、変貌し、消滅する。しかし、無限の空間とほぼ同意義である絶対不変の〈時〉が存在するということも、真実である。

その形而上的な領域に目を向けて書かれたのが、綾辻氏の代表作の一つ、『霧越邸殺人事件』であった。

この作品は、本格ミステリでありながら、幻想小説でもあるという、稀有な構成をとっていた。

論理で構築する本格ミステリと、日常の論理から飛翔した幻想小説は、対極に位置する。その相反する二つを融合させてミステリを成立させるということは、至難に近い。すべてを幻想の中で処理するのなら、どれほど非現実的な現象も、作者の意のままに描きうる。しかし、本格の論理から逸脱させないという枷(かせ)を、作者はみずからに課した。

そうして、現代人の納得できる理論をもちいて、みごとに、この課題をクリアし、まったく新しい幻想ミステリを創造した。

それは同時に、美しい〈詩〉の誕生でもあった。

相対的な俗世にあって絶対をもとめたものの悲しみというテーマをも、私はこの作に読み取ったのだった。

綾辻行人に内在する幻視の詩人の資質は、作者本人の意図する以上に、作品を形而上の世界にむかわせる。そう、私には感じられる。

詩と論理を包含(ほうがん)した、これまでに類例のない手法による幻想ミステリ『霧越邸殺人事件』は、テーマと作者の資質から、必然的に生まれたものであった。ラストの、滅ぶもの、うつろう時間に生きるもの、永遠に変わらざるもの、それらを包む霧の描写は、陶酔的に美しい。

それに匹敵する美しい場面が、本書『時計館の殺人』にもあらわれる。

本書においても、〈時〉そうして〈時間〉は、作の本質をなすテーマになっている。

詩人の繊細な感覚によって創造された、いとおしいガラスのメリーゴーラウンドのような『時計館の殺人』は、『霧越邸』のように幻想ミステリとはうたってはいない。本格の論理を一貫させた作品である。しかし、私は、この作にも、やはり、作者の幻視の力を感じる。
日常というフィルターにゆがめられない詩人の創造力は、心の深奥と事象の奥にまでとどき、夢幻的であるがゆえにいっそう本質的な世界に、読者をみちびく。

『時計館の殺人』は、いうまでもなく、『十角館の殺人』にはじまる、綾辻行人がミステリの趣向のたのしさ虚構の面白さを存分に甦らせたシリーズの一つである。

〈甦らせた〉という表現について、もはや、説明は不要と思う。

読者に熱くむかえられているこのシリーズは、講談社ノベルスを発表舞台に書きつがれている。

軽装の新書判という形を、きわめて巧みに利用したのは、『迷路館の殺人』であった。綾辻行人作の講談社ノベルス『迷路館の殺人』の中に、鹿谷門実（ししやかどみ）作の稀譚（きたん）社ノベルス『迷路館の殺人』が入れ子になり、その中に、四つの短篇の冒頭部分が、それぞれ異なった文体で書かれるという、凝りに凝った贅沢なたのしい構成であった。

本格ミステリの方向性を持つ『館』シリーズのほかに、綾辻行人には『囁き（ささや）』シリーズと呼べる一連の作品群がある。ジャンルで言えば、ホラーサスペンスだろうか。——もっとも、この、ジャンル分けと言うのは、便法にすぎない。綾辻行人のミステリは、本格であっても、常に、幻想性を包含する。『水車館の殺人』においては、すべてが明瞭に解明された後に、常識的リアリズムを超えた謎が新たに生まれている。

『囁き』シリーズの中の一篇、作者の愛着も深いという『暗闇の囁き』を読むと、作者のもう一つの大切なテーマが感じとれる。〈子供〉である。世俗の常識しか見えなくなった大人が、これこそ子供らしい子供、と望む、大人にとって都合のいい子供ではない。

独自の、おそろしいほど無垢（むく）な世界に生きる子供たちである。

現実の子供より、いっそう純化された存在を、作者の目はとらえる。

作者は、無垢で愛らしくそうして残酷な天使ともいうべきこの子供たちに共感しつつ、彼らの生きる世界が、これも、ガラスのようにもろいことを、充分に承知している。世俗の時間に浸食され、やがてはこわれざるをえない世界である。それゆえ、彼らを見る、そうして描く、作者のまなざしは、哀しくやさしい。

世間に容認される大人になるためには、子供は、そうして若者は、いったん、死ななくてはならない——というのは、私の勝手な思い込みで、作者はそこまで過激な主張をしているのではないかもしれないけれど……。

この作においても、人の所有する有限の時間と、無限に存在する〈時〉の裂け目が、もう一つのテーマになっている、と私には思える。

やさしさのきわみは、酷さと背あわせである。

綾辻さんから、ぼくの一番好きな映画です、と贈られたヴィデオがある。ホドロフスキーの『サンタ・サングレ』——と、このあたりから、解説は私的交遊録めいてくるのだが——美しく、やさしく、哀しく、そうして、残酷な映画であった。ラストに意表をつくどんでんがえしが続く。そのどんでんがえしは、なんとも恐ろしく、哀しく、主人公の孤独を浮き彫りにする。『時計館』や『霧越邸』『暗闇の囁き』などの綾辻行人の作品世界と通底すると、私は感じたのだった。

ついでに、もう少し、作品とは関係ない私的なことを書かせていただく。

綾辻行人さんとの初対面は、〈超能力〉から始まった。

正確に言うと〈不成立だった初対面〉、もしくは〈プレ初対面〉である。

編集者の紹介で、京都在住の綾辻さんが上京のさい、お目にかかることになった。

その前日から、私は、都内のホテルに泊まっており、翌日の夕方、同ホテルで会いましょうという約束になっていた。

ところが、めざめたとき、頭の中に、「綾辻さんは高熱で行かれない」という言葉がある。なにか、夢をみたのだろうか。しかし、夢なら情景が残りそうなものなのに、意識にあるのは、言葉だけなのだ。

おかしな夢をみたと思いながら、所用をすませ、夕方、ホテルのロビーで待った。

約束の時刻をすぎても、綾辻さんはあらわれず、「綾辻さんは高熱で行かれない」という言葉はしつっこく頭にあり、待ちくたびれて帰宅した。自宅のＦＡＸに、編集者からの通信文がとどいていた。

「綾辻さんは、高熱で行かれません。明日の約束はキャンセルしてください」

話がこれで終われば、綾辻さんと私の間に、超能力的意志疎通があったということになるのだが、あいにく、興醒(きょうざ)めな解決がつく。

ホテルに泊まった夜、不眠症の私は、入眠剤を飲んで、熟睡していた。編集者は留守宅に、FAXをいれてくれたのだが、それだけでは不安だったのだろう、ホテルにも電話してくれた。朦朧(もうろう)としたまま受話器をとった私は、応対はきちんとしたらしい。再び眠り、起きたときは、電話のことはまったく記憶になく、ただ言葉のみが意識に残っていたのだった。

ミステリで、冒頭の謎にこんな解決を提示したら、読者に怒られてしまうな。

綾辻さんが全快して再度上京された折、竹本健治さんや歌手の谷山浩子さん、編集者夫妻をまじえ、たのしいアリスのお茶会が開かれたのでありました。

FIN

十角館の殺人（限定愛蔵版・SPECIAL BOOKLET）
綾辻行人

◇講談社
◇二〇一七年九月

私の『十角館』

三十年前。ミステリーは、リアリズムの鎖に雁字搦め（がんじがらめ）になっていました。その鎖を、アンドロメダを救ったペルセウスみたいに断ち切った、最初の一撃が、綾辻行人さんの『十角館の殺人』でした。日常のあるいは社会派的なリアリズムからは遠く離れた、現実にはありようもない館で、外部との接触を断たれた状態で起きる連続殺人。読者をミスリードするテクニック。当時のミステリーにあってはほぼ失われていた〈本格ミステリ〉の遊びの面白さを、この作で初めて知った若い読者も多かったのでした。そのかわり、評論家などからは叩かれまくった。ひどい言われようでした。萎縮（いしゅく）するどころか、綾辻さんったら、三作目の『迷路館の殺人』では、突拍子もない館を造り上げた。嬉しくなりました。新本格の生みの親と言われる名編集者宇山日出臣さんに、あれ、面白いねと、絶賛しました。ノン・シリーズの『霧越邸殺人事件』は、幻想と論理を融合させた本格ミステリという至難なことを、前例のないやり方で成し遂げていて、やはり宇山さんに感想を述べたら、ご本人に直接言ってくださいと言われ、厚かましくもお手紙を書いたのでした。それ以来、いつしか、京都のMy Son、東京の母ちゃんとなりました。本格ミステリ再興の金字塔『十角館の殺人』の愛蔵版刊行、おめでとうございます！

母ちゃんより

成吉思汗(ゼナーナ・ジンギスカン)の後宮

小栗虫太郎

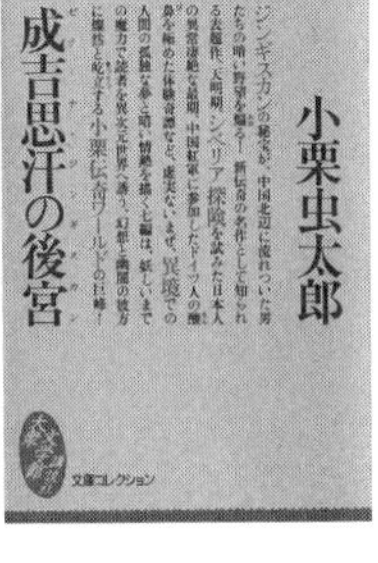

◇講談社文庫コレクション大衆文学館
◇一九九五年十二月

異界

孫引きになるが、小栗虫太郎はインタビューで愛読書を聞かれ、「あまり沢山読みすぎて、これといってないが、ストリンドベルヒ、それに、日本じゃ南北だね」と答えている。さらに、ディケンズの『二都物語』を原書で読んだとある。

ストリンドベルヒ。鶴屋南北。ディケンズ。

この三人の作家をならべると、暗黒・死・浪漫、まさに小栗虫太郎の作品世界そのものが、ホログラフのように、浮かび上がる。

そうして、この三人の作家は、私もまた僭越ながら、偏愛を共有する。虫太郎に私が惹かれるのも、むべなるかな、か。

ストリンドベルヒ——今、多く呼ばれる言い方ではストリンドベリ——については、「ありゃ聖書（バイブル）ですよ」とまで虫太郎は言い切っている。

暗鬱きわまりないストリンドベリの戯曲。人の心の深奥に迫るあまりに、リアリズムを超えて幻想的ですらあるストリンドベリを、私も読みふけった時期がある。

私事になるが、小学校の五、六年のころ、新潮社刊の『世界文学全集』に夢中になっていた。手当たり次第に読んだのだが、そのなかでも、特別に心を惹かれたのが、ドストイェフスキーとストリンドベリだった。十代に入ったばかりの子供に理解できたのか、と言われそうだが、当時と現在とを思いくらべて、読解力にそれほど差はないような気がする。むしろ、子供のときの方が、なんでもおもしろくて新鮮で、乾いた海綿のように、読むかたはしから吸い取っていた。風俗の表面をなぞった小説より、象徴性の強い作品の方が、子供には感情移入がしやすいのではないだろうか。

ドストイェフスキーには、宗教の光明をあおぐ一筋の道があり、〈救い〉を受け持つ無垢（むく）な人物が登場するが、ストリンドベリには、それすら、ない。宗教的な救いのまったくない、地獄の底に呻（うめ）く人間ばかりが織りなす、悲劇というにはあまりに陰鬱すぎる場面がつづき、最後まで救済はない。〈悲劇〉には、宿命と戦う崇高な人間性が感じられるが、ストリンドベリの作品にうごめくのは、人間ばかりである。すべて、過剰な激しさを持った人間のあいだの相剋であり葛藤なのである。

私は、シュニッツラーの軽快な恋物語などにはいっこうに共感できない子供だったから、逆に、生活の表層をなぞったリアリズムとは程遠いストリンドベリに、作者のかかえ持つ地獄を感じとだ。
り、共鳴したのだと思う。子供は、生活の経験は乏しいが、心の葛藤は、大人以上に、複雑なのだ。

ストリンドベリの作品にしばしばあらわれるのは、暴虐な父親である。その暴虐ぶり、エゴイズムの描出は、リアリズムの節度を超えている。

虫太郎が、なぜ、ストリンドベリをバイブルとまで呼んだのか。松山俊太郎氏による『潜航艇「鷹の城」』(現代教養文庫)の解説文に、その答となるような数行を見出した。虫太郎の心の深層にある父親への憎悪を、松山氏は指摘しておられる。作品に、それらは、父親殺しとなって、滲み出る。

虫太郎の父は、母を理由もなく虐待する暴君であったという。暴戻(ぼうれい)な男もやがて、老い、力を失う。その情景は、ストリンドベリの戯曲に、無残なまでに描かれている。しかし、虫太郎の父は、彼が十歳のとき他界した。残酷な映像を虫太郎の深層にきざみつけたまま、消滅したのである。虫太郎は、現実に、父を超える道を失った。

南北のグロテスク好みは、あらためていうまでもない。ディケンズの、錯綜した物語の構成は、歌舞伎と通底する。

絢爛とした人工美。それもまた、虫太郎の世界である。

死。憎悪。殺戮(さつりく)。それらを無機質の素材に変えて、虫太郎は、異界を構築する。

『白蟻』は、虫太郎の作品群のなかでも、私がもっとも愛好する一篇だが、冒頭の数ページをついやして、作者は、凄まじい異界を、言葉をもって造りあげる。

言葉は、虫太郎の魂の底に根をはり、過剰に増殖する。

この冒頭を読むとき、私は虫太郎とは正反対の静謐な世界を描き出すジュリアン・グラックを連想する。静謐ではあるが、これもまた、異界なのだ。虫太郎が荒ぶる夢魔なら、グラックは、あまりに静かなゆえに、常人とは異なる世界に棲む夢魔といえようか。

グラックの『街道』は、長篇の冒頭として書かれたものの、中絶したという作品だが、ローマの古道の描写だけで、充分に一つの異界に読むものをひきいれる。

『白蟻』の冒頭も、もし、物語の部分が欠落し、この部分だけが残ったとしても、傑作であることに変わりはないと思える。もちろん、残余の部分を低めて言うのではない。

日常の浅薄さにやりきれなくなると、私は、虫太郎の、グラックの、ドノソやシュルツの、異界に遊びに行く。最初から古怪であるそれらは、風化する現実に殉ずることは、決してないのだ。

柩の中の猫
小池真理子

◇新潮文庫
◇一九九六年七月

読者に誤解を与える恐れがあるかもしれないが、あえて、〈一本のすぐれた映画が完成するためには〉という言葉で、この小文を始める。

骨格となるすぐれた脚本、映像化するすぐれたキャメラマン、すぐれた照明、すぐれた美術、衣裳（いしょう）のデザイン、音楽、主役からわき役のはしばしにいたるまでの役者、そうして、すべてを統括する映画監督。

つまりは、広汎（こうはん）な分野にわたる才能の結集が、要求される。

『柩の中の猫』の作者は、表現手段を〈言葉〉にのみかぎられる小説という場において、この多種な才能のすべてを、一人で、あざやかに発揮している。

多くの才能の結実であるすぐれた映画に匹敵する……と書きかけて、しかし、誤解をさけるために、わたしは、いそいでつけ加えよう、この小説がすぐれた映画のようだからすばらしいと言っているのでは、ない、と。

まことに、登場人物は一人一人、実体を持つ人間として、顔もしぐさも、服装から表情まで、目に見えるようであり、風景もまた、眼前にある——というより、その風景のなかに自分がいるような感覚をおぼえる。映像的なのである。小説が映像的であるということは、いかに作者が安易な説明文を排し、洗練された文章を練り上げているかという証明であろう。

だが、その上にさらに、この作品にあっては、映画ではけっして表現できない、小説であるからこそ迫ってくる力があることを、私は言い添えなくてはならない。それが、いきいきと、みずみずしく、読者を魅了するのだ、と。

細部の描写の一つ一つ……

たとえば、悟郎が千夏の名を呼ぶのを、雅代が聞いたとき。

〈……それは、口にした途端、なめらかなゼリーのように舌の上に転がる……〉

あるいは、桃子の部屋にかざられた人形たちにたいする比喩。

〈……汗ばんだ子供の腕に抱かれたことのない人形たちは、売れないままにウインドウの中で色褪せ、腐ってしまった果物……〉

引用しはじめれば、全文をとりあげたくなる、美しい、香り高い文章たち。

そうして、その文章の多くが、残酷で哀しい、ラストの反転に結びつく伏線となっている構成のみごとさ。

構成の成功として、もう一つ言及すべきは、五十四歳になる女主人公、雅代が、あるきっかけから、手伝いの若い娘に過去を語ることになる、という発端をもっていることだろう。

この発端は、ごく短いのだが、欠くことができない重要な部分である。

二十(はたち)になったばかりのころに体験せざるを得なかった悲劇を、五十を過ぎた目で語る。その三十数年の時のへだたりは、雅代が、彼女自身をふくめた人々の心理の底を、客観性をもって明晰(めいせき)に冷徹に分析することを可能にしている。

フランスの心理小説を読むような明晰さは、作者の人物造形の目の確かさでもある。

垢抜(あかぬ)けた雰囲気を持つこの小説は、戦後の一時期、アメリカに占領されその文化の影響をまともに浴びた日本を舞台にしている。

麦畑と雑木林のつづく、堆肥のにおいのただよう東京郊外の一角に、忽然(こつぜん)と出現した、アーリーアメリカンタイプの家々、美しい芝生、花壇。アメリカ映画のリゾート地のようなそれは、占領軍の関係者とその家族の居住地である。

宿舎にほど近いところに、物語の舞台となる川久保家が、ある。

この舞台設定は、物語に、俗離れした雰囲気と華やかさを、ごく自然に与える効果をもたらしている。

それと同時に、敗戦直後の日本とアメリカのかかわり、日本人のアメリカにたいする屈折した感情が、的確にえぐりだされる。

当時は田舎であった函館から、雅代は単身上京し、美大で油彩を教えている川久保悟郎の家に住み込むことになる。ひとり娘の桃子の家庭教師をしながら、悟郎に絵を学ぶ、という条件で。

徹底的にアメリカナイズされた暮らしに固執する悟郎が内側にかかえるものを、明確な言葉にはできないまでも、感じ取る怜悧(れいり)さと鋭さを、雅代はもっている。

雅代の悟郎に対する感情のこまやかな揺れ動き、少女桃子の孤独とせつないほどの誇り、それらを、作者は、ゆきとどいた筆で描く。

事象の表面をなぞるのではなく、心理の裏にまで筆をとどかせることによって、作者は奥深い世界を現出させた。

この家には、母親はいない。桃子がときに母と呼ぶのは、飼い猫のララである。

ララと桃子の描写が、まことに巧い。

小説のなかに作者の私生活をうかがうのは、まったくよけいなことなのだが、小池さんは、自他ともに認める猫好きである。猫への、作者の愛情と観察眼が、ララという幻視の産物のような猫を描きだしたのだと思わずにはいられない。

悟郎と桃子、ララ、そうして雅代の、均衡のとれた生活に、千夏という女性の闖入(ちんにゅう)が、静かな湖に投じられた石のように、波瀾をもたらす。

もちろん、小池真理子が描く物語である。先が読めるような凡庸な三角関係の話になるわけはない。静かで精密な筆致をたもちながら、物語はサスペンスをふくんで波立つ。一転してむかえる衝撃的なラストは、ギリシャ悲劇の与える感動に通底する。

『柩の中の猫』は、ジャンルでいえば、心理サスペンスということになろうか。

小池さんは、モダンホラー、幻想怪奇小説のすぐれた書き手でもある。超自然の怪異を描いた長篇『墓場を見おろす家』、死をテーマにした美しい短篇集『水無月(みなづき)の墓』など、幅広いジャンルにまたがる、数多い作品群がある。

先ごろ直木賞を受賞された長篇『恋』をはじめ、どの作品にも共通しているのは、人間の心理を的確に把握し、香気と気品のある文章で表現しておられることである。

『柩の中の猫』を読みながら、私は、音楽を感じた。映画にBGMが流れるように、それぞれの場面にふさわしい音楽が、耳の奥にあった。既成の音楽ではない、この場のために作曲された音楽を感じたのである。

私は音楽にはまったく疎(うと)く、自ら作曲する能力など、からきし、ない。だから、幻聴を得たわけではなく、ただ、単に、聴こえるような感じがした、というだけのことなのだが、錯覚にもせよ、読書しながらそんな感覚をもったのは、生まれて初めての経験であった。

今からこの小説を読み始められる読者も、それぞれの音楽を、心の底に感じられるのではないだろうか。

一九九六年五月

ひぐらし荘の女主人（小池真理子短篇セレクション・2官能篇）

小池真理子

◇河出書房新社
◇一九九七年七月

官能の風景

半開の薔薇は、すでに凋落(ちょうらく)の気配を秘めているゆえに、官能的に美しい。伏目がちにけだるく歌うシャーロット・ランプリングは、少女という設定でありながら頽廃(たいはい)のきわみのすがれた半裸にサスペンダー、だぶだぶの男物のズボン、ナチの制帽を庇(ひさし)まぶかに顔をかくすゆえに、官能の感覚は観るものの体の芯(しん)にくいいる。『愛の嵐』の、映画史に残る名場面である。

少女は――そして、それを演じる女優ランプリング自身も――己が発散するおそろしいほどのエロティシズムに無自覚であろう。

監督の感覚が、女優に内在する力をひきだす。少女の頽廃美をいっそうきわだたせるのは、みつめるナチの将校たちの舐(な)めるような視線である。そして、スクリーンをみつめる観客の眼によって、危うい美は、いっそう恍(くら)い煋(かがや)きをおびる。

「彼なりの美学」の葉子は、ランプリングが演じたユダヤの美少女のように、自分の美しさには最初無自覚である。

しかも、この上なくみじめな状態で涙をあふれさせているとき、男に声をかけられる。およそ恋心などさそわれない醜い男に。

人がもつ願望のひとつに、〈飼育〉がある。犬、猫、小鳥。それにもまして、人が人を飼うことは、倫理に反するゆえに、陶酔的な誘惑的な願望である。

美貌の女王であれば、醜い道化を飼うであろう。肉体は無力でありながら権力だけはもつ少年帝であれば、筋骨たくましい奴隷を飼うであろう。人身売買は禁忌(きんき)となった現代、剽悍(ひょうかん)なドーベルマンの飼育が少年の欲望をみたすだろう。白髪の老紳士が気品高いボルゾイを飼うのは、己の気高さをさらに映えさせる具であろう。

飼う者と飼われるものは緊密なエロティシズムの絆で結ばれる。対等な〈良識的〉〈人道的〉関係においては生じ得ない嗜虐(しぎゃく)と被虐の反撥・闘争と共犯性。真のエロティシズムと美はそこに生じ、能動と受動の関係は、また容易に反転しうる。飼われるものは、飼われることによって、飼い主を飼う。

鉄男は葉子を讃美し、ひれ伏し、そして飼育する。

一葉の布が、裸身よりいっそう官能美を増させることを、鉄男は熟知している。

それは、すなわち、作者小池真理子が、美のありようを熟知していることである。

精緻(せいち)に描かれた作品に没頭して読みすすむとき、読者はしばしば、陰にある作者の存在を忘れる。かかる美意識を鉄男にもたせたのは作者であることを、つい意識の外におき、物語の世界に没頭する。そして、読者が女性であれば、鈍色の泥大島に淡い萌葱色の帯、帯揚げの朱の一筋、神々しいほどに白い半襟の鋭さを、わが身にまとう心地にもなろう。

冒頭に記した映画に則していえば、鉄男の視線が葉子の官能美をひきだし、それを陰で演出しているのは、作者小池真理子のすぐれた美意識であり、読者の感応によって、葉子はさらに焜く。

きわめて俗な田坂を対極におくことによって、鉄男と葉子のかかわりは、奥行きを持つ。田坂の言葉によって、葉子の美貌と色気は客観的にも読者に保証されるのだが、田坂にとっては、裸体が美しかった悦子も、泥大島や藍色の浴衣で色気がにおいたつ葉子も、同じように性欲をそそられる対象にすぎない。葉子と悦子を画然と頒つ感覚を——不幸にもと言いたいほど確固として——持つのは、鉄男である。そして、官能は、性行為とはかかわりなく存在しうることを、作者は描く。

「ひぐらし荘の女主人」においても、藍子の姿は、まず、身にまとった衣が、その印象を決定する。

淡いカナリヤ色の地に、白い牡丹を染めた品のいい訪問着。裾さばき美しく、藤色の絨緞を歩む。その姿以上に読者に強いインパクトを与えるのは——〈血の気がひいたような白い顔〉が、桜色の口紅を〈青黒くみせ〉ていたことである。

小池真理子さんの作品の、どの一篇にもいえることだが、こまやかな描写、文体が、ふっくらとした贅沢な香りと色彩をあたえる。

正巳のファム・ファタールとなる藍子のからだは〈水のようにやわらかかった。男の肉体を器にして、いつでもそこにみなぎる覚悟を決めてでもいるかのように（略）〉。

本書におさめられた三篇は、いずれも、ラストの反転、犯罪とのかかわりという点で、ミステリの骨格をもつ。そして、どの一篇も、骨格のおもしろさと肉付けの豊麗さは、読者を裏切ることがない。拙文において、内容に深入りしない——できない——のは、反転の構造を読者に楽しんでいただきたいためである。

「花ざかりの家」にあっては、真のヒロインは、最初、かげにひそんでいる。

水仙が見ごろだから、見にきてほしいと手塚を誘う画家、倉越。

手塚の妻が縊死（いし）したのは、倉越に肌をゆるし心を奪われたことが原因だった。倉越には精神に異常をきたした妻がいたが、手塚が倉越と再会したときには、その女は死んで、ほかの女と再婚していた。

縊死した妻の追憶や、倉越とのかかわりが表立って語られる合間に、陰の女が、木の間がくれにつとすぎる鮮麗な鳥のように、姿をかいま見せる。

この庭の花についても言及はひかえよう。ここにこそ、官能の極致ともいえる一瞬があるのだから。

同じ書き手の一人として、短篇のむずかしさは常々痛感している。五十枚の短篇より、五百枚の長篇のほうが楽なのである。

長篇の場合は、人物と状況を設定し、あるていど書きすすむと、登場人物がひとりでに動きだしてくれることがある。もちろん、いつもそうであればありがたいのだけれど、最後まで人物に命がかよわず挫折するということも、私の場合はあるのだが。

小池真理子さんは、「妻の女友達」で、第四十二回推理作家協会賞・短篇賞を受賞しておられる。

推協賞は、第二十九回以降、長篇部門、短篇部門、評論その他の部門にわかれている。そして、第三十一回、三十三回（この回のみ、全部門受賞なし）、三十六回と、短篇部門の受賞作はなく、さらに三十八回から、四十一回まで、四年にわたって、短篇受賞作はでていない。

四十二回に、ひさびさに小池さんが受賞された後は、「妻の女友達」が、短篇賞のレベルを規定する感じになった。非常に高い水準なのである。

その後も、四十三回、四十五回、四十六回と、短篇受賞作なしの年がつづいている。ちなみに、四十四回の受賞は、北村薫さんの連作短篇集『夜の蟬』である。

〈小池真理子短篇セレクション〉が、全六巻にわたり、その一巻一巻がそれぞれ別のテーマで統一されているということは、作者の短篇の幅のひろさ、そして、才能の豊潤さの証にほかならない。

短篇型の作家の場合、逆に長篇は苦手となることもあるが、長篇『恋』で小池さんは第百十四回直木賞を受賞されている。それまでにも、数々のサイコサスペンスやモダンホラーの長篇を上梓されているが、『恋』は、それに先立つ『無伴奏』とともに、ジャンルの枠を越えた、すぐれた文学作品であった。

『恋』のラストに濃厚な香りを放つマルメロの果実は、技巧の冴えとともに、小池真理子のすべての作品に香り立つ文学の香気である。

再録・『ひぐらし荘の女主人』(短篇セレクション・官能篇)集英社文庫、二〇〇二年五月

秘密
東野圭吾

◇文春文庫
◇二〇〇一年五月

一九九八年、刊行と同時に読者からも書評家からも熱く迎えられたのが、東野圭吾さんのこの『秘密』です。

寄せられた読者の声のほんの一部を引いてみましょう。男性も女性も、幅広い年齢層にわたっています。

〈最後の数頁で何が「秘密」なのかがわかって心が震えました。〉
〈ラストシーンは父親になっていない私でも共感するものがあった。〉
〈感動した！　こんな気持ちを味わいたくて、駄作にあたっても読書はやめられない。〉
〈自分というものの大切さについてしみじみ考えさせられた。〉

そうして、書評家の方々も、称賛の言葉をつらねておられます。これも、挙げきれないので、ほんの一部を引きます。

北上次郎さんは〈一九九八年度のベスト1に自信を持って推す〉(『本の雑誌』)、西上心太さんは〈感涙と驚嘆のダブルパンチ!〉(『ミステリマガジン』)、郷原宏さんは〈内容、形式ともに読みどころの多い秀作である〉(『神奈川新聞』)、吉野仁さんは〈謎に満ちた展開と意外性、そして物語の感動も充分に味わえる傑作である〉(『小説現代』)とそれぞれ絶賛しておられます。

こんなにも読む人の心を摑んだ『秘密』とは、どういう小説なのでしょう。

東野圭吾さんは、あらためて記すまでもないことですが、一九八五年、『放課後』によって江戸川乱歩賞を受賞し、ミステリ作家としてデビューされました。その後の作風、そして素材は、実に多岐にわたっています。

乱歩賞受賞のとき、東野さんは二十七歳という若さでした。受賞作は次作『卒業』とともに、学園を舞台にした、ジャンルの名称にしたがえば青春ミステリ(といっても、きちんと本格のコードにのっとった)、その後の『十字屋敷のピエロ』や『ある閉ざされた雪の山荘で』は、閉鎖空間に舞台を限定した純本格物でした。

さらに、叙述トリックやSFの発想・手法を駆使し、幾つもの鉱脈を掘りあてていきます。ミステリの醍醐味のひとつに、さりげなく張られた伏線が、ラストになって活き活きと血がかよい、物語の別の顔があらわれるということがありますが、『むかし僕が死んだ家』を読了したとき、東野さんはこの手法の達人だと感じ入ったのでした。

一転して、天下一大五郎を主人公とした『名探偵の掟』では、本格ミステリをおちょくりまくって読者を笑わせます。けれど、この笑いは、冷笑ではありません。本格という縛りの持つ苦悩を味わった誠実な作者の痛み、そうして、それを突き放して材料にするクールさを感じます。

伏線や手掛かりをフェアにはりめぐらし、それらを論理的にたどれば、読者も真犯人に到達できるのが純本格ミステリですが、読者はとかく怠惰、一番犯人らしくないから、こいつが犯人だろう、なんていいかげんにカンで見当をつけがちです。それを許さないのが、『どちらかが彼女を殺した』です。容疑者は二人しかいません。そのどちらかが殺したのです。ところが、探偵役は明瞭に犯人を指摘するのですが、その名前を作者は書かない。

〈犯人は放心状態で、虚ろな視線を空中に漂わせていた。〉

作者が心魂込めてちりばめたフェアな伏線、手掛かりです。読者にも推理することを求めているのです。（親本を読んで犯人がわからず苦悶した読者は、文庫版をお読みください。巻末に袋綴じで、西上心太さんが解説しておられます。白状すれば、私もわからなかった。私は怠惰な読者です。）

クールという姿勢は、突拍子もない謎を天才科学者が、理路整然と解きあかす『探偵ガリレオ』『予知夢』に顕著です。淡々と冷静に語られるので、よけいユーモラスです。

ユーモラスといえば、『怪笑小説』『毒笑小説』という、シニカルな毒をたっぷり仕込んで笑いの味付けをした傑作短篇集があります。

デビュー以来ミステリのさまざまなありようを真摯に果敢に探索してこられた東野圭吾さんの一つの到達点である『秘密』は、穏やかな家庭の朝からはじまります。〈予感めいたものなど、何ひとつなかった〉という冒頭の一行が、その後に続く波瀾の予感を読者に与えます。

自動車部品メーカーの生産工場に勤務する杉田平介は、妻と小学校五年になるひとり娘をこよなくいとしんでいる、四十歳になるごくふつうのサラリーマンです。夜勤は辛いけれど、朝食を家族といっしょにとるのを楽しみにしています。

でも、この〈予感めいたものなど、何ひとつ〉ない夜勤明けの朝、平介は、ひとりで侘(わび)しく朝飯の支度をしなくてはならなかった。妻直子が従兄の告別式に出席するため長野の実家に帰り、娘の藻奈美(もなみ)もスキーをやりたくて同行したためでした。

まるで炊事のできない平介のために直子が用意しておいてくれた料理の数々が細やかに記されます。いささか肥(ふと)り気味でお喋りだけれど心配りのゆきとどいた妻と、素直な娘。三人の穏やかであたたかい家庭生活が十分に読者の目に浮かんだところで、テレビが平介に衝撃的なニュースを伝えます。

スキーバスの転落。多数の死傷者。重傷で入院したもののなかに、妻と娘の名前。

娘を庇(かば)って躰(からだ)の上におおいかぶさった直子は血みどろになって死に、娘だけが、瀕死の状態から奇跡的によみがえります。

三人の家族は、こうして二人家族になったのですが、しかし、実際は三人とも言える、奇妙な事態が生じます。

娘の肉体に宿った意識は、妻直子のものでした。外見は十一歳の娘、意識は——あるいは魂はといいましょうか——三十六歳の妻である存在とともに、平介は日常の暮らしをつづけることになります。

外観の年齢と内部の実年齢の乖離(かいり)を描いた小説や映画はこれまでにもあります。『秘密』が読者を感動させたのは、その後の生活の描きようによります。

コミカルにでもシニカルにでも、東野さんの筆力なら、どのようにでも書きこなせるシチュエイションですが、作者は、異常な事態に誠実に対処する夫婦の姿を、誠実な、そうしてクールな筆で描出します。誠実とクールは、作家東野圭吾の創作理念をあらわすキーワードと思います。

作者は視点を平介にさだめ、中年の男性である平介の心の揺れと、幼い女の子から少女にそうして娘にと成熟していく肉体を持たされた直子の心の揺れを、細やかに明瞭に読者に伝えます。

夫は、娘の肉体を持った妻を抱けるか。妻はどう感じているのか。

二人とも、ストイックなまでに互いに誠実です。しかし、男の肉の欲は、理屈では鎮まらない。平介の心情は、多くの男性読者の共感を得ました。

娘の肉体を持った妻は、奇跡的に所有した二度目の人生を、意志的に生きようとします。それは、いつの日か、この躰に娘がもどってきたときのために、最善の器をつくることでもあります。直子のありように、多くの女性読者が共感したのでした。

事故を起こし死亡したスキーバス運転手の家族の秘密もからみ、物語に興趣を添えています。哀切なラストの〈秘密〉は、物語の終焉ではなく、新しい出発を読者に予感させます。

そうして、『秘密』は、作家東野圭吾のさらなる高峰にむけての出発をも予感させます。

三月は深き紅(くれない)の淵を

恩田陸

◇講談社文庫
◇二〇〇一年七月

〈時〉というものは、いつから始まったのか。決して答は出ない問いだ。

〈時〉は、いつまで続くのだろう。その問いも、同様だ。無限という答は、何も答えないに等しい。無限の前に立ちすくみ、答のない問いを発しているのだから。

だれでも、一度ならず考えるのではないだろうか。長じるにしたがい、答が出ないとわかっていることにこだわるのは馬鹿馬鹿しいと、その切実な問いは日常の暮らしから排除されてしまう。日常が、得体の知れない〈時〉のなかに在ることも、生活者の意識から追い払われる。

眠りから醒めて身仕舞いをして朝食をとって……決まりきった日常が繰り返される。でも、それが、本当の相(すがた)なのだろうか。

日常の、ある一点——刹那と呼ぼうか——が、ふとしたはずみに破れると、皮がくるりとめくれて、混沌と深い無辺際の、不可視の湖——永遠と呼ぼうか——が顕(あらわ)れる。時間は、そのとき、無窮の空間と同義語になる。

それを視た者がどういう感覚にとらわれるか。

恩田さんの作品に、しばしばキーワードのごとく現れるのが、〈懐かしさ〉あるいは〈ノスタルジア〉という言葉である。「ノスタルジア」をそのままタイトルとした短篇すらある。

本作『三月は深き紅の淵を』第四章にも、書かれている。

〈彼女にとって、重要な、極めて個人的なテーマは、ずばり『ノスタルジア』である。(略)彼女は幼い頃から世界というものに対して漠然とした郷愁を抱いていた。郷愁という言葉が誤解を招くのならば、世界というものがぐるぐると大きな円を描いて、時間的にも空間的にも循環しているという感触である。〉(本文三四三ページ)

恩田陸さんは、私生活を作品に投影させることのほとんどない作家だが、この章においては、例外的に自らを語っておられる。それゆえ、彼女という人称で書かれたこの郷愁の感覚は、恩田さん自身のものとみなしてよいだろう。

郷愁。ノスタルジア。恩田さんがこの言葉を使うとき、それは老いたものが過ぎた日をなつかしむ懐旧の思いとは性質が異なる。現実に体験してはいないのに、懐かしい。

〈心地好く切ないものであると同時に、同じくらいの忌まわしさにも満ち〉(本文三四三ページ)ているそれこそが、永遠とも無限とも呼ばれる〈時〉であろう。人はそれより生まれ出て、それに還る。人の時間でいう過去も現在も未来も、すべて、そこに在る。それを視る力を恩田陸は持ち、そうしてさらに、その感覚を、物語として私たちに伝える力をも持っているのである。

『六番目の小夜子』という小さい文庫本を手にしたのは、一九九二年の夏だった。おびただしい新刊書がならぶなかで、ファンタジーノベル大賞の最終候補作ということも知らずその本を選び取ったのは、タイトルに惹かれたゆえであった。

作者の経歴も作品に関する情報も知らず、世評で先入観を与えられる前に、まず作品の魅力に触れることができるのは、読み手にとって、こよなく幸せなことだ。

近頃のように情報が発達していなかったおかげで——あるいは、私が情報に疎いのか——幾つかの作品と、こういう幸せな出会いを重ねてきている。うむをいわさず虜にしてくれたのは、ここ三十年ほどでいえば、澁澤龍彥の『犬狼都市』であり、中井英夫の『虚無への供物（くもつ）』であり、赤江瀑の『獣林寺妖変』であった。ドノソもグラックもシュルツも、書店でゆきずりの一目惚れであった。最近では、古川日出男の『13』がある。

恩田陸の『六番目の小夜子』もまた、一目惚れの相手の一人であった。

その後、『球形の季節』『不安な童話』と、最初はゆっくりしたペースで刊行されてきた。大がかりな宣伝も広告もないのに、作品の魅力によって、〈恩田陸〉は、本好きの人々のあいだにじわじわと浸透した。

炯眼（けいがん）の編集者が見逃すわけはなく、ミステリ季刊誌『メフィスト』に、この『三月は深き紅の淵を』が連載された。

連載中から、ミステリ好きの読者を熱くさせる作品であった。単行本としてまとめられ、恩田陸は、よりいっそう多くの人に愛されるようになった。

それまで、勤めていた会社をやめ、執筆に専念することにしたとたん、堰が切れて迸る奔流の勢いで、恩田陸の作品は数を増した。

多作すればするほど、恩田陸は、作品の幅をひろげ、深みを増す。内部にどれだけの鉱脈を持っているのかと、賛嘆する。

恩田陸さんは、多読の人でもある。もちろん、多く読んだからといって、だれもが多くの佳作秀作を書けるわけではないが、恩田さんの場合は、幼いときから今に至るまで読みつづけた数多の本から得たものが、内部で豊かに醸成され、作品の土壌となっていると思われる。それをあらわす言葉を、本書から引用しよう。

〈いいものを読むことは書くことよ。うんといい小説を読むとね、行間の奥の方に、自分がいつか書くはずのもう一つの小説が見えるような気がすることってない?〉(本文一六一ページ)

読者は、これ以上の予備知識は持たないで、本編を読まれたほうが興趣は深いと思うのだが、恩田陸の本にはじめて接するという読者にいささかの手掛かりを記すのも小文の役目であろうから、蛇足を加える。

《三月は深き紅の淵を》

なんという魅力のあるタイトルだろう。読みたいと切望しない本好きはいないだろう。

私も読みたい。でも、その願いは叶えられない。存在をほのめかされながら、決して読むことのできない幻の本《三月は深き紅の淵を》について書かれたのが、本作『三月は深き紅の淵を』である。

四つの独立した中篇が、幻の本を絆にゆるく結び合わされるという構成である。

第一章は、幻の本探しである。風変わりな趣向の三月のお茶会（アリスのような……）に招かれた主人公が、本が家のどこに隠されているか、推理することを求められ……。

第二章では、幻の本の作者を求めて、出雲におもむく二人の女性編集者が……。

とまで明かして、小文の筆者は消えよう。

〈あたしさあ、子供の頃、本読んでても、誰々作、って意味が分からなかったの。本に作者ってものがいるってことに気付かなかったのね〉（本文一六一ページ）

本と読者が緊密に結びつくとき、ときには作者さえ物語の向こうに溶け消える。まして、野暮な解説はここで溶暗。溶明したとき、物語がはじまる。

まひるの月を追いかけて

恩田陸

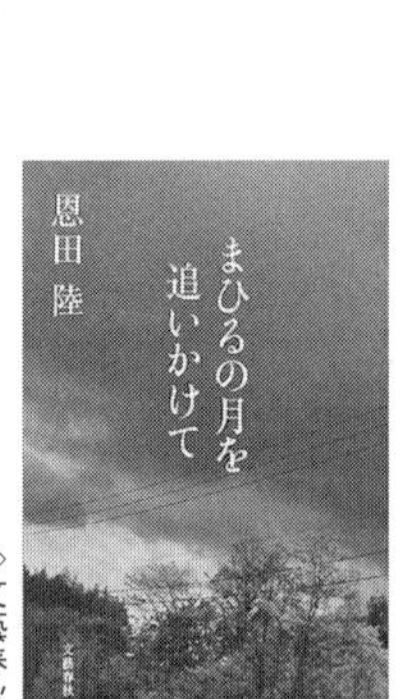

◇文藝春秋
◇二〇〇三年九月

キーワードは〈懐かしさ〉

芝居を見るとき、早めに客席に入るようにしている。これから何が始まるのか、わくわくする気持ちを十分に味わいたいからだ。幕で仕切られたプロセニアム・アーチ型の舞台のときは、幕の向こうにどんな装置が置かれているのか、好奇心にかられる。

このごろは、幕でかくさず、最初から装置をあらわにしているほうが多いけれど、その場合も、開幕前は薄闇に沈んでいる舞台に、いざ照明があたり客席が逆に闇になると、幻想空間がとたんに活き活きと息づきはじめる瞬間の、驚きと喜びは大きい。

恩田陸さんの新作を前にすると、いつも、新しい芝居の開幕を待つときのように、わくわくする。

一つには、タイトルが実に魅力的なのだ。『三月は深き紅（くれない）の淵を』『麦の海に沈む果実』『木曜組曲』、こんなタイトルを目にして、期待感にわくわくしない本好きはいない。そうして、読み終わったとき、十分な満足感を得られることを経験しているから、新作へのわくわく度が増す。『まひるの月を追いかけて』は、やさしい懐かしい雰囲気を醸しだすタイトルに、まず惹かれた。まひる、とひらがなで書かれていることに、作者の周到な意図が感じられる。仄かに存在を感じはしても、目にはさだかではない〈まひるの月〉を追うように、消息の知れなくなった相手を求めて主人公〈静〉がもう一人の女性とともに旅するのは、飛鳥、奈良の地である。

静は旅の友に一冊の文庫本をたずさえている。飛鳥、奈良を旅するのに、これほどふさわしい書はない。

およそ千二百年も昔に編まれた、日本最古の歌集『万葉集』には、貴賤男女を問わないあらゆる階層の上代人の感情――恋の哀歓、朗らかな諧謔のやりとり、あるいは政争に敗れて流される途次の壮絶な悲哀、遠い筑紫の血に防人として出でゆくときの妻との別れの切なさ、などなど――が素朴に赤裸々に繊細にあるいは豪放に、うたいあげられている。

兄の妻への恋を朗々とうたう大海人皇子の〈紫草の匂へる妹を憎くあらば人妻故に吾恋ひめやも〉の歌は、知らぬ人は少ないであろうし、その大海人が兄天智帝の子を滅ぼし、即位し、やがて薨った後の、大津皇子の悲劇を知るものなら、大伯皇女の〈わが背子を大和へ遣るとさ夜ふけて暁露にわが立ちぬれし〉の一首に胸迫ろう。

身分の低い女孺狭野茅上娘子は〈君が行く道の長手を繰りたたね焼き亡ぼさむ天の火もがも〉

と、配流の夫への激情をうたい、藤原鎌足は天皇を補佐する高位にありながら、美しい采女を妻として、〈吾はもや安見児得たり皆人の得かてにすとふ安見児得たり〉と、天真爛漫に歓喜する。岡の辺で若菜を摘む娘に、帝が親しく、どこに住んでいるのだね、名前は？　と、おおらかに語りかける――つまりは求婚する――のが、万葉人の世界である。

飛鳥、大和、奈良の地が、千数百年の歳月などないもののように、江戸や鎌倉、室町よりも身近に懐かしく感じられるのは、その地形のおだやかさとともに、『万葉集』を通じて、上代の人々のありようが、現代の私たちと少しも変わらぬことを知り、親しみをおぼえるからだろう。

二人の若い女性は、まひるの月を追い求め、橿原神宮から藤原京跡、明日香村……と尋め歩く。その旅は、非日常の場所、非日常の時間のなかを漂うことでもある。

非日常の場所。非日常の時間。それは、舞台にのせられた演劇の空間、時間と似ている。語り手の〈私〉＝静は、最初はただの観客のつもりであったのが、次第に、役割もわからず、台詞も知らされないまま舞台にあげられた役者のような状態になる。

『万葉集』は、静が旅に持参したというほかに言及されてはいないのだが、作者の意識の底に常にあったのではないかと推察するのは、各章の終わりごとに掌篇がそえられるというスタイルが、あたかも長歌に対する反歌のようであるからだ。

掌篇には、ミステリの伏線のような深い意味があることが、ラスト近くなってわかるのだけれど。

奈良も飛鳥も、観光化され俗化が進んでしまったが、鄙びた長閑なたたずまいも所々に残っていて、旅する者は懐かしさを覚える。〈懐かしさ〉は、恩田陸さんの作品のキーワードとなることが多い。単に自分の過去の時を追憶し懐かしむだけではない。恩田さんが作品のなかでこの感情に言及するときも、もっと、根源的な意味を感じる。

土筆（つくし）摘む小学生（文庫版二〇一ページ）と、〈この岳（おか）に菜採（なつ）ます児〉と帝に呼びかけられた娘は、同じ〈時〉の中にいる。

過去から未来にかけての無辺際の時の一点にいて、その広大な時に対して感じる〈懐かしさ〉。それを、恩田さんは体感しておられるのではないかと、思う。

『本の話』二〇〇三年十月／再録・『文藝別冊恩田陸 白の劇場』二〇二一年二月

稚兒殺し——倉田啓明譎作集

倉田啓明

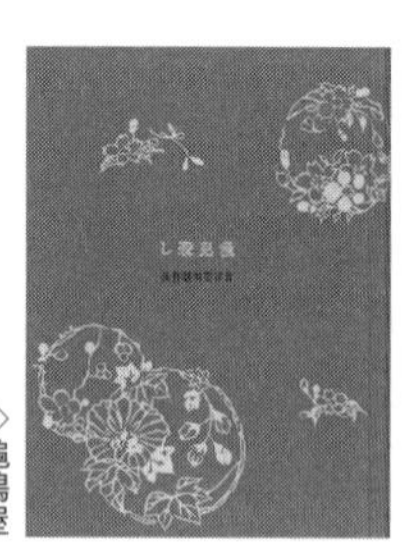

◇亀鳴屋
◇二〇〇三年四月

序

プロレタリアートがブルジョアを彈劾し、婦人社會主義者が擡頭する一方、江戸末期の腐爛と西歐の頽廢への憧憬を融合し、雅文漢語を驅使した獨特な金泥小説があらはれたのが、大正といふ須臾の間の時代であつた。

いま、平成の小説世界にはその殘滓もないのをいささか淋しく感じてゐたところ、未知の方から、大部の校正刷りがとどき、倉田啓明なる作家の小説群を、貴重な資料の數々とともにご紹介いただいた。

大谷崎の贋作をものして後世をたばかつた興味深い經緯は、收録作の解題、資料とともに西村賢太氏により詳述されるであらうから、屋上屋を重ねざるやう省筆し、谷崎の名を冠した贋作『誘惑女神』の莊重な書き出しは、坪内逍遙の戲曲を思はせるとのみ記さう。

その壮絶な墮地獄の生も、資料の一つ『囈言』に詳しい。

華は毒あつてこそ美しいが、倉田啓明にあつては、我が身にありあまる華麗な毒に早々と蝕まれ、世人の屬目の的となる前に、まつたき開花を待たずして萎え朽ちたといふべきか。

かの山崎俊夫の諸作を愛好した讀者の琴線に、倉田啓明もまた、かならず觸れることであらう。

アベラシオン
篠田真由美

◇講談社
◇二〇〇四年三月

篠田真由美さんの入魂の大作『アベラシオン』の、ラストのフレーズをここに記しても、これから本文を読もうという読者の興趣をそぐことにはならないと思う。

「私にも見えません、それは。それでも、(略)我々は天から射す光の気配を感ずることはできるのではありませんか」

鑑賞法だの美術史の知識だのを教えられる前に、己が目で直接美に触れ、心奪われるのは、幸いなことである。同時に恐ろしいことでもある。芸術は、受け止める感受性を持つ者にたいして、その先の生をさだめるほどの影響を及ぼす。

本作の視点人物藍川芹は、小学校低学年のとき、たまたま目にした画集の一葉の絵に強く惹きつけられた。芹の将来を決する力が、その絵にはあった。

本文の、その絵に関する部分は、ラストの言葉とみごとに照応している。十歳にもみたぬ芹は、何の知識もないまま、絵が、中から光っていると感じ、また、理由の分からない悲哀をおぼえもする。

後に、芹は、画集の持主である叔父からその絵について教えられる。十五世紀中葉、イタリア中部アレッツオの聖堂の壁に『聖十字架伝説』の各場面を絵巻物風に描いたフレスコ画の一つであった。

戦場で眠る皇帝が、夢の中で、戦勝を天使に告げられる場面である。天使の放つ光は、眠る皇帝の夢に注ぎ入るのだが、芹が惹きつけられたのは、皇帝の傍らに座す従者であった。天使。光。光を視ることのできるのは、神に選ばれた者のみの特権であり、その訪れを仄かに感知しながら選ばれておらぬ身は、視るあたわぬ。選ばれぬ者の悲しみと諦めを、芹は、絵の外、すなわち現世に立つ自分に思い重ねる。

キリスト教美術にあらわれる天使。それは、単純に無垢な無邪気な存在とは言い切れない。キリスト教そのものが、ローマ帝国の公認宗教となりゲルマン民族のキリスト教化を経てヨーロッパ全土にひろまる過程において、人のもつ闇の部分、征服欲、富と名声への欲望、残虐嗜好などを包含することになる。しかしながら、一筋の光への渇望もまた、人は持たずにはいられない。

一枚の絵が芹に与えたヨーロッパの美術の光と闇の魅力は、彼女をして美術史を専攻させ、更にイタリア留学を志しフィレンツェに渡らしめるほど、強烈であった。

ヨーロッパの歴史は、日本人の想像を超えて血腥く酷薄で陰謀にみちている。

絶え間ない戦争。疫病。迷信。啓蒙的と讃（たた）えられるルネッサンスにおいてさえ、死と血のにおいは、常に色濃く存在する。魔女狩りが陰惨を極めたのは、ルネッサンスを経た近世初頭においてである。

作者篠田さんは、かねがね、西欧建造物への偏愛を語っておられる。その該博な知識を裏付けに北イタリア・ベルガモの丘に創造された、〈聖天使宮〉の名を持つ、壮麗にして謎にみちた館に、若い日本人留学生藍川芹は招待された。

芹が踏み入るのは、ダンテが描く地獄のような暗黒と光への渇望、豪奢にして残酷、いわばヨーロッパの歴史が凝縮され具象化されたような、絢爛としたゴシック・ロマンの舞台にふさわしい迷宮である。

芹が否応なしに巻き込まれる殺人を含めた幾つもの事件には、グロテスク、天使、死の舞踏、ナチス、聖杯伝説、イコノロジー、マニエリスム、畸形、それらのキーワードが血の色の宝石のように鏤（ちりば）められ、ハプスブルク帝国の残光が六本指の怪となって揺曳（ようえい）し、天上の愛と地上の憎悪、世俗の欲が絡みあって、濃密に塗り重ねられた西欧の油彩画、あるいは人工の極（きわみ）である重厚なゴブラン織のようなミステリ世界が造り上げられている。

迫力にみちた、そうして酸鼻ともいえるラストにおいて謎は解明されるが、救済の薄明を読者が感じるのは、主人公藍川芹が、どれほど周囲から裏切られようと常に、天から射す光の気配を感じる力を失わないからである。それは、作者篠田真由美さんの、生きるスタンスでもあろう。

再録・『アベラシオン・上』講談社ノベルス、二〇〇六年三月

幽霊通信(都筑道夫少年小説コレクション1)

都筑道夫/日下三蔵・編

◇本の雑誌社
◇二〇〇五年八月

いつまでも読み継がれて

単行本を出版してもらえるようになってから、束見本(つかみほん)というのを編集者に貰ったことが何回かあった。

造りは実際に刊行する本と同じだが、中の紙には何も印刷されていない。本の体裁や厚みの仕上がり具合をみるためのものである。

これは、たいそう魅力があった。この白いページに物語を書き挿絵を描いたら世界にただ一冊だけの本ができる。そう思えたからだ。普通の大学ノートに書いたのでは、本の体裁をなさない。外見は書店の棚にあるのと同じ書物なのに中身は空白という騙しも楽しい。

ひところ、〈白い本〉というのを、書店で売っていた。ハードカバーの角背(かくぜ)で、白い表紙、中は真っ白という本である。

先に私事を書いてしまうが、数年前、『死の泉』という小説を書いたとき、女主人公が手記を記すのに、束見本を利用させた。普通のノートであっても設定としては差し支えないのだが、この小道具にそれほど私は愛着があった。

半世紀ほど昔——正確に言えば四十四年前——束見本の特色をみごとに小説に利用した作家がおられる。すなわち、都筑道夫氏である。

一九六一年、東都書房から書き下ろしで出版された『猫の舌に釘をうて』は、束見本に書かれた手記であることが、重大な意味を持っている。

都筑道夫の著書『猫の舌に釘をうて』の束見本に、だれかが手記を書いたということになっている。本の造りそのものが、一種のトリックなのである。

主人公が犯人であり、探偵であり、被害者にもなるという趣向とともに、束見本のこの使い方に驚いた。

セバスチアン・ジャプリゾの『シンデレラの罠』が発売されミステリ愛好者の間でたいへんな話題になったが、都筑氏はそれより以前に『猫……』を著しておられる。しかも〈記憶喪失〉という、書き手がしばしば頼りがちな便利な手段をもちいず、都筑氏はこの離れ業をやりとげたのであった。

ちなみに、東都書房は講談社の関連会社で、ミステリの刊行にたいそう意欲的だった。書き下ろしのシリーズ東都ミステリーが次々に発売され、気楽な読者だった私は、店頭に並ぶ端から、読みふけったのだった。家計にゆとりのないころだったから、もっぱら貸本屋を利用した。貸本屋は、新刊がでると間を置かず入荷していた。大衆読物にかぎらず、安部公房だの野間宏だのいわゆる純文学の本もおいていた。

私はそのころ、純文学というのは、安部公房のような実験的前衛的な小説をさすのだとばかり思っていた。そういう純文は、型にはまった人物がお約束どおりの行動をとる大衆読物よりはるかに読みごたえがあり面白かった。

面白さにおいてそれらの純文に肩を並べ、あるいは抜きん出るのが、実験性に富んだ筒井康隆や小松左京のＳＦであり山田風太郎や都筑道夫の小説群であった。いずれも、型破りである。

私小説系の、自分の体験に根ざした日常リアリズムでなくては認められにくいと知ったのは、自分が書くようになってからである。

このさい、私事をもう少し書いてしまうが、私が小説誌の新人賞に入選したとき、その授賞式の席上で、選考委員のお一人に、「作者は団地の主婦だそうだが、なぜ、団地の主婦の話を書かないのか」と言われた。

それほど、絵空事の物語は小説として低いとする風潮が、当時の日本の小説評にあっては強かったのである。花も実もある絵空事を、と、直木賞の選考の度に、柴田錬三郎が一人強調したのだったが。現在は、リアリズムも反リアリズムも、幅広く受け入れられるようになり、事情はまったく異なっている。

『猫……』と前後して、『やぶにらみの時計』『三重露出』など、都筑氏の初期の傑作を読んでいる。

『三重露出』は、S・B・クランストンなるアメリカの作家が書いた長篇を滝口正雄という翻訳家が訳したということになっている。そうして、翻訳された小説と滝口正雄の実生活で過去におきた殺人事件とが混沌としていくという凝った構成である。S・B・クランストンはもちろん架空の人物であり、彼の原作も、都筑道夫が創作したものである。

拙作『死の泉』も、ドイツ人が書いた小説を日本人が翻訳したという体裁を取っている。書いた時は意識していなかったが、架空の翻訳者が架空の書を翻訳するという設定は、三十数年前に読んだ『三重露出』によって刷り込まれていたのにちがいないと、今、この稿を書くために都筑氏の旧作を読み返しながら、思い当たった。

『三重露出』は、アメリカ人が日本を舞台にして書いたナンセンス・スパイ小説ということになっている。

〈外人の目を通して日本を書く、ということに興味を持ったのは、林房雄の『青年』を読んだときからだ〉と、都筑氏は三一書房版のあとがきに書いておられる。

『青年』は未読なのだが、外国人が日本をでたらめに書いた嚆矢(こうし)は、A・S・サリヴァン作曲、W・S・ギルバート作詞の喜歌劇「ミカド」だろうか。江戸時代の日本を舞台にしたと称するもので初演は一八八五年。ロンドンで上演されて空前の好評を博し、十数ヵ国語に翻訳された。日本では敗戦後二年目の一九四七年に長門美保歌劇団が上演した。娯楽に飢えていた十七歳の私は、なけなしの小遣いをはたいて観にいったのだが、ミカドの息子の名前がナンキプー、その恋人の名がヤムヤムという一事でもわかろうというでたらめぶり。戦前なら不敬罪でひっぱられそうな代物だった。

日本をでたらめに描く外人をまたおちょくるのが、外人の見た日本を日本人が書くという手法だ。このことで、私は、またも都筑氏の影響を受けている自分に思い当たった。

二年前になるか「猫舌男爵」という短篇を書いた。日本語をろくに知らない外国人が山田風太郎の英訳本を読んで、はまってしまい、たまたまみつけた日本人作家の『猫舌男爵』という短篇集を翻訳するが、まるで目茶苦茶であることが、訳者あとがきで露になる。これを書いたとき、先行作として、私の頭にあったのは、小林信彦氏の『ちはやふる奥の細道』であった。昔読んだので細部はおぼえていないのだが、アメリカ人が日本文学をとんでもない頓珍漢な解釈で得々と説明する話である。そのさらなる先駆が『三重露出』であった。『ちはやふる奥の細道』は徹底してアメリカ人の頓珍漢ぶりに、『三重露出』は海外スパイ物＋風太郎忍法帖のパスティシュに、それぞれ重点がおかれているという違いはあるが。

「猫舌男爵」というタイトルは、忽然と頭に浮かんだのだが、これも、思えば『猫の舌に釘をうて』が意識の深層に刻まれていたせいかもしれない。

ある時期——正確に憶えてはいないがたぶん六〇年代——ロブ＝グリエやビュトールなど、フランスのヌーヴォー・ロマンがずいぶん邦訳された。私の偏愛する一人ジュリアン・グラックの『シルトの岸辺』や『アルゴールの城にて』『陰鬱な美青年』などの実験的スタイルの小説が翻訳紹介されたのも、このころである。グラックは一九三八年に最初の作『アルゴールの城にて』を発表しているのだが、日本に広く紹介されたのはヌーヴォー・ロマンが邦訳されたのと踵を接したころであったと記憶する。アンチ・ロマンの共通性があるからか。集英社が力を入れて、海外の、いわゆる古典名作ではない現代文学を翻訳紹介していた時期であった。グラックは、戦前にも翻訳されていたのを私が知らなかっただけかもしれないが。

実験的なヌーヴォー・ロマンは新鮮な面白さがあり、前衛性を持つ何人かの日本の作家に影響を与えた。倉橋由美子がビュトールに触発され二人称スタイルの作品を発表し、山尾悠子の「黒金」は、ロブ＝グリエの「秘密の部屋」の手法を巧緻にもちい、後になって筒井康隆がロブ＝グリエの別の作品の手法をミステリにとり入れ、いずれも効果を上げている。

「わが小説術」で、都筑氏はヌーヴォー・ロマンに触れ、次のように書いておられる。

〈私という一人称、彼という三人称ではなくて、きみと主人公に呼びかける。それが、二人称である。（中略）サスペンス小説には、もってこいの技法である。文学では二人称、エンタテインメントでは、実況放送スタイルといっていい。瞬間、瞬間の登場人物の動きを、読者に実況報告するのだ。〉

そういう考えのもとに、二人称で書かれたのが、都筑道夫氏の最初の長篇サスペンス『やぶにらみの時計』である。

純文学の前衛的手法をエンターテインメントに転用する。画期的なことだった。エンターテインメントにおける最初の二人称小説だったのではないかと思う。（読み落としが有るかもしれないので、断言はできないが。）

実験的といえば、ドイツ後期ロマン派の作家ホフマンに『牡猫ムルの人生観』という長篇がある。牡猫ムルが、飼い主である音楽家の机を借りて、自伝を書く。ところが、音楽家も同じ机で手記を書いており、二つの原稿が入り交じってしまったのを出版社は気づかず、そのまま印刷、製本し発売した。猫の自伝のところどころに、失恋を嘆く音楽家の手記の断片がアトランダムに混じりこんでいるのを、読者は読むことになる。子供のころに読み、趣向がたいそう面白くて強く印象に残っていた。本という形式そのものに技巧を凝らした小説を、そのとき初めて読んだのだった。

都筑さんも、エッセイに、ムルの複雑な技巧に惹かれたことを書いておられる。『三重露出』の遠いルーツはムルなのかもしれない。

生まれ育った年代が同じなので、子供のころに耽読した本の体験が似かよっている。といっても私が書き出したのは四十を過ぎてからで、それも暗中模索を続けながらだから、書き手としては、はるかにはるかに後輩になる。おこがましいなと恐縮しながら、この小文を書いている。

豊富な読書で培われた都筑さんの才は、二十にみたぬうちから溢（あふ）れ出て、時代伝奇から推理小説、怪奇、ホラー、そうしてあの『なめくじ長屋』シリーズ……と、一作一作が磨き抜かれた数多い作品が産まれることになる。

数多いと書いたが、執筆された歳月の長さを考えたら、多作とは言えない。しかも、都筑道夫は、文体、文章、構成にきわめて厳格である。量産型ではない。洗練された文章で、自分にとって面白い話を書く。それが都筑道夫が自分に課した創作の掟であった。

都筑さんの子供向けの作品は、私も今度初めて校正刷りで読んだのだが、ごく短い枚数と用語・用字の制約のなかで、きちんと論理をとおした本格推理を書いておられる。

編纂者日下三蔵さんは、都筑道夫の面白さにとりつかれ、これまでにも何冊も都筑道夫の作品集を編纂してこられた。

いままた、単行本未収録作品や現在入手困難な作品を集めたこの『都筑道夫少年小説コレクション』を編纂しておられる。

都筑道夫が文章の師とした久生十蘭（ひさおじゅうらん）の小説が古びることなく、新しい読者に読み継がれているように、都筑道夫の小説もまた、新しい読者を刺激しつづけている。

『猫の舌……』や『三重露出』が発表されたリアルタイムにはまだ生まれてもいなかった日下三蔵さんの存在が、それを証（あか）ししている。

天狗〈大坪砂男全集2〉
大坪砂男／日下三蔵・編

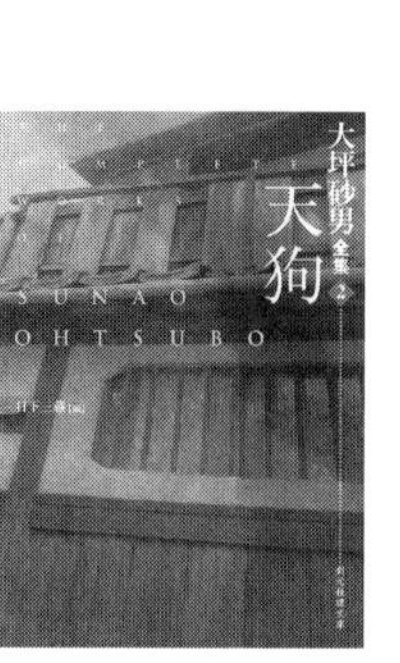

◇創元推理文庫
◇二〇一三年三月

大坪砂男をぱくった男

〈大坪砂男〉は、いつも、敗戦直後の燻ったにおい、雑然とした闇市、ＧＩに寄りかかって銀座を闊歩するパンパンなどの映像と共にある。徹底的な喪失の虚無と陰鬱さに、奇妙にエネルギッシュな前進力が綯い交ざった時代だった。山田風太郎の初期短篇とも通底する感覚である。

そのころ、質の悪い紙ながら、面白さを満載した探偵小説雑誌『寶石』（昭和二十一年創刊）が発売日より少し遅れて古本屋の店頭に出るのを、十六、七の私は待ちかねていた。預金封鎖、インフレ、新円発行と、経済はめちゃめちゃ。新刊を買うには小遣いが乏しすぎた。

大坪砂男の「天狗」をはじめとする傑作群の多くも、『寶石』誌上で発表された。「天狗」の奇抜この上ない処刑法が娘ッ子だった私に刻み込んだ印象の強さときたら、数十年後、金瓶梅を換骨奪胎した長篇を岡田嘉夫画伯とのコラボで絵双紙仕立てで書いたとき、西門慶の処刑に、様を変えて流用せずにはおられなかったほどである。「男井戸女井戸」の、水に映る影の恋も、よろしゅうおしたなあ。卵の黄身の不気味さも。

大坪砂男の抜きん出た凄みについては、多くの方々がすでに言及しておられ（本書にも掲載されるはずだ）、評価もさだまっている。私が拙い筆で屋上屋を重ねるまでもあるまい。ごく私的なことを、この場で書くことをお許しいただきたい。大坪砂男にほんの少し関わりがあります。

敗戦後間もない昭和二十一、二年ごろから、我が家には、霊媒と称する大陸帰りの男が出入りするようになった。私の父親は、戦前から心霊現象（千里眼とか降霊会とか）に強い関心を持ち、一点の疑心も持たず事実と信じ込み、王政復古ならぬ、神政復古を持論としていた。神託を受けて政を行う、つまり、卑弥呼ですね。いったいどうしてそんな考えを持つようになったのか不思議なのだが、次男に政古と名付けたほどだから筋金入りの病膏肓だ（この弟は、生後一年足らずで死んだ）。それが霊媒と知り合ったのだから、欣喜雀躍、我が家の二階で降霊会を開くようになった。私たち子供は嫌でたまらなかったが、当時は父権強大である。強制され、渋々ながら列席した。次第に人が集まり、新興宗教めいた組織になっていくのだが、それを語るのが小文の目的ではない。

その霊媒野郎が、大陸で自分が体験したという不思議な話を、得々と皆に聞かせた。

私は唖然とした。それ、大坪砂男の「密偵の顔」じゃないの。

しらじらしく、ぱくっている。

大勢の大人の面前で暴露するには、私はまだ無力過ぎた。

後で、父に訴えた。「お父様、あれ、いんちきです」
大坪砂男と言っても、探偵小説を読まない父にはまったく通じない。私の手元に、証拠となる掲載誌はなかった。なにしろお金がないから、読了すると古本屋に売り、未読のを買う足しにしていた。

父は困惑した顔を見せただけで、話は曖昧なまま終わってしまった。

むかっ腹がたったのだが、今になって思い返すと、ビリケン頭で丸い鼻の頭が酒焼けしたあの霊媒男も、『寶石』を愛読し、大坪砂男のファンだったのかと、何だか可笑（おか）しい。

昭和四十七年、薔薇十字社から『大坪砂男全集』が刊行されたとき、入手して読み直した。小説は、文体、発想、構成の三位一体だと思った。引っ越しや整理を重ねるうちに紛失してしまった。

この稿を草するにあたり、編集の方からいただいた創元版のゲラで三読。堪能した。

三位一体にくわえて、物理トリックと人の心理の動きが渾然と融合していることに、あらためて感嘆した。この特色がきわだって鮮明なものの一つが、「涅槃雪（ねはんゆき）」だが、うちにひそむ蕭条（しょうじょう）たる心象にも、心打たれたのであった。嗚呼、敗戦。

この闇と光
服部まゆみ

◇角川文庫（改版）
◇二〇一四年十一月

真の贅沢

〈薔薇の谷〉と呼ばれる土地がブルガリアにあります。バルカン山脈の裾（すそ）です。

無数の薔薇が栽培されているのですが、この花たちは、蕾（つぼみ）をつけるや、早暁、朝の光を浴びる前に摘み取られてしまいます。

観賞用の華麗な薔薇園ではなく、野菜や果物のような薔薇畑なのです。

無数の葩（はな）びらは蒸留釜に入れられ、やがて、一滴、一滴、抽出された薔薇油が器の底に溜まります。

一グラムの香油を得るために、その数百倍の重さの葩が用いられます。葩ひとひらの軽さ、儚（はかな）さを思えば、必要とされる量がいかばかりか、察しられます。膨大な量の薔薇によって得られる一滴の香油。

薔薇の香油は、かつて、その目方の金と同等に扱われました。ブルガリアの商人は、薔薇油を満たした筒を身につけ、国々をまわりました。通行許可証の役をもなしたのでした。

ハンガリーからルーマニア、ブルガリアと旅したとき、この薔薇の谷と蒸留工場を訪れました。

服部まゆみさんのお作を読むとき、いつも、薔薇の香油を連想します。

厳しい審美眼によって厳選された文学、美術、音楽の深い知識、それらに対する思索。一つの言葉、一行のフレーズは、膨大なそれらから抽出された一雫です。

『この闇と光』に、主人公が魅せられた画家たちの名前を列記した箇所があります。

画聖の筆頭におかれたランブール兄弟は、十四世紀に生まれた写本装飾師です。十五世紀初頭に描かれた『ベリー公のいとも豪華なる時禱書』は、世界でもっとも美しい本といわれています。羊皮紙二百六葉に細密に描かれた写本は、フランスのコンデ美術館に蔵されています。印刷で見るだけでも、玲瓏たる青、深奥なる紅など色彩の鮮やかさに目を奪われ、中世の人々の佇まいから息遣いまで感じられ、美に囚われる本作の主人公が魅せられたのもさこそと思われます。

時代をほぼ同じくするファン・エイクやパオロ・ウッチェロ、そうしてルネッサンスの巨匠レオナルド・ダ・ヴィンチ――服部まゆみさんは後に『レオナルドのユダ』という大作を著しておられます――、十六世紀フランドルのブリューゲル、十七世紀のオランダ美術を代表するあの静謐なフェルメール。

時代は十九世紀に移り、ラファエル前派の蠱惑的な画家たち、ダンテ・ゲイブリエル・ロセッティ、ジョン・エヴァレット・ミレイ、バーン・ジョーンズ、フェルナン・クノップフ。

ラファエル前派の画家たちは、神話、伝説、文学に題材をとり、浪漫主義の色濃いタブローを制作します。

さらに、クリムト、ベルメール。

印象派は退けられています。

日常の表層を描いた画風の作も亦、排されます。

主人公の偏愛の流れは一貫していると言えましょう。

作中人物の思想や嗜好を作者本人と重ねてはならないと思いますが、『この闇と光』の主人公には、作者が何を嗜愛し、何を嫌悪するかが、明瞭に投影されていると感じます。

作品についてのみ語るべきであろう〈解説〉という場において、私的なことを記すのも憚りがありはするのですが、日常においても、まゆみさんは、卑俗をよせつけず、審美眼にかなったもののみで日々を構築しておられた、と記さずにはいられません。

美醜、高貴卑俗、多くを知らなければ、取捨選択はできません。お訊ねしてみたことはないのですが、おそらく幼時から、魂をゆたかにするものに囲まれておられたのだろうと思います。

服部まゆみさんは、現代思潮社美学校で銅版画を学ばれました。

現代思潮社は、一九五七年に創立され、その最初の出版物がマルキ・ド・サド『悲惨物語』（澁澤龍彥訳）であることから窺えるように、きわめて尖鋭的な出版社でした。その後も、サドの『悪徳の栄え』、吉本隆明『異端と正系』、埴谷雄高『不合理ゆえに吾信ず』などを出版し、当時の若い世代に愛読されました。一九五九年に刊行された『悪徳の栄え』は猥褻文書として訳者の澁澤龍彦氏と出版社社長が告訴され、それを不当として多くの文学者が弁護にあたったのでした。

一九六九年。八年越しの裁判が、最高裁で有罪の判決を受けたその年、現代思潮社は美学校を創設、翌七〇年、神保町に教場を移しました。

この六〇年代末から七〇年にかけては、学園紛争が激化し、アンダーグラウンド演劇が熱を帯びた時代でした。

七〇年は、三月によど号ハイジャック事件が起き、十一月、三島由紀夫が自裁した年です。

美学校は、アカデミックな美術学校ではなく、銅版画、木彫刻、油彩、シルクスクリーンなどの科目の一つを選び、それぞれの分野の先端にある方の指導を受ける独特なものでした。私事になりますが、募集要項のパンフレットを見たとき、私はたいそう心惹かれたのでした。いろいろな事情から、入学は叶わない望みでしたが。

二十代初めだったまゆみさんは美学校で銅版画家加納光於氏の指導を受け、加納氏が美学校を退かれた後も氏の版画工房で学ばれます。

一九八四年、日仏現代美術展に出品して、ビブリオテク・デ・ザール賞を受賞され、授賞式に出席するためパリを訪れたそのとき、フランドルのブリュージュにも足を運ばれたのでした。

ジョルジュ・ローデンバックの『死都ブリュージュ』によって、訳者田辺保氏の表現を借りれば〈単に地理学上の一地点であることをやめ、「詩」の中の場所に高められ（略）幻想の王国に不朽の位置を与えられ〉た運河の街です。一八九二年——まさに世紀末——に著されたこの憂愁にみちた小説『死都ブリュージュ』は、我が国に於いても、上田敏、北原白秋、西条八十、日夏耿之介など仏蘭西のサンボリズムの影響を受けた詩人たちに深く愛されました。

邦訳は一九三三年に春陽堂、戦後は一九四九年に思索社、一九七六年に冥草舎から、そうして、まゆみさんが渡仏された一九八四年に、国書刊行会からフランス世紀末文学叢書の一冊として刊行されています。

まゆみさんがパリからブリュージュまで旅されたのは、ローデンバックに導かれてのことであったのでしょう。私は訪れたことはないながら、やはりローデンバックによって知り、魅されていました。おそらく、まゆみさんが愛されたクノップフの絵のような雰囲気の水都であったでしょう。

その旅が、ミステリ『時のアラベスク』に結晶し、一九八七年、第七回横溝正史賞を受賞されました。

まゆみさんご自身が制作された繊細な銅版画を装幀に用いた、美しい本でした。

作品の中にちりばめられたキーワードの数々は、私も偏愛するものばかりでした。

第二作の『罪深き緑の夏』では、澁澤龍彦への傾倒が明らかです。

幻想文学の愛好者にとって、澁澤龍彦氏と種村季弘氏のご著作は、甘露でした。私も耽読した一人です。澁澤さんの御著書によって、フランスのいとおしいマイナーポエットを知りました。

日常の生活の影が全くない独特の世界を、まゆみさんは最初から構築しておられました。日常から隔絶した小説世界という点は、赤江瀑、中井英夫に共通すると思います。『罪深き緑の夏』

の舞台となる蔦屋敷は、不思議な雰囲気のある異世界と感じられるのですが、子供の頃、実際、熱海にあった屋敷をモデルにしたの、と、まゆみさんは仰っていました。

二〇〇七年、まゆみさんは肺癌のために、あまりにも早く白玉楼に移られました。享年五十八。早すぎました。

デビュー以来二十年の間に残された著書は、長篇と短篇集をあわせて十冊。その中で、一九九六年に発表された『一八八八　切り裂きジャック』と前記した二〇〇三年刊行の『レオナルドのユダ』は、渾身の大作でした。

前者は、あの有名な娼婦連続殺害事件に、奇しくも時代と場所を同じくしたこれも有名な〈エレファント・マン〉をからませ、登場人物は二、三をのぞき、すべて実在という、とてつもない趣向が凝らされています。架空の人物は、ホームズ、ワトソンに相当する、鷹原惟光と柏木薫です。惟光、柏木、薫、いずれも優雅な源氏物語の人物の名前です。薫の君は、表向きは光源氏の子とされていますが、実は柏木が不義をして産ませた子供です。自らの出生を疑う薫は、鬱々と過ごします。『一八八八』の柏木薫に、作者は薫の君の鬱屈した性情を重ねるという、ネーミングの悪戯を仕込んでいます。

源氏物語において、藤原惟光は、光源氏の君の乳兄弟であり、忠実な従者です。『一八八八』に登場する鷹原惟光は、聡明にして光り輝く美青年。そして、鷹原の姓は、『罪深き緑の夏』の、澁澤龍彦をモデルにした鷹原翔に連なります。惟光の末裔に翔が、という幻の系譜を思うと、作者の密かな企みが楽しくなります。

エレファント・マンは、実在の人物です。外観は醜く崩れ、見世物にもなりながら、知性豊かな人物であったそうで、その生涯は映画や戯曲になっています。話が逸れますが、日本では劇団四季が上演しました。エレファント・マンを若かりし市村正親が演じ、畸形のメークはせず、躰をちょっと歪めるだけで表現していました。映画では無惨に崩れた姿を見せます。

服部まゆみさんは、日本人柏木薫を視点人物として、十九世紀のロンドンを、膨大な資料を駆使し、現前するかのように精緻に描出されたのでした。『レオナルドのユダ』とともに、発表時、もっと話題になって然るべき鏤骨の作であったと思います。

両大作の間に書かれた『この闇と光』は、直木賞の候補になりました。この賞の傾向とは対極にある作品です。選考委員のとまどいが選評からも感じられますが、かなりの好評を得ています。作品が放つただならぬ香気に魅せられた方もおられたようです。

本書に関しては、これ以上の言及は控えます。

ほんの一言が、ネタばれになる恐れがあるからです。すでに少々犯していますが、許容範囲だろうと思います。

この本を手にされた読者には、何の予備知識も先入観もなく、本文を読まれることをお勧めします。

主人公がひたすら求めるのは、〈虚名とも、金銭とも結びつかない。真に己の魂を震わせる「美」であり、魂によって選び抜かれた「極上のもの」〉（本文二六一ページ）でした。こよない贅沢。真の意味での〈贅沢〉です。

それは、作者自身の希求するものでもありました。
まゆみさんが醸成した薔薇の香りのするワインには、少量の毒も含まれています。
亡き人に、献杯。一掬の泪とともに。

幽女の如き怨むもの

三津田信三

◇講談社文庫
◇二〇一五年六月

墓石の周囲は、紅い椿が地面も見えぬほど落ち散っていました。投げ込み寺の墓所でした。訪れたのは何十年も昔なので細部は忘れましたが、深紅の波の中に立つ墓石のイメージは今も鮮烈です。

三津田信三さんのデビュー作『ホラー作家の棲む家』*を読んだとき、すっかり惑わされ、かつ、魅了されました。

それ以来、刊行されるのを待ちかねて作者買いしています。『厭魅の如き憑くもの』で初登場した刀城言耶が、怪異譚を求めて各地を巡り歩く間に巻き込まれる数々の禍々しく不可解な事件は、その土地ならではの土俗的な風習、俗信などと絡みあっていました。彼が訪うのは、都会を離れた閉鎖的な地です。

刀城言耶シリーズには短篇集もありますが、長篇だけを刊行順に羅列してみます。

『厭魅の如き憑くもの』神隠しの村とも呼ばれる神々櫛村で起きる怪異と連続怪死事件。犠牲者は蓑笠をつけた案山子のような姿にされている。

『凶鳥の如き忌むもの』化け物鳥女の存在が伝えられる孤島、鳥憑島の異称もある鳥坏島で、断崖絶壁に面した逃げ場のない拝殿から、巫女が消失する。

『首無の如き祟るもの』奥多摩の、怪異の伝承が多い媛首村で起きる、妖美な首の無い屍体と犯人消失の謎。

『山魔の如き嗤うもの』媛首川の源流域神戸の村での、マリー・セレスト号を彷彿させる一軒家からの家族消失。見立て殺人。

『水魑の如き沈むもの』奈良の山奥、水魑様を祀る村々で行われる雨乞いの儀式。それに前後して起きる不可能犯罪。

人智の及ばない怪異か。伝承やら行事やらを利用して人間が超常現象を作り出したのか。

刀城言耶は人間のわざによる部分を論理的に解き明かすけれど、読後、怪異妖気がなお澪をひきます。

『幽女の如き怨むもの』が刀城言耶シリーズの中でも異色なのは、舞台を遊廓に設定していることです。

遊廓も亦、外界から隔離された閉鎖的な空間ではありますが、山間僻地と異なり、世相の影響をもろに受けます。

本作は、戦前、戦中、戦後と、激変する三つの時代にまたがる廓町の遊女屋を扱っています。本格ミステリでは、解説のほんの一言が趣向を台無しにする恐れがありますから、どこまで記したものか筆が竦むのですが。

親本の惹句の一部を引きます。

〈三人の花魁が絡む不可解な連続身投げ事件。誰もいないはずの三階から聞こえる足音、窓から逆さまにのぞき込む何か……。〉

遊廓がどういうものか、組織から仕来り、その変転まで、本書は詳しく手引きしてくれます。吉原を模して作られた廓町桃苑。その中の大見世金瓶梅楼に、将来花魁になるべく売られてきた少女桜子の日記で、物語は始まります。何も知らない女の子が、ひとつひとつ知識を得てゆくその過程を、読者も共に辿ることになります。桜子が出会う怪奇な現象もまた読者の共有するところとなります。

江戸の吉原で、花魁といったら遊女の最高位。それは華やかなものでした。明治維新でいろいろ変わり、格子越しに遊女が居並ぶかわりに写真を飾るようになり、桃苑の金瓶梅楼もそれに倣っています。

明治期の花魁の全身写真を見たことがあります。艶やかでも華やかでもありません。高々と結い上げた髪に笄をずぶずぶ挿し、金襴の裲襠を纏い、三枚歯の高下駄を履いた姿ですが、当時の女性の平均身長は今よりずっと低いため、頭でっかちで、貧弱な躰が重い裲襠に押し潰されそうで、足元も危なっかしく見えました。

歌舞伎の舞台ですと、男性の女形がつとめますから、たいそう見栄えがします。見事な八文字で花道を誇らかに優雅に歩む「籠釣瓶」の傾城八ツ橋は、花魁の理想の姿でしょう。桜子も、理想的な花魁を脳裏に描き、憧れてさえいたのですが、たちまち現実の辛いつとめを知るようになります。

複数の男に躰を嬲られる。足抜け（脱走）に失敗したものは責め折檻。迂闊にも子を孕めば悲惨な堕胎を強いられる。遊女が幽女になるのも当然な環境です。

そんな中で、幽女の気配と共に奇妙な身投げ事件が三度続きます。

第二部は、戦中です。金瓶梅楼は、楼主を変え、名前を変えながら営業しています。楼主が刀城言耶に、戦時の遊女屋の模様、そうして前の三度の事件を再現するように、またも起きた不可解な身投げ事件を語ります。

軍部の厳しい監視下、遊女屋は、死地に向かう兵士たちの唯一の慰めの場として繁盛しました。戦前とは様変わりした遊廓のありようも、楼主の話から知ることができます。余談ですが、『真空地帯』という軍隊の内務班を扱った映画があります。野間宏の原作です。古参兵の新兵いじめが苛烈な中で、上官に逆らった兵が危険な最前線に飛ばされることになります。出発の前夜、彼は遊女屋で情の濃い一夜を過ごします。生還は不可能であろう戦地に向かう船の、暗い部屋に横たわり、彼は呟くように歌います。〈帰るつもりで来は来たものの　夜ごとに変るあだまくら　色でかためた遊女でも　また格別のこともある　来て見りゃみれんで帰れない〉メロディーは「練鑑ブルース」と同じです。

第三部は、戦後、怪奇小説作家佐古荘介氏が、探偵小説専門誌『書斎の屍体』に連載する予定の原稿です。金瓶梅楼時代から代々続く奇怪な身投げ事件と幽女について調べながら、その次第を書き綴ります。敗戦後の赤線地帯が詳細に描かれます。

『書斎の屍体』とはどのような雑誌か。

『首無の如き祟るもの』に四月号の目次が掲載されています。

並んだ作者の名前が、なんとも懐かしい。

土屋隆夫、西東登、天藤真、梶龍雄、藤本泉……私が探偵小説に没頭し始めた頃愛読した方々ばかりではありませんか。何人かの方とは面識もあります。あ、瀬下耽「無花果病」って、これは読みたいですよ、三津田さん。

虚と実が綯い交ぜられる手法は、実に楽しいです。

佐古荘介氏は、原稿に刀城言耶の言葉を引いています。

> この世の全ての出来事を人間の理知だけで解釈できると断じるのは人の驕りである。
> この世の不可解な現象を最初から怪異として受け入れてしまうのは人の怠慢である。

『幽女の如き怨むもの』においても、刀城言耶は、怪異現象と度重なる身投げ事件の謎を一応論理的に解き明かしますが、読後なお、幽女のあえかな跫音は、落ち椿のように、ひた、ひた、と読者にまつわりつくでしょう。

＊『ホラー作家の棲む家』講談社ノベルス。文庫は『忌館（いかん）　ホラー作家の棲む家』と改題

江神二郎の洞察

有栖川有栖

◇創元推理文庫

◇二〇一七年五月

アリス賛歌

先ず、声高らかに言います。

本格ミステリを読むのは楽しい！

しかし（と、トーンを落とし）、書くのは難しい。一作書くだけでも難しい。

どういうジャンルにしろ、創作は楽ではありませんが、本格を謳ったミステリは読者の一定の期待に応えねばなりません。不可解な謎。それをあくまでも論理的に解きほぐす鮮やかな推理。さらに何らかの意外性。ミスディレクションは面白いけれど、アンフェアな叙述は許されない。さらに欲を言えば、探偵役にもワトスン役にも魅力が欲しい。

書き続けるのは、さらに難しい。常に高水準を保ち、読者に愛されて書き続けるとなったら、至難のわざです。

一九八六年、短篇「やけた線路の上の死体」が鮎川哲也先生の編纂になる『無人踏切』に収録されてデビュー、一九八九年、書き下ろし長篇『月光ゲーム』が〈鮎川哲也と十三の謎〉の一冊として刊行され、長篇デビュー、そうして今年——二〇一七年——の一月に、長篇『狩人の悪夢』が刊行され、数えればおよそ三十年にわたって、有栖川有栖さんはその至難な道を、先駆者の一人として再開拓し、進んでこられたのでした。偉業です。

長篇、短篇を途切れることなく著しながら、二〇〇〇年に設立された〈本格ミステリ作家クラブ〉の初代会長をつとめられ、本格ミステリ復興の最初の旗を掲げた綾辻行人さんと共同でテレビドラマ『安楽椅子探偵』の原作を創られ、また有栖川有栖創作塾の塾長さんとして、ミステリと限らず創作を志す人に力を貸すなど、読者、愛好者、創作者をひろげる活動をも続けておられます。

今さら私が言うまでもありませんし、もう、その話はいいよ、と言われそうでもありますが、有栖川さんがデビューされた当時は、ミステリにおいてもリアリズムが偏重され、中間小説誌に載るミステリ短篇は風俗小説にいくらか殺人風味を添えた程度の作品が氾濫し、本格ミステリの流れは途絶えそうになっていたのでした。六〇年代半ばから七〇年代にかけて、その抑圧は強力でした。

それを一変させたのが、有栖川有栖さん、綾辻行人さんや法月綸太郎さんたち、本格ミステリを熱愛する若い方々でした。

今はもう、新本格だ、社会派だという呼称は無意味になりました。社会のありように厳しい目を向けた作品も、本格の醍醐味に徹した作品も、そのヴァリエーションも、警察ものも、ＳＦと融合した作も、多様なミステリが愛好されています。そういうふうに変えたのが、〈新本格派〉と呼ばれた方々と、先行し後続する本格ミステリの書き手の方々でした。先行する偉大な作家の一人に泡坂妻夫さんがおられます。泡坂さんの作品が直木賞の候補になったとき、選評の中には、〝よくできているが、最後のミステリの部分がよけいだ〟という意味の言葉がありました。ミステリを書くのはやめて、普通の小説に徹せよという忠告まであったのでした。〈新本格派〉と呼ばれる方々への当初の風当たりの激しさは記憶に強く残っています。当事者の有栖川さんたちは、誹謗（ひぼう）をまるで意に介さず、のびのびと書きたいものを書かれ、多くの若い読者に歓迎されたのでした。それをバックアップした少数の編集者の方々の力もありました。

本格ミステリの厳しい冬の時代と、それを春に変えた若い力の動きをまざまざと体感してきた私としては、この三十年に感慨深いものがあります。

有栖川有栖さんの短篇デビュー作も長篇デビュー作も、英都大学推理小説研究会（ＥＭＣ）の部長江神二郎が探偵役、部員の一人（作者と同名の）有栖川有栖（以下アリス）くんがワトスン役です……などと、言及するまでもありませんね。

学生アリスと江神部長の長篇は現在のところ四作あって、どれも、クローズドサークルで起きる連続殺人という定型を使っています。『月光ゲーム』『孤島パズル』『双頭の悪魔』そうして『女王国の城』。黄金期の海外ミステリが紹介され始めたころのナイーヴな読者と異なり、今では読者はいろいろな手段を知ってしまっている。それでもなお、作家アリス・シリーズともども文庫が版を重ね、新しい読者が増えているのは、有栖川有栖さんの諸作がいかに新鮮な魅力を備えているかの証です。

本格ミステリの短篇を著すのは、長篇よりさらに難度が高いと私には思えます。よけいな寄り道をしている余裕はない。限られた枚数の中で、謎とその論理的な解決が必須であり、しかも小説としての潤いも求められる。

学生アリス・シリーズの短篇を初めて一冊にまとめたのが、二〇一二年に親本が刊行された本書です。

四月に英都大学に入学したアリスは、中井英夫の『虚無への供物』（！）を拾ったのをきっかけに、勧誘されてＥＭＣに入部します。部員の下宿でノート盗難事件が起き（「瑠璃荘事件」）、江神部長が論理的に解明するのですが、ネタばらしになりそうだけれど、アリスがつけ加えた一言。〈名探偵も他人を信じることができる〉これはしびれます。

そうして五月の中頃、アリスはハードロックが響く音楽喫茶に入り（「ハードロック・ラバーズ・オンリー」）、常連らしい若い女性と知り合い……。山川方夫にも通じるひっそりしたやさしさが滲んで、ほんの数ページの掌篇なのですが、赤い傘やハンカチとともに、心にしみいります。

酷暑の夏休み、ＥＭＣの部員四人――江神部長、アリス、そして望月、織田――は、招かれて望月の実家を訪ねたところ、轢死事件に遭遇、検視によって、轢かれたのは、死体であることが判明します（「やけた線路の上の死体」）。なぜ、死体をわざわざ線路上に置き、轢かせたのか。

本格ミステリ作家有栖川有栖の記念すべきデビュー作であり、江神二郎とアリス、モチさん、信長さんのデビュー作でもあります。

九月も終わるころ、かつて江神さんといっしょにEMCを立ち上げ、今は社会人になっている先輩——江神さんは自発的（？）に留年している——が見せた写真。山桜の花びらに包まれ、オフィーリアのように川の流れに身を横たえた、命なき少女（「桜川のオフィーリア」）。ミレイの絵を思わせる情景です。少女は先輩の幼なじみでした。先輩の友人が、この写真を持っていた。死せる少女の写真を撮ったのは友人なのか。少女を死なせた者以外に、撮れる者はいない。友人が犯人なのか。何のために。ロジカルに結論にたどりついた後、アリスは思います。〈僕たちは江神さんとともに、その体をそっと流れに戻してあげられたのかもしれない。／名探偵は、屍肉喰らいではない。〉

江神さんとアリスの魅力は、このフレーズにも満ちています。端正なロジックによって事件の真相に迫っていきながら、江神二郎が人間の心の奥深くを探る目には、人間が理論だけでは割り切れない自己撞着や矛盾を抱えた存在であることを識る者の、生の不条理への許容と慈しみがあり、それはすなわち作者有栖川有栖さんが持つ目です。

「桜川の……」は、〈川に死体のある風景〉というテーマで六人の作家が競作した、その中の一篇ですが、『江神二郎の洞察』の中で、たいそういい位置におさまっています。

収録作は初出順ではなく、アリスが英都大学に入学、EMCに入部してから翌年の春進級するまでの丸一年余を、季節の移り変わりとともに配してあります。

この「桜川の……」とそれに先立つ「やけた線路の……」の間に、アリスたちは長篇第一作

『月光ゲーム』の事件に遭遇し、また、オフィーリアのような少女と関連する宗教団体〈人類教会〉は、長篇『女王国の城』の舞台になります。作者あとがきの言葉を借りれば、〈短編集は長編を呑み込んだ形〉になっています。短篇、長篇が絡まり合って江神&アリス・クロニクルを作っていく案配は、ミステリファンには嬉しい趣向です。

「除夜を歩く」では、江神とアリスの間でミステリの本質論が交わされ、そうして年が明け、昭和は平成に変わります。

　平成元年の四月、無事進級したアリスと無事留年した江神。短篇集の最後の最後に、有馬麻里亜が入部します。長篇第二作『孤島パズル』第三作『双頭の悪魔』の最重要人物が、ここで登場し、短篇は長篇に連鎖していきます。

　このシリーズは、さらに長篇一作と短篇集一冊が刊行される予定と親本あとがきにあり、学生アリスと作家アリスの間をつなぐリンクが再びあらわれるのだろうか、江神二郎と火村英生の共演はあるのだろうか、などと、楽しく妄想しています。

　本格ミステリの炬火を掲げてトップを走り続けるアリスに、ささやかですけれど、力を込めたエールを贈ります。

迷蝶の島
泡坂妻夫

◇河出文庫
◇二〇一八年三月

この河出文庫版『迷蝶の島』の親本である文春文庫版が手元に届きました。本文庫担当の編集の方から送られてきたものです。

懐かしい。泡坂妻夫さんの温顔がくっきりと思い出され、泡坂さんご自身がふらりと遊びに来てくださったような感慨を持ちました。

泡坂さんは二〇〇九年にあちらに移られたのですが、ここ数年、旧作がいろいろ復刊され、昔からの読者のみならず、新しい読者をも増やし続けています。

文庫解説の場で私的な追憶から始めるのは、好ましくないことかもしれませんが、あまりに懐かしい場面を先ず記さなくては、筆が進みません。

『秘文字』という豪華な書物が刊行されたのは一九七九年。『迷蝶の島』の単行本出版の前年です。泡坂妻夫、中井英夫、日影丈吉の三氏が、暗号をテーマにした短篇をそれぞれ異なるやり方の暗号で著すという前例のない企画で、大判の全ページに建石修志さんの挿画が入った贅沢な造りでした。長田順行氏による暗号解読法が末尾に記載されているのですが、私はお手上げでした。刊行を祝って、作者の方々と関係者数人だけのささやかだけれど親密な集まりが、新宿の薄暗い小さい酒場で催されました。私は書き手としてほんの駆け出しでしたが、お三方の作品の大ファンであることを知っている編集者が誘ってくれて、席の隅に連なりました。過分なことだったと、今にして思います。カウンター席の他にテーブル席が二つあり、奥のテーブル席の、私の向かいにおられたのが泡坂さんでした。ポケットからハンカチを取り出してひろげ、にこにこしながら、両隅を持つよう私ともう一人どなただったかに仰いました。ぴんと張られたハンカチは、小さい舞台のようでした。泡坂さんはマッチを擦った。その火をハンカチに近づけると、小さい炎が燃え移った。マッチを消してもハンカチの上の炎は燃えており、泡坂さんが手を動かすと、忠実な小人のように炎は指示に従うのでした。

炎を吹き消したあとのハンカチに焼け焦げはなく、呆然としている私たちに、泡坂さんは楽しそうに種明かしをしてくださいました。実に簡単なことなのでした。しかし、見抜けない。見抜かれないために、簡単ではあるけれど周到な手段が使われています。マッチを用いるのも、そのひとつです。種を見破られないための目くらましです。

泡坂さんが奇術師としても超一流であることは、よく知られています。一九七六年に刊行された泡坂妻夫初の単行本『11枚のとらんぷ』は、奇術の詰め合わせボックスでした。風俗小説に殺人を絡ませたようなミステリーが中間小説誌上に氾濫していた当時、『11枚のとらんぷ』の出現は衝撃的だったなあ。

渇した者が水を求めるように、本格ミステリのファンたちは泡坂さんの次作の刊行を待ち望み、それに応えた『乱れからくり』は、謎に次ぐ謎でファンを堪能させたのでした。

泡坂さんの作風はユーモアを湛えたもの、情緒と人情味溢れるもの、トリックに徹したもの、サスペンス風味のもの、と幅が広いのですが、どれも、トリッキーな謎やどんでん返しで読者の意表をつきます。

『迷蝶の島』は、ボアロー＝ナルスジャックの『悪魔のような女』『呪い』などにも通底するサスペンス味の濃い作風です。

重要な舞台は、ヨットと孤島です。

ヨットを操るのは、おおむね、広大な海を我が物のように疾走する爽快感、仲間と競い合う楽しさなどを愛好する者たちです。

ところが本作の主人公は自前のヨットで沖に出ながら、それらのことには関心がない。ひとりで本を読むために、帆走する。彼の内向的で決断力に欠けた性格が事件に大きく関わってきます。あるきっかけから、やはりヨットを操る二人の若い女性と知り合う。頼りなげなお嬢様モモコ。強靭なトキコ。対照的な性格です。

ボアロー＝ナルスジャックの作品群と本作の共通点は、登場人物がごく少数に限られているのに奇怪な事象が起きることです。

本作では、三人の登場人物の関係から生じた事件や不可解な事柄、奇怪な現象が、当事者の手記、周囲の者の証言、捜査官の報告、精神科医の分析など、さまざまな視点から語られます。

同じ事件でありながら、視点によって、食い違いが生じる。

幻か実在か。黒い蝶の妖影が揺曳(ようえい)します。

『迷蝶の島』は、作者の五番目の長篇です。前記『11枚のとらんぷ』『乱れからくり』そして三作目の『湖底のまつり』は、コアな本格ファンを読者対象とする小さいながら強烈な個性を持った出版社〈幻影城〉から刊行され、いずれも作者は目眩(めくる)めくトリックの技巧の限りを尽くしています。

続く『花嫁のさけび』は講談社から、『迷蝶の島』は文藝春秋から出ています。両社の出版物の読者は、本格ファンばかりではなく幅が広い。それで、私の勝手な推量ですが、泡坂さんもまた、作風の幅を広げることを試みられたのではないかと思うのです。フランス・ミステリにも通じるサスペンス。読者をはらはらさせるだけでは終わらず、最後に真相が明かされたとき、それまでのすべてが表裏反転する。読者の思い込みや憶測は、わずかな言葉でくつがえされる。奇術の種はシンプルなほど効果が強い。ハンカチとマッチのように。

本作にあっては、謎はたった四本の棒で、鮮やかに完成しています。

ヨットは犯罪と相性がいいらしい。映画『太陽がいっぱい』(原作パトリシア・ハイスミス)の陽光燦々(さんさん)たる地中海を走るヨットで行われた犯罪を思い出します。男女の濃密な関わりを描くのにもヨットはふさわしい場所で、ロマン・ポランスキーの映画『水の中のナイフ』は、ヨットを持つ富裕な夫婦と貧しい若い男の船中の愛憎劇でした。日本では、石原裕次郎が主演した映画

『狂った果実』があります。一人の女性を愛した兄弟の葛藤。これもラストでヨットが重要な舞台になっていました。兄と恋人が乗ったヨットに、弟がモーターボートで突っ込んでいく。小説では立原正秋氏の短篇「船の旅」があります。ヨットに持ち主夫婦と妻の愛人が同乗している、というシチュエイションだったと思います。再読していないので記憶が不正確ですが。

余談ながら、泡坂妻夫は、本作に続くカドカワノベルズ刊の長篇『喜劇悲奇劇』では、回文を駆使するという遊びで読者を楽しませたのでした。

と、追憶に耽っている間に、鉄瓶のお湯が沸きました。

泡坂さん、おいしい焙じ茶を淹れますので、ゆっくりなさってね。あ、お茶うけの用意がなかった！　お持たせのからくり金鍔を、ご一緒にね。

――昭和は遠くなり、平成も終わりに近い宵に――

第二部　時代小説

霜の朝
藤沢周平

〈「あれは、縁を切った男だ」
と孫十郎は、少し厳しい表情で言った。申し出を断わったときの、磯六の顔を思い浮かべていた。無気味な眼の光だけは、孫十郎が子供だった頃と変りなかったが、磯六は髪が真白になっていた。そういう事を続けて、その男は老いたのであった。〉（傍点筆者）
引用したのは、本作品集におさめられた「密告」の一節である。
〈そういう事〉というのは、何か。
本文の、少し前の部分を、更に引用する。
〈法に触れているが、ある事情から表沙汰にならなかった事件、法に触れる寸前で止んだ事件、やがて事件になりそうな犯罪の芽などを拾い集めてくるのが、磯六の仕事だった。（略）
犯罪の匂いを嗅いで回る岡っ引、手先を、堅気の人間は、ときにいぬと呼んで蔑むが、磯六こ

◇新潮文庫
◇一九八七年二月

その本当の意味のいぬだったのである。〉

主人公笠戸孫十郎は、定廻り同心である。

亡父もまた、同じ役職にあった。

そうして、磯六は、亡父に闇の情報を提供する密告者であった。

孫十郎は、磯六の素性を知るや、きっぱりと手を切る潔癖な性情の持主である。この潔癖さは、作者自身の心性の清さが投影されていると思われる。

しかし——私が言いたいのは、ここから先である——世人は密告者を蔑むが、作者藤沢周平氏は、密告者を、ただ冷たく突き放してはいない。

〈そういう事を続けて、その男は老いたのであった。〉

この一行には、いぬとして生きてしまった、そういう生を歩み続けて年老いてしまった男への、深いまなざしが感じられる。

いぬであったことを容認するのではない。けれど、正義の刃をかざして仮借なく糾弾するには、作者は、人間の弱さ哀しさを知りつくしている、と私には思われる。

世間に起きる幾多の事件の、表面だけをみれば、善と悪、正と邪は、判然としているかにみえる。だが、奥を見とおせば、そのように黒白をくっきりと区別できるものではない。

「嚔」という一篇にも、それを熟知した作者の洞察力がよくあらわれている。

例にひいた一、二の作品にとどまらず、藤沢周平氏の作品には、常に、この深い目が根底にある。

ある雑誌に、藤沢氏は「ミステリイ読者」というエッセイをのせておられるが、それによって、ミステリ好きの氏の一面がうかがわれる。ミステリは、プロットの巧みさと文体で読ませる力が要求される――と私は思う――が、氏の作品は、ミステリではないけれど、この二つの要求を満たしている。主題の持つ深さは、巧みに構築された物語のおもしろさによって、自然に読者の胸にしみいる。

「報復」においては、柚木邦之助(ゆきくにのすけ)の死が、小者(こもの)の松平(まつへい)の視点から語られる。小者であるから、事件の真相は、簡単にはわからない。隠された絵が、少しずつ覆(おお)いをはがされるように、松平の目にも、そうして読者にも、視(み)えてくる。全貌が明らかになっても、小者という身分に縛られた松平には、どうすることもできないのだが、やがて、身分の低い者ならではの、報復に出る。その間に登場する人物の一人一人の心情に、作者のゆきとどいた目くばりが感じられる。

　昭和五十三年と、昭和五十八年に書かれた氏のエッセイを読んだが、そのどちらにも、小説を書きはじめた動機は暗いものだった、という意味の文章がある。五十八年の分から引用すると、〈……私は、ある、ひとには言えない鬱屈(うっくつ)した気持をかかえて暮らしていた。ひとに軽々しく言うべきものでないために、心の中の鬱屈は、いつになっても解けることがなく、生活の中に入りこんでいた。〉(『波』六月号)

　そうして、酒やスポーツや娯楽に没頭して精神の平衡を回復するということのできぬ氏が、唯(ただ)一つ、見出した道が、小説を書くということであった。

そのために、初期の作品は、〈物語という革ぶくろの中に、私は鬱屈した気分をせっせと流しこんだ〉暗いものとならざるを得なかった、と、氏は書いておられる。〈男女の愛は別離で終るし、武士は死んで物語が終るというふうだった。ハッピー・エンドが書けなかった。〉（『波』六月号）

氏は、物語の形を借りて、自らの鬱屈を吐露するが、やがて、書くことによって、救済されてゆく。

そうして、〈鬱屈だけをうたうのではなく、救済された自分もうたうべきだ〉と気づく。無理に作品を改変せずとも、作者の内部が変ることによって、作品も、おのずと、読者に目をむけるゆとりのあるものになる。

ところで、本書は、昭和四十九年から五十六年までに書かれた作品を集めたものである。

オール讀物新人賞によるデビューが昭和四十六年、直木賞受賞が四十八年である。〈最近私は、あまり意識しないで、結末の明るい小説を書くことがあるようになった。〉とエッセイに書かれたのが五十三年（『波』八月号）だから、収録作品のいくつかは、氏の鬱屈の時代に書かれたもの、ということになる。

作品名でいえば、

「囮」、「密告」、「霜の朝」

の三篇が、それにあたる。

しかし、これらの作品の結末がハッピーエンドではなくとも、読者は、決して、陰鬱な読後感を受けることはない。

それは、作者自身の中に本質的に存在する、人間を視る目の暖さ、深さ、に由来する。

悲運に泣く人間は、その誠実さゆえに、悲運に見舞われることもあるけれど、誠実さそれ自体が、読者には、救いと感じられる。

冷酷、非情な人間に対しても、作者の目は、冷酷、非情に生まれついてしまった人間への哀しさを秘めている。

〈そういう事を続けて、その男は老いたのであった。〉

この一行は、私には、限りなく重く暖い。

なお、解説文に敬語を用いるのは、読者にはわずらわしいかもしれないが、藤沢周平氏は、小説家として大先輩で、このような一文を書くことさえ、私としてはおこがましいことなので、お許しいただきたい。

再録・『藤沢周平全集・別巻』文藝春秋、二〇〇二年八月

風の果て
藤沢周平

私事から始めて恐縮だが、私は深夜から暁け方にかけて仕事をする。

午前四時ごろ、一区切りついた。

机の脇に、未読の『風の果て』上下二巻があった。二、三日後旅行に出る予定があり、長い車中のたのしみに、私は大切にとっておいたのである。

ところが、つい、手がのびて、ページをめくった。

読みはじめたら、止めるどころではない、止めようと思うゆとりもない、原稿用紙にして千枚を越えるであろうこの長篇を、ひたすら、むさぼり読み、読み終ったとき、快くみたされていた。

何が、それほど私を魅了したのだろうと、改めて思い返す。

実のところ、評論家ではない一読者の贅沢は、作品の内容を分析したり検討したりする手続き抜きに、物語の中に没入する事にあると思う。

◇文春文庫・下巻
◇一九八八年一月

先入観無しに、作品に直接触れる方が、どれほど興味深いか知れない。

この文庫を手にされる読者は、できる事なら、私のたどたどしい〈解説〉と称する感想文は後まわしにして、まず、本文の第一行を読みはじめていただきたい。そして、その後で、気が向いたら拙文に目を通し、そうだ、自分もそう思った、とか、こんな素晴しい点があるのに、解説者は見落としているじゃないか、とか、感じていただけたらと思う。

だから、以下は、読み終った読者（あなた）との対話。

冒頭に、まず、読者を惹きつけずにはおかない物語の仕掛けがあるんですね。

仕掛けという言葉が、もし、誤解を招くようなら、構成の妙、と言いかえてもよい。

主人公、桑山又左衛門に、決闘状が届けられた。

又左衛門は藩の首席家老。最高の地位に就（つ）いている人物である。

果たし合いを挑んできた相手、野瀬市之丞は、無禄の〈厄介叔父〉。

厄介叔父とは何か、この部分ではまだ説明はないが、又左衛門との身分の懸隔は察しがつく。

二人の間に、いったい、何があったのか。

首席家老ともあろう身が、なぜ、一介の、無禄の男から決闘状をつきつけられねばならぬのか。

しかも、二人はどうやら親しい間柄らしい。

そうして、物語は、又左衛門のごく若い時分の回想に入る。

意外な事に、又左衛門は、身分の低い下士（かし）の出自で、しかも部屋住みなのだ。――こう書いて、私は、未読の読者のたのしみを一つ奪ってしまった。〈意外な事に〉。これが、物語のおもしろさの要素の一つなのに。

以下、各所に於て、首席家老としての現在と、下士の部屋住みの息子であった彼が野瀬市之丞を混えた友人たちとの関わり合いの中で生きてゆく有様が、緻密に、緊迫感を持って、描かれてゆく。

これは、物語の構成として、きわめて困難な手法である。結末の一部が、読者に先に顕示されているからだ。

それにも拘らず、読者が興味を持つのは、一つには、過去と現在の甚しい落差、それが如何にして埋められるのか、という好奇心もあるが、それ以上に、登場する人物の造形が実に確かだからである。

人間に注がれる眼の深さ。これは藤沢氏の御作の最大の魅力だと私は思うのだが、『風の果て』では、殊に、それを感じる。

又左衛門、市之丞を含め、五人の仲間が登場する。彼らは、身分も性格も、さまざまである。性格はさまざまだが、単純に平面的に塗り別けられてはいない。

藤沢氏の透徹した眼は、一人一人の人間の多面性を充分に見抜いている。

ふつう、物語の主人公は、スーパーヒーロー的に、あるいは理想的に、描かれがちである。

主人公の又左衛門は、たしかに、誠実であり、清廉であり、好ましい性格なのだが、政治という魔物とかかずらい、権力を掌中にしたときの心理は、決して単純ではあり得ない。その辺りへの作者の光の当て方が絶妙なのである。

人間を見る眼の深さは、同時に、社会とか政治とか権力とかいった抽象的なものに対しても、精緻な深さを持つ。

更に、もう一つ私が感嘆したのは、この〈藩〉は名を持たない、藤沢氏の想像力の産物なのだ。

つまり、この壮大な物語の一切は、史実や事実に頼らない事である。

史上の実在の人物、実際にあった事件を、資料を調べつくし、作者の眼で照射して描くのも、もちろん大変な事であり、藤沢氏には、その手法による傑作が多々あるのは読者も周知の事だが、想像力を武器に一つの藩の興亡、人々の盛衰を、ここまでリアルに描ききるのは並大抵ではない力業である。

架空の藩であるにも拘らず、その町並、地形、作者は立体模型を作ってから書かれたのではないかと思えるほど、実在感がある。

中でも、とりわけ見事なのは、〈太蔵が原〉である。

莫大な借財に潰れかけている藩の財政を立ち直らせるためには、この荒蕪地の開拓以外にとるべき手段はない。

水さえひければ、およそ五千町歩の田地がひらける。

その夢が、藩の人々を誘いこみ、失脚させ、あるいは成功への道を歩ませる。

一見したところ、〈枯れた草地と、紅葉した雑木の林、緑の葉と赤い幹の対照がうつくしい松林の上に、晩秋の日が静かに〉照りわたる穏やかな台地。

しかし、少し歩を進めると、荒野は、白骨のように白くかがやく立ち枯れの木が群らがる〈鬼気せまる〉光景に変る。

〈太蔵が原〉は人々のそうして藩の宿命の象徴である。土地そのものが、意志を持った一つの生命体であるという印象さえ受ける。

『風の果て』は、時代を過去にとった物語ではあるが、作者が創造した世界の中で生きる人々も、その状況も、現代と重なる普遍性を持っている。僭越な言い方になるが、作者がこれまでの生によって身内に刻まれた諸々が、深化され、投影されていると感じられる。

波瀾に富んだ物語は、静かな声音で語られ、それだけにいっそう、心に滲み入る。

読者との対話と言いながら、私一人の呟きに終始してしまったけれど、『風の果て』は、読後、一人で陶然と反芻していたい物語なのだ。

再録・『藤沢周平全集・別巻』文藝春秋、二〇〇二年八月

三世沢村田之助——小よし聞書
南條範夫

◇文春文庫
◇一九九二年四月

私にとっては大先輩である南條範夫氏の御著作の〈解説〉を書くのはとてもおこがましくて、その任ではありませんので、三代目澤村田之助について、知るところを少し書かせていただきます。それと言いますのも、私自身が熱烈な田之助ファンであり、数年前田之助を素材に長篇を書き下ろしたこともあるからです。

のっけから私事で恐縮ですが、新聞のコラムにも田之助のことを少し書きましたので、それをまず、引用いたします。

この引用文には、実は、誤りが一ヵ所あるのです。先に南條氏の本書をお読みになった方は、すぐにお気づきになると思います。

一人の傑出した人物の生涯が、奇しくも一時代を象徴する、ということが、ままあります。

（中略）三代目澤村田之助の死もまた、江戸歌舞伎の終焉と象徴的に重なりあっています。

大正時代の挿絵画家、橘小夢の名を知る人は今は数少ないことと思います。『澤村田之助曙草紙』という実録物の口絵は、小夢の描いた妖艶な女形の立ち姿です。大正から昭和初期にかけての挿絵は頽廃的な媚薬のような気配が濃厚ですが、ことに小夢の絵にはビアズレーのモダンさと絵草紙の残虐美、そうして大正期のいささか感傷的・浪漫的な甘美さがまじりあった魅力があります。

幕末を代表する女形、三代目澤村田之助は、明治五年に死没していますので、残された写真はわずか二、三枚しかありませんが、実を写した写真より、通俗的な挿絵画家・橘小夢えがく極度に美化されデフォルメされた絵のほうが、田之助の真の姿を伝えてくれるように感じられます。

田之助の美しさ、役者としての素質のすばらしさは、同時代の役者たちの芸談などからうかがい知れますが、江戸が東京と変わり、芝居の世界も欧風の影響を受け改良運動が起こり、その推進役である九代目團十郎が栄光にかがやいたとき、江戸の最後の花、田之助は、肉の腐乱する病のため四肢を失い、悲惨のうちに死んだのでした。（以下略）

右のようなエッセイが活字になってほどなく、読者から電話がかかってきました。

未知の若い女性の方でしたが、「明治五年に死亡とありますけれど、明治十一年ではないのでしょうか」と、たいそう遠慮深い声でおっしゃるのです。

指摘されて、はっとしました。

明治五年は、田之助が舞台を引退した年で、その後、再び上方の舞台に立ち、死亡したのは明治十一年なのです。

「私の曾祖母が田之助の舞台を見たことがありまして」と、その方はおっしゃいました。そうして、さらに「実は……」とつづけられたのです。「私は、小学校の三年のときに、たまたま家にあった『澤村田之助曙草紙』を読み、田之助に夢中になってしまったのです。その後、田之助が忘れられなくて……」

私は、思わず、声をあげてしまいました。喜びと共感の綯い交ざった声でした。

「私もそうなんです」私はせき込んで言いました。「私も、小学校の三年のころ、矢田挿雲の『澤村田之助』を読んで田之助という役者が心に焼きついてしまって」

矢田挿雲の本は、岡本起泉の『曙草紙』を下敷きにしてほんのちょっと潤色したものです。後に『曙草紙』も入手できましたが、南條氏が本作中に書かれた絵草紙ではなく、橘小夢の口絵つきの、活字版になったものでした。読者が読まれたのも年齢から推して同様と思います。戦前の本は総ルビでしたから、大人の読物を子供も楽しめたのでした。それにしても、『田之助』は、いかにも、いけない本でした。

舟橋聖一、杉本苑子、山本昌代と、何人もの作家がこれまでに田之助を作品化しておられます。杉本苑子氏の『女形の歯』は、澤村藤十郎丈が精四郎と名乗っておられた若いころに東横劇場(今はもうありません)で初演され、丈の代表作となったことは、ご存じの読者も多いと思います。

それらを知りつつなお、私もまた、『花闇』のタイトルで、この美しい激しい女形の一代記を書かずにはいられなかったのでした。書き下ろしの本のときは、死亡と引退の年号を間違えるようなへまはしなかったのですが、コラムを書くとき、うっかりしてしまいました。

間違いは、まことにまことに恥ずかしいのですけれど、そのおかげで、同じように幼いころから田之助に心奪われていた方がおられるのを知ることができました。

田之助が死んだのは、一九九二年現在から数えれば、百十四年も前のことなのです。

『曙草紙』も、それをもとにした矢田挿雲の『田之助』も、実録物で、決してすぐれた文学作品ではありません。そんなものをとおしてでも、なお、田之助という役者は、陶酔的、蠱惑的な力で、読む者をからめとらずにはいなかったのでした。

『夜想』というユニークな雑誌をつくっておられる今野裕一さんも、田之助の特集を出したいとおっしゃるほど、この女形にしびれた一人です。

小劇場「花組芝居」の花形女形で、今は独立して舞台に立っておられる篠井英介さんは、一人芝居で田之助を演じられました。『娘道成寺』を踊りながら、手足を失ってゆくさまを象徴的に演じるという、興味深いものでした。

『花闇』で田之助を書きましたとき、私は、市川三すじという田之助の弟子に、私の田之助への思いを託しました。

南條氏は『三世沢村田之助』において、逆に、女の視点で田之助を描いておられます。

真の書き手は南條氏という男性なのですが、〈女性が語ったものを男性が聞き書きし、それを男性作家である〈私〉が再構成する〉という三段構えの構造によって、対象とのあいだに冷静な距離がもうけられ、女の複雑な気持ちの分析と客観性が加わったのではないかと思います。

田之助の死の状況は、資料には座敷牢に入れられ〈狂死〉とあるだけで、具体的なことはわかっていません。

それで、書き手が想像をめぐらす余地が生じるのですが、南條氏は、田之助の死に、女の心理を抉(えぐ)り出しておられます。

これからも、三代目澤村田之助は、その毒と悲惨と凜乎(りんこ)とした美で、世代を越えて、人々を魅了してゆくことでしょう。

魔界転生(てんしょう)（山田風太郎忍法帖６・７）

山田風太郎

◇講談社文庫・下巻
◇一九九九年四月

忘れられない蕭条(しょうじょう)たるラスト

冒頭にいささか不遜な言葉を記すのをお許しください。

私、幼少のみぎり（戦前、昭和初期です）親の目をしのび、大衆小説を、和洋を問わず読みあさっておりました。ちなみに、山田風太郎大人(うし)も、『世界大衆文学全集』を読破されたのではないかと推測します。ユーゴーの『九十三年』を本歌取りされた作があるからです。

小学校五年のころから翻訳の文学作品に自然に移行したっぷり読んで、読物は卒業しました。

て、こちらのほうが、よほど読みごたえがあって面白いと思いました。

実際、子供のとき読みふけった読物で、後年再読にたえるものはごく少なく、ことに、日本のものは、ひとつには、文章が講談調なので、かえって読みづらいのです。子供のころ、あれほどわくわくしてむさぼり読んだ数々の物語が、再読すると他愛ないのに、なんだか気落ちしたのでした。洋物は、大衆文学の名を冠せられても、ポーやデュマ、先述のユーゴーなど、色あせぬものが多かったのですが。

不遜なのは、ここまでです。

戦後、早川のポケット・ミステリと旧『寶石』誌で、探偵小説の面白さにとりつかれました。そのころ、お金がないから、新刊はなかなか買えません、ことに、ポケミスは高かった……、もっぱら、貸本屋と古本屋を利用しました。『寶石』は一月遅れのを買って、読んだら売って次のを買っていました。版元が倒産したのは、こういう貧しい読者が多かったためでしょうか。山田風太郎（呼び捨てにするのは気がひけますが、〈風太郎〉と敬愛の思いをこめて呼びならわしてきましたので……）の短篇も、『寶石』で読んで抜群の面白さは知っていたのですが、貸本屋で『甲賀忍法帖』を読んだとたん、中毒になりました。そのころの貸本屋は、新刊が出ると、ほとんど同時に店頭におきました。いまのレンタル・ヴィデオみたいなものですね。新しいのが出るのを待ちかねて、日参していました。昭和三十年代です。

風太郎の作品群について、こういうエッセイを書くとき、二つの書き方にわかれると思います。どこがどう面白いか、凄いかと分析的に書くやり方と、私はこういうふうに風太郎体験をした、と思い出を書くやり方。

私は前者は苦手です。だから、評論ができない。その上、風太郎は何度もブームになって、その度に、多くの方がいろいろな角度からゆきとどいた解説を書いておられます。

で、もう一つの書き方、風太郎体験、となると、ただもう、面白くて、出るはしから読みました、おそらく、読みのがした長篇はありません、の一言でつきてしまいます。

子供のころ読んだ大衆小説は、たちまち再読にたえなくなったけれど、風太郎は、四十数年、半世紀近く経っても風化しない。新書や文庫がでるたびに、新しい若い読者をふやしていくようです。

このシリーズの「忍法帖雑学講座」をかいておられる日下三蔵さんは、まだ若い方ですが、〈面白い〉小説の読書量、収集した蔵書量にかけては、当代、五指にはいるお一人じゃないかと思います。

日下さんにはじめてお目にかかったのは、数年前、まだ本名で書籍の編集をしておられたころでした。私は人見知りが強くて、初対面の方と喋るのは気が重いのですが、風太郎の名がでたとたん、意気投合、ふたりでのりまくりました。

同じような経験を、もうひとり、若い編集者のかたとしています。「胎児が手をのばして、敵のあれをつかんで……」と私が言えば、「『くノ一忍法帖』ですね」即座に答がかえるのりのよさ。たちまち会話がはずみました。

数多い忍法帖のどれがいちばん好きか、という話題になれば、これまた侃侃諤諤。

私が一番好きな場面は、『忍者月影抄』の、鏡の奥から腕がのびて、人面の皮膚を剝ぐところであり、一番好きな忍法物は『風来忍法帖』であります。忍者対忍者の秘術の尽くしあいという型を破り、忍法のにの字も知らない香具師の面々が、手練の忍者群を相手に五分に闘い、相手を殺しもするけれど、自分たちも、ひとり、またひとりと死んでいく。最後のたったひとりの生き残りが、空っ風の野っ原を、とーんとーんとんがらし、と香具師の口上の歌をうたいながら消えていくラスト（関ケ原の合戦の時代に、江戸爛熟期の香具師の口上が存在したか、なんて野暮を言ってはいけません。虚実の虚に関しては、実を怖ろしいほど深くおさえた上での、確信犯の山田風太郎です）は、福田善之『真田風雲録』のラスト、十勇士の九人までが討ち死にし、ひとり残った猿飛佐助が「また、だれか仲間に会えるかもしれねえな」とつぶやきながら去っていく場面とともに、忘れられないのであります。

そういえば『魔界転生』のラストも……とこれは未読の読者のために伏せ、風太郎忍法帖のラストは、どれも、蕭条たる風景です。勝者も敗者も、滅びのなかにあり、淋しさ、酷さ、善悪ではかりきれない人の内面、それらを知り尽くした果ての作者の筆からあらわれる、澄明な哀しさ。

読物の人物造形は、だいたいわかりやすくパターン化され、そのために、歯ごたえがなくなりもするのですが、山田風太郎の小説の場合、突拍子もない面白さの底に人間洞察の奥深い目があり、醒めた人間不信と人間へのいとおしさがわかちがたく溶け合っていて、それが、どれほど歳月がたとうと、作品を風化させず、みずみずしくさせているのだと思います。

忍法帖によって山田風太郎に中毒したら、明治物にも手をのばしてください。どんな史書で識るより、明治という時代が胸にしみ入ります。

逃げ水半次無用帖

久世光彦

◇文春文庫
◇二〇〇二年二月

解説という名のひそかなお便り

見知らぬ大勢の読者の目に触れる文庫の解説という堅苦しい場所で貴方のことを書きたくはないのです。二人だけに通じる目くばせとか囁きとかを、内緒にしておきたいのですもの。

いま、私は、五つ年下の貴方を、どうしても光彦ちゃんとこっそり呼びたくて、こう呼んでしまわないと先を書きつづけられないのですもの。

「西条八十の『砂金』」と貴方がさりげなく口になさるとき、私は胸がどきどきしてしまって、あの袖珍本の昏みを帯びた表紙の手触りの追憶を共有している悦びに浸りながら、姉は血を吐く妹は火吐く……と「トミノの地獄」の一節を呟くのです。

たいそうおませな子供だった貴方は、でも、おませぶりを大人にみせつけるたちではなくて、お姉様の愛読書やおうちの方の蔵書を、西陽の射すお部屋で、そっと耽読していらっしゃったのですね。
子供のころ、貴方は荻窪、私は渋谷から世田谷と、遠く離れて住んでいたのだけれど、地図の上の距離がなんでしょう。お隣同士だったのよ。〈西向きの窓の向うが、白いレースのカーテン越しに、だんだん薄赤くなっていく〉(「ターナーという異国」)応接間のソファにもたれて、大人の本に読みふけっている五つの貴方のまわりにただよう、貴方の庭の金木犀(きんもくせい)の香りが、十歳の私が腹這(ば)いになって同じ禁断の本を両手で囲って読んでいる部屋にも流れ込んで、貴方の頬のうぶ毛を染める西陽が私の髪を熱くもして、菊池寛の『第二の接吻(せっぷん)』だの谷崎の『痴人の愛』だの……いけない小説でしたね、小学校にも上がっていない男の子が読むには……。

風邪をひいたときは、私、蒲団の中でおおっぴらに本を読むことができました。許されるのは子供の本ばかりでしたけれど。退屈しのぎにと、母が近所の知人の家から少年雑誌を借りてきます。赤貧ではなかったはずなのですが、子供に本を買うのは贅沢だと、私の両親は思っていたようです。あの『少年倶楽部』は、貴方のおうちから借りたのではなかったでしょうか。伊藤彦造の挿絵の、凜としたなかにひそむ嗜虐(しぎゃく)被虐の血は子供には危険なのに、大人は気がつかなかったのですね。

お隣の男の子と、同じ〈時〉を生きたのだと知ったのは、たぶん『怖い絵』(一九九一年刊)を読んだときだと思います。

昭和十四、五年に子供たちのあいだで人気のあった映画『まぼろし城』——高垣眸(たかがきひとみ)の原作でしたね——のあの岩窟は、すなわちベックリンの『死の島』なのだと、貴方に言われるまで気がつきませんでした。貴方の夢視る力の凄まじさに、それ以来、私は溺れてしまいました。

青木繁の活力あふれる男女を描いた漁りの絵から、眼球の黒目を奪い、国事犯の独房と結びつけ、心臓が冷たくなるほど怖い絵を描きだしてしまう貴方の、恐ろしい夢を視る力。貴方に指摘されて、私もはじめて明瞭に意識したのでした、青木繁の絵が――そうして明治のころの写実的な油絵の多くが――生の歓喜を描いていても、実は内側にひそむ死だの不安だのを隠していることを。貴方に教えられたのでした、応接間で美術全集に見入るとき、恍惚感とともに、なにかうっすらした怯えをもおぼえたその理由を。『怖い絵』は、エッセイのように書かれながら、貴方の夢が描きだした物語でもあり、事実を超えた真実の恐ろしさをどうしてこのように美しく描出できるのだろうと、私は貴方の織り綴る言葉の中に、黄昏の光が差し込む水の中にただようような心地で、ますます溺れていくのでした。

遡って『昭和幻燈館』を読み、『花迷宮』を読み、酩酊が一そう深まったころ、『蝶とヒットラー』が、そうして『一九三四年冬――乱歩』が、それは魅惑的な装幀の単行本となって刊行されたのでした。『蝶とヒットラー』はドゥマゴ賞、『一九三四年冬――乱歩』は山本周五郎賞を受賞し、それまでになかった美しい蠱惑の毒が、文学賞に注入されたのでした。

『一九三四年冬――乱歩』を陶酔して読みながら、私は、ふいに、ある歌の出現に息をのみました。乱歩が読んだら切歯するのではないかと思われるほどの妖しい美と毒に彩られた作中作「梔子姫」のなかに、その歌はでてきたのでした。

支那の町の　支那の子
小さいときに　攫われて
いまでは曲馬で　泣いてます

私も子供のころ、不思議でたまらず、そうして惹かれた歌でした。いつどこでおぼえたのか、一人でそっと口ずさんでいました。

私がおぼえているのと、歌詞は少し違いましたが、この歌はあのころ――昭和初期――にさまざまな詞で歌われていたのですね。どれにも共通しているのは、支那の町の支那の子が、曲馬団にさらわれたり、親を馬賊に殺されて一人とぼとぼ流離ったり、悲惨な境遇にあることでした。

私がいっそう驚き賛嘆したのは、一番しか知らないという貴方が、二番、三番をご自分で作詞して、それが、元のどんな詞よりはるかに綺麗で哀しくって、魅力のある歌になっていたことでした。

ここに引用させてくださいね。

支那の町の　支那の子
金の鎖で　縛られて
銀の月を　眺めてた

坊やは良い子だ　寝んねしな
赤い蘭燈(ランタン)　繻子(しゅす)の靴(くつ)
昔のことは　みんな夢

こんな子守歌を歌ってくれるのは、生身の母親ではなくて、少しハイカラさんの、貴方ならずっと年上のお姉様、私だったら、やさしかった懐かしい死んだ叔母。

ところが、四番五番と続くにつれて、それは冷(ひ)いやりと怕(こわ)い詞になっていって……。

こうやって、一つ一つ、貴方のお作の中でたゆたっていると、いつまでも『逃げ水半次無用帖』にたどりつけませんね。

『逃げ水半次無用帖』は、久世さんがはじめて書かれた時代物で、捕物帳でもあるのですけれど、最初の一行から、〈久世光彦〉です。

夜中に子供が嗤(わら)っている。可笑(おか)しそうに嗤っている。

こんなに怖くて切ない情景って、めったにありはしません。

水にひそむ水の精、森に棲む森の精、という意味での〈精〉という言葉をもちいれば、この連作に登場する女たちは、みんな、女の精です。「振袖狂女」の一場面、女正月に八人の女が集うという、それだけのことでも、女の艶がたち匂うのは、なぜなんでしょう。その色気が、どうしたって切ない、哀しい色合いをもっていて、哀しみが生み出す艶なんですわねえ。

主人公たちの住む長屋のある路地、その名も儚く美しい蛍小路は、雨上がりの五月晴れには陽炎の海になり、秋なら金木犀のかおりが、久世さんの幼年時から久世さんの江戸まで流れ込んできます。かすかに泰西の気配ものせて。

謎があり、殺人があり、十手を持った目明かし——少女のお小夜ちゃん——が聞き込みをしてまわり、捕物帳の定石をきちんと踏まえてむっつり右門に対するあばたの敬四郎みたいな意地の悪い岡っ引きも登場し、しかも最後に、虚無に心を摑まれ自分を無用の者とみなしてしまった美しい若者半次が絵解きする謎の解明は、アナグラムだの暗号だののもまじえた本格ミステリです。

連作であって、最後にそれらが一つの長篇に繋げられて、読み返せば細かい小物のはしばしまでが伏線になっているという、ミステリの手法も巧みに用いられています。

ミステリ評論家の千街晶之さんが、この『逃げ水半次無用帖』を一九九八年の本格ミステリ・ベストテンの一つにあげておられました。——僭越ながら、私もあげました。表現の唯美と論理的な謎ときのみごとな融合でした。

……などとしゃっちょこばって書くと、ちょっぴり皮肉なところのある久世さんに、本文を読めばわかることを〈解説〉だなんて物々しく書かないで、黄昏の水のなかみたいな応接間で黙って本を読んでおいでよと嗤われそうです。

〈民主主義とか、民主主義教育といったものが、いくら口の中で嚙んでみても、味がわからないのである。無理に飲み込もうとすると、変に気持ち悪く咽喉につかえるのである。それでも飲み込めと言われて食べた消化の悪さが、いまでも私たちの体や心のどこかに残っている〉と『時を呼ぶ声』に書かれた文章に万斛(ばんこく)の共感をおぼえます、と小さく囁いて、年上の幼友達は消えます。光彦ちゃん。

再録・『久世光彦の世界——昭和の幻景』柏書房、二〇〇七年三月

おぅねぇすてぃ
宇江佐(うえざ)真理

◇祥伝社文庫
◇二〇〇四年四月

時代小説の王道を誠実に歩む

手塚治虫の作品に『陽だまりの樹』という幕末から明治維新にかけての日本の大変動期を扱った大作がある。

幕府という大樹は、一見それと見えないのに内部から腐敗しており、開国を迫る欧米列強の外圧と改革をめざす内部からの力に、どうと倒れる。

怒濤に巻き込まれたような混乱のなかで、誠実な若者たちは、傷つきながら必死に生きる道をさぐる。

彼らの犠牲、努力を土壌として、明治維新は達成される。

つい先頃までは、幕府が開国に傾くのを非とし、攘夷(じょうい)の狼煙(のろし)を上げて倒幕に専心した勤皇の士が、幕府倒れるや、開国を国是(こくぜ)とした。百八十度の価値転換である。

国の転換期には、さまざまなドラマが生まれる。山田風太郎の明治物にあっては、旧幕臣の複雑な心情が、ミステリの鮮やかな展開に深い陰影を刻んでいる。

当時の列強の弱肉強食を剝き出しにした強引さを思うと、よくぞ日本は持ちこたえたものだと、我らの祖を讃えずにはおれない。大国清などは、列強に食い荒らされ、あげく阿片戦争で惨めな結果になっている。

西洋の文明が、傍若無人ともいえる力で、小さい島国日本を呑み込もうとしている。明治の若者たちは新しい文明開化の波に強い魅力をおぼえ、怒濤そのものに自らを同一化させようと努める。

維新直後、明治五年の函館から始まる、短篇連作の形式をもった『おぅねぇすてぃ』の主人公雨竜千吉も、そういう一人である。

明治維新は、当時の人々のあいだでは「ご一新」と呼ばれた。それほど、何もかもが一変したのである。

千吉の父親は幕府の崩壊で禄を失った貧しい御家人であった。母方の叔父が北海道の産物を売りさばく会社を営んでいる。家計を助けるために千吉は、叔父の会社の函館支社で働くようになる。

このころの函館の情景は、目に見えるように描かれている。

老いた漁師は新政府の方針など知らぬげに丁髷を落とさず、榎本武揚率いる幕軍が五稜郭にこもり新政府軍に抵抗した戦火の痕も著しく残っている。

函館は宇江佐さんの産まれ育った地である。それゆえだろう、〈潮の匂いが濃い。それとともに烏賊の内臓が腐敗する匂いもした。〉（「可否」本文七ページ）という描写は、土地っ子なればこそという細やかさだ。

また、函館の風の激しさは、〈千吉は函館に住むようになってから前屈みで歩くくせがついた。油断すると、すぐに足許をすくわれて転倒した。〉（「おぅねぇすてぃ」本文五九ページ）という一文に、鮮やかに描出されている。

千吉は、時代を見る目があり、英語の通詞を志している。幕政下にあっては、通詞職は世襲であり、しかも和蘭語がもっぱらであった。これからは英語の時代だと、千吉は聡くも思う。

辞書がととのい会話学校が乱立する現代とは異なる。辛苦をものともせず新しい知識を吸収しようとする若者たちの真剣さは、現代とは桁違いである。

実在の人物をモデルにしたと思われる財前卯之吉は、英人水夫らに、喋る言葉をノートに書いてもらい、その意味を片仮名で記して、自分だけの英和辞書を作り上げる。卯之吉に師事した千吉は、その辞書を筆写することで勉学を進める。卯之吉の片仮名は強い訛りをそのままに、虹はニヅとなり稲妻はイナシマとなる。氷はシガである。この不可解な日本語を、千吉のためにさらに翻訳してくれるのが、娼妓の小鶴である。

本書の表題ともなった「おぅねぇすてぃ」に、その経緯は記されている。

小鶴は千吉の写本を見ながらたずねる。

「ここにショウジキ、マゴコロって書いであるけど、エゲレス語で何んと言う？」

おぅねぇすてぃ、と千吉は教える。

正直と真心が同じ言葉だということに、小鶴は感銘を受ける。

正直。真心。それは、宇江佐さんの作品の、常に核心となっていると、私は思う。

真っ正直に人生を歩んでいく男や女。

これまでに宇江佐さんが書かれた多くの作品には、愚直なものもいれば、お俠な娘も登場する。蓮っ葉なのや、おちゃっぴい、いなせな兄い、無骨な男。色とりどりだけれど、主要な人物には、いつも、真っ正直で誠実な背骨が一本通っている。

デビュー作「幻の声」以来、江戸の市井人情を描いた作の多い宇江佐さんとしては、明治物は珍しいのだが、『おぅねぇすてぃ』にも、この背骨はいっそう顕著である。

宇江佐真理さんは、時代小説の王道を、誠実な足取りで歩み進んでいる。

作家たちが読んだ芥川龍之介

◇宝島社（別冊宝島）
◇二〇〇七年一月

作品『きりしとほろ上人伝』

きりしとほろ上人すなわち、聖者クリストフォルスが、幼児の姿で顕在したキリストを担いで川を渡ったという伝承は、ヨーロッパでよく知られている。近年では、ミシェル・トゥルニエが魅惑的な長篇『魔王』のモチーフにしている。

芥川が、まことしやかに〈「奉教人の死」と同じく、予が所蔵の切支丹版「れげんだ・おうれあ」の一章に、多少の潤色を加えたものである。〉と「きりしとほろ上人伝」の序文に記しているのが楽しい。切支丹版というのは、天正から慶長のころまでに、長崎、天草に学林をひらいたイエズス会が布教のために印刷した書物である。その中に、「れげんだ・おうれあ」なる書は存在しない。つまり、古文書の贋作、偽書である。芥川はもちろん後世をだましとおす意図など微塵もなく、古文書のまねびであることをすぐに明らかにしている。

偽書を創作することは、書き手にとってなかなかに魅力がある。有名な贋作者に、十七歳で自殺したイギリスの少年詩人トマス・チャタトンがいる。十八世紀に生を受けながら、識者の目をも欺く中世の詩をものしている。最近では、古川日出男氏が『アラビアの夜の種族』で、いと楽しげに、この手法を用いておられる。

イエズス会の布教にかける熱意は凄まじく、大和言葉には本来存在しないヨーロッパの概念を、苦心して当時の口語に和訳し、『伊曾保物語（イソップ物語）』『こんてむつすむん地』『ぎやどぺかどる』などを出版、ザビエルの布教開始からわずか五十数年にして、大部の日葡辞書（ポルトガル語の説明を付した日本語辞書）まで編纂刊行している。

現代の読書人にいかにも古文書と感じさせるのは、ゆたかな知識学識がなくてはできない。「きりしとほろ上人伝」の中世の古雅な口語体は、『伊曾保物語』に倣ったと芥川は述べている。「さもあろうず。おぬしは今宵という今宵こそ、世界の苦しみを身に荷うた『えす・きりしと』を負いないたのじゃ」

イエズス会の布教は、背後にマカオを拠点とするポルトガルのアジア侵略を隠していた。鎖国によって布教はいったん途切れ、明治になってふたたびキリスト教が日本に入ってくるが、ヨーロッパの人々の宗教感覚とは異なり、明治大正の日本人には、珍しい泰西文化として受け取られた部分が大きい。北原白秋の「邪宗門秘曲」や木下杢太郎の「南蛮寺門前」、そうして芥川の幾つかの切支丹ものなどによって、異国情緒ただよう切支丹用語がふたたび世人の目になじむようになった。

しかし、キリスト教と真剣に対峙し近代の理性知性で理解しようとするとき、越えがたい矛盾の溝に落ち込む。大正の知性の人である芥川が描く「さまよえる猶太人」「るしへる」「神神の微笑」などキリスト教をモチーフとした諸作には、苦い皮肉な味わいがある。

再録・『読んでおきたいベスト集！ 芥川龍之介』宝島社文庫、二〇一一年七月

安徳天皇漂海記

宇月原晴明（うつきばらはるあき）

◇中公文庫
◇二〇〇九年一月

「歴史の欠点は、起こったことは書いてあるが、起こらなかったことは書いてないことである」と言ったのは三島由紀夫である。「そこに小説家や劇作家、詩人がつけこむ隙がある」と三島由紀夫は続けるのだが、それに対して皮肉屋の花田清輝が、「歴史の欠点は、起こらなかったことだけが書いてあって、起こったことは何一つ書いてないことである」と、歴史不信の念を表明している。（出典・花田清輝『小説平家』）

この「歴史」は、いわゆる正史を指している。

現在目の前で起きている歴史的事件でさえ、真実は奈辺にあるのか、きわめがたい。しかも往々にして、勝者あるいは権力者の恣意（しい）によって歪曲（わいきょく）されたものが、正史として世に伝えられる。

両大家の言のどちらをとるにしても、歴史が、こよなく豊潤な物語を小説家に創出させる源泉であることは間違いない。

虚実の皮膜の間に想像力の限りを注入し、虚も実も一つの蜜に溶かしおおせ、歴史以上の真実を創出することこそが、伝奇作者の面目（めんもく）であろう。

宇月原晴明さんは、デビュー作『信長　あるいは戴冠せるアンドロギュヌス』からして、まさに面目躍如たるものがあった。

『信長……』のタイトルはもとより、アントナン・アルトーの“Héliogabale ou L'Anarchiste couronné”（ヘリオガバルス　あるいは戴冠せるアナーキスト）に由来する。この作について詳述するには紙幅が足りない。古代ローマの若い狂帝と日本中世の大魔王、そうして二十世紀のシュルレアリスト、アントナン・アルトーを、ヒトラー擡頭期において結びつけるというとんでもない離れ業をみごとに成し遂げた『信長……』が、一九九九年、日本ファンタジーノベル大賞を受賞したと記すに留めよう。因みに、この賞は、一般から作品を募る新人賞だが、佐藤亜紀、西崎憲、池上永一、近年では森見登美彦……と秀でた幻視者（ヴォワイアン）を顕彰してきた、選択に信頼のおける登竜門である。続いて『聚楽（じゅらく）　太閤の錬金窟（グロッタ）』『黎明に叛（そむ）くもの』と、いずれも膨大な資料を丹念に渉猟（しょうりょう）した上で、とほうもない、けれども深く納得させられる、伝奇幻想の世界が創出される。花田清輝この世にあらば、これこそ正史を凌ぐ歴史よと、賞美したであろう。最初一冊の四六判で出版された長大な『黎明に叛くもの』は、翌年四分冊のノベルス版として刊行され、その一巻ごとに書き下ろしの短篇が外伝として添えられた。四本の外伝は、『天王船』のタイトルで文庫にまとめられている。

長篇第四作目が、壮麗にして悲痛なる漂海をアルテュール・ランボーの『酩酊船（よいどれぶね）』に類（たぐ）えたくなる、この山本周五郎賞受賞作『安徳天皇漂海記』である。

第一部で、博覧強記のヴォワイアンが錬金術師さながらに物語の坩堝に投じるのは、平家物語巻十一で語られる、齢わずかに八歳の幼い帝が、源家の白旗に追いつめられた壇ノ浦、二位の尼に抱かれ、「浪の下にも都の候ぞ」と言いくるめられ、千尋の底に身を沈める哀話である。

浪の下の都。それは、フランスの最西端、ブルターニュ半島突端の海底深きに沈むというイスの古都を偲ばせるではないか。ユーラシアの広大な大陸とは海を隔てて東の涯、日出ずる島の浪の下と、西の涯の海底は、幻想界において一つに重なるとおぼしい。

時代やや下って、鎌倉の三代将軍源実朝。執権北条に政治の実権を握られ、歌の道にいそしみ、海を隔てた宋に渡らんと巨船を建造するが、船は浜より動かず朽ち果てる。彼を仇と狙う公暁の刃に、二十七歳にして果てる、というのが『吾妻鏡』などが伝える実朝の短い生涯である。

安徳帝の入水は、実朝生誕に七年先立つ。

時代をへだてるこの二人がいかなればこそ結びつくか。

作者は、〈真床覆衾〉を用いた。

『日本書紀巻第二』は記す。天孫は、真床覆衾にくるまれて降臨した、と。

作者はその衾を、幼帝の玉体を内包し護る琥珀としたのである。

第四の神器ともいうべき琥珀の玉に封じられた幼帝。

実朝を琥珀の幼帝のもとに導く天竺の冠者は、『古今著聞集』から作者によって召喚された妖術師である。彼の素性や活躍ぶりは本文に任せよう。

実朝は、なぜ、巨船を造り大海に乗り出そうとしたのか。なぜ、それは挫折したのか。琥珀の中におわす幼帝のひたすらな望みとは何。

目も絢な妖異と実朝の悲痛かつ玲瓏たる心情が、織りなされる。

そうして、物語は、第二部に進む。

実朝が公暁の凶刃に斃れてより六十年の余を閲し、舞台は大陸に移る。

かつて大国であった宋は、モンゴルから興った草原の民によって滅亡し、クビライ・カーンが大元帝国に君臨する。

クビライの命を受け、巡遣使として華南に滞在するマルコ・ポーロの視点で、物語はさらに華麗に展開される。

滅亡した南宋の遺臣は、海近き地に幼い皇帝を擁立し息をひそめている。

亡国の幼帝とジパングの琥珀の幼帝。ふたりの幼子が歓を交わすシーンの、なんとせつなく愛らしく、しかも凛としていることだろう。

祇園精舎の鐘の声、諸行無常の響きあり、沙羅双樹の花の色、盛者必衰の理をあらわす。

マルコ・ポーロが聴く琵琶の、『平家物語』の流麗な詞藻は、華南の言葉に換えられても、やはりうるわしい。

サヘートの庭に響く鐘の音は
あらゆるものがうつろいゆくことを教えてくれる
サーラ樹の花の色は
栄華を誇る者も必ず滅びさるという道理を示している

（本文二〇八ページ）

サヘート、サーラ、滅びさる、と、サを重ねた語感が、美しいのである。

物語に重要な位置を占める元寇に、いささか筆を費やそう。

文永十一年、襲来した元・高麗の大軍は、対馬（つしま）、壱岐（いき）の島々で、暴虐の限りを尽くした。島で捕らえた女や子供の両手に穴を開けて繋ぎ、矢避（よ）けのために船の外側に吊したと伝えられる。二百人の子供が奴隷として拉致されたとも言われる。明治大正のころまで、子供が悪さをすると、蒙古来高麗来（モクリコクリ）が攫（さら）いにくるぞ、と脅す親もいたほどだ。元・高麗軍は、博多と箱崎に放火したが、それ以上軍を進めず撤退した。『元史』には「矢が尽きたため」と記されているそうだが、撤退の理由は明確ではない。

本書には、その理由が解き明かされている。安徳帝と源実朝のかかわりが、国難を救ったのである。

クビライは日本侵攻をあきらめず、弘安四年、ふたたび大軍をもって来襲する。その成り行きを簡潔に述べて物語りは閉じるが、そこにいたるまでに、作者の想像力は奔放に迸（ほとばし）り、エピグラムに引かれた古事記の一節を起ち上がらせる。

『高丘親王航海記』と澁澤龍彥への敬愛を、作者は本作にこめている。

蜜の都市がきらめく光の雨となり、そそり立つすべてが蜜の瀧と化すえもいわれぬ光景を目に、かの人は、雲上にあって莞爾と笑み給うのではなかろうか。

谷崎潤一郎（池澤夏樹＝個人編集　日本文学全集15・月報）

谷崎潤一郎

◇河出書房新社
◇二〇一六年二月

「吉野葛」

谷崎潤一郎の作品との出会いが、私は早すぎました。大正の末から昭和の初期にかけて円本の文学全集を揃えるのが流行しており、我が家の応接間の書棚にも、各種文学全集が並んでいました。片端から読み倒す中に改造社の現代日本文学全集もあり、鏡花、漱石、鷗外、春夫、露伴、わかろうがわかるまいが読みふけり、谷崎はその中の一冊でした。『痴人の愛』が出版され、評判になったのが大正十四年。それを収録した『谷崎潤一郎集』は、年譜によれば昭和二年の刊行です。「吉野葛」などはまだ書かれていない時期でした。

改造社版谷崎集を私が手に取ったのは昭和十五年頃です。十になるやならずの子供に「痴人の愛」が面白いわけはなく、惹かれたのは「少年」と「或る少年の怯れ」でした。七十数年前に読んだきりで再読していないのに今でも場面が思い浮かぶほど強烈な読書体験でした。『武州公秘話』『春琴抄』などを、その後それぞれ単行本で読みました。嗜虐（しぎゃく）被虐は、それ以前に現代大衆文学全集で読んだ江戸川乱歩で馴染んでいましたが、子供ながら感じたのは、乱歩の作に感じる悖徳（はいとく）のうしろめたさ薄暗さが、谷崎の作にはないということでした。今になって思います。近代の小説家は多かれ少なかれ弱さを心の内に持ち、その葛藤が作品になる。谷崎は葛藤しない。姓に大を冠せられ、文豪としてゆるぎない谷崎潤一郎の今回の作品集に、研究者でも評論家でもない、『細雪』も『少将滋幹（しげもと）の母』も読んでいない、一介の物語紡ぎに過ぎない私が寄稿するのは烏滸（おこ）がましいと、お話を頂いたとき躊躇（ちゅうちょ）しました。今も感想めいたことを書くのさえ筆がたゆたいます。

谷崎に十分に馴染めなかったのは、種々の素養が長らく私に欠けていたためもあると「吉野葛」を再読しながら痛感しました。戦後まもないころ古本で読んだのが最初だと思います。無知なまま読んだので咀嚼しきれませんでした。

桜の名所吉野は、歴史の哀歓を秘めた地でもあります。古代にあっては、大海人皇子（おおしあまのみこ）――後の天武帝――が帝位を継ぐ野心はない証として都を去り、隠（こも）ったのが吉野でした。兄天智帝が崩御されるや、後継の大友皇子を倒すべく、叛乱の兵を挙げます。史書にいう壬申の乱です。国栖（くず）の男たちも兵力として徴集されています。

時代くだって朝廷が二つにわかれ相争い、後醍醐帝は吉野に逃れたまい、やがて帝崩御、皇統は北朝に。最後まで南朝に尽くした楠木一族の悲劇。正成（まさしげ）の嫡子正行（まさつら）が「かへらじとかねて思へば」の悲壮な歌を如意輪堂の壁に刻んだ、このあたりまでは小学校でも学ぶと思いますが――今の歴史教科書には載っていないでしょうか――、楠木一族の二郎正秀が南朝の血筋の宮を擁し、兵を率い京の御所に攻め入り神器を奪った禁闕（きんけつ）の変、南朝方の者たちが宮の遺児二人――一の宮、二の宮――を奉じて吉野に隠（こも）り、再起を図ったものの、それに先立つ嘉吉の乱で滅びた赤松満祐（みつすけ）の遺臣らがお家再興を賭けて吉野を襲撃、神器奪還、まだ年若い二人の宮が弑（しい）された長禄の変、という悲惨な後南朝史はあまり広く知られてはいないようです。歌舞伎に目を移せば、「妹背山（いもせやま）婦女庭訓（おんなていきん）」の、吉野川を挟んだ久我之助（こがのすけ）と雛鳥（ひなどり）の悲恋。「義経千本桜」の静御前と狐忠信。さらに、舞台を和泉なる信太（しのだ）の森に移した葛の葉の哀切、「恋女房染分手綱（こいにょうぼうそめわけたづな）」重（しげ）の井（い）子別れの段を重ね、これらの史実、虚構を深々と内蔵した上に、谷崎潤一郎の終生の主題である母恋いと女人賛仰（にょにんさんぎょう）が、現代――といっても、大正の末から昭和の初めにかけてのですが――の紀行文をよそおい浄瑠璃のように美しい言葉を連ねた導入部から始まる「吉野葛」に切々と滲（にじ）み出ます。

すでに四半世紀昔になりますが、後南朝に興味を持ち、吉野を訪ねたことがあります。一の宮――自天王――の御所があったという三（さん）の公谷（こだに）をも訪ねました。滝の脇の崖をよじ登り、岩から岩に飛び移るという嶮岨（けんそ）な場所でした。歌舞伎の知識も、狐忠信といえば、あの場面、葛の葉ならあれ、と思い浮かぶほどには増えていました。

いくらかましになった目で「吉野葛」を読み返すと、教養の深さ、文章の精緻さ、構成の巧みさに嘆じ入ります。友人の話をとおしてのみ語られる娘が、物語の最後になって、吊り橋の上に遠く姿を見せる。霧が凝固して実在となったかのようでした。

幕間　推薦文

恐怖博物誌（ふしぎ文学館）
日影丈吉

〈時〉によって腐食させられることのない、夜光珠。

〈時〉によっていっそう静かに熟成する、蜜酒。

端正な文章がみちびく夢魔の迷路。

日常の表皮がゆるやかにめくられる端から、日本の土俗と欧州の魔性が渾然となった、芳醇な恐怖が、さりげなくあらわれる。

近世が、上田秋成を持ったように、現代は日影丈吉を天から恵まれた。

◇出版芸術社
◇一九九四年八月

人体の物語——解剖学から見たヒトの不思議

ヒュー・オールダシー＝ウィリアムズ／松井信彦・訳

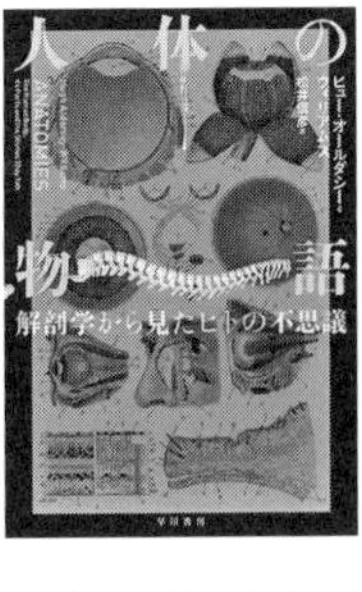

◇早川書房

◇二〇一四年八月

たっぷりのユーモアにブラック少々。人体料理を美味しく味わいましょう。

地図　楽

マルセル・シュオッブ全集

マルセル・シュオッブ／大濱甫、多田智満子、宮下志朗、千葉文夫、大野多加志、尾方邦雄・訳

水晶の板に金の線条を刻んで綴った物語たち。

◇国書刊行会
◇二〇一五年六月

セント・イージス号の武勲
上田早夕里（さゆり）

◇講談社
◇二〇一五年九月

歴史のうねりに奇想のうねりが重なって、神話のように美しく惨たる海戦が顕現した！

天国でまた会おう

ピエール・ルメートル／平岡敦・訳

◇早川書房／ハヤカワ・ミステリ文庫・上巻
◇二〇一五年十月

顔を半分失った若者は、戦争に対し宣戦布告した。諧謔をコーティングした悲哀が怒濤の物語の陰にある。

吸血鬼
佐藤亜紀

怪異の外衣を纏った、迫力と緊張感。流麗な文体のリズム。読んでいる間、時折、私は文章で音楽を視たのです。こんな体験は初めてでした。夜のひととき、その孤独にこの作品を描き出した作者に、讃嘆の辞を献じます。

◇講談社
◇二〇一六年一月

月球儀
山本掌

御作、好きです。選びぬかれた表現も、その身にあるものも。

◇DiPS.A
◇二〇一八年三月

名もなき王国
倉数茂

物語の豊饒な海に生まれた
一顆（いっか）のバロック真珠

◇ポプラ社
◇二〇一八年八月

月を食う
佐佐木定綱

梨の皮を剥くと桃があらわれ
桃を食うとメダカが群がり　月の味がする
新鮮で愛しい歌たち

◇角川文化振興財団（発行）
◇ＫＡＤＯＫＡＷＡ（発売）
◇二〇一九年十月

第三部

海外文学／コミック／現代文学／ノンフィクション

夜のみだらな鳥
ホセ・ドノソ／鼓直（ただし）・訳

◇水声社
◇二〇一八年二月

リアルに屹立（きつりつ）する幻想の迷宮

ルイス・ブニュエルがこの作を評した言葉以上に適切な賛辞はないので、訳者の解説から孫引きする。

〈――その凶暴な雰囲気、執拗きわまりない反復、作中人物の変身、純粋にシュルレアリスチックな物語の構造、不合理な観念連合、想像力の限りない自由、何が善であり悪であり、また何が美であり醜であるかについての原則の侮辱的な無視などに、ぼくは度肝をぬかれてしまった〉

ホセ・ドノソの『夜のみだらな鳥』が映画化されるとしたら、監督は『アンダルシアの犬』を撮ったブニュエルをおいて他にない。

舞台は、エンカルナシオン修道院と、リンコナーダ屋敷。

この二つが、並の場所ではない。時代はまあ現代なのだが、まるでボッスの描く中世のような暗色の壮大な混沌。

リンコナーダは、大ブルジョアの上院議員、ドン・ヘロニモ・デ・アスコイティアが、嗣子のために特別つくった迷宮のような大御殿。寺山修司の世界を超豪華に拡大したように、そこに集められたのは、あらゆる種類の畸形、異形のものばかり。ドン・ヘロニモの嗣子は、地上の秩序を侮蔑し嘲笑するような、ねじれゆがんだ畸形だった。息子のために、ドン・ヘロニモは、世界を組みかえてやった。ここで毎年ひらかれる仮装舞踏会は、〈畸形の全員が乞食や廃人・泥棒や尼僧・歯欠けの老婆や魔女の仮装を凝らして集まり、ために……回廊は息もつけず、壁はなかばくずれ、中庭は廃墟も同然……〉

もう一つの舞台エンカルナシオン修道院は、アスコイティア家の召使いが老い耄れると送りこまれる場所で、ここも、廃墟寸前の回廊や中庭や空き部屋が、ねじれからまった迷路をつくり、目下収容されているのは、四十人の老婆と孤児の女の子が五人。そうして、三人の尼と、下男ムディートト。

ムディートは、かつてはウンベルトと言い、ドン・ヘロニモ上院議員の腹心の有能な秘書であった。

ドン・ヘロニモが急進党の襲撃をうけたとき、ウンベルトは身代わりになり、敵の前にたちはだかって、銃弾に傷つく。

その後、病み衰えたウンベルトは、聾唖のムディートとしてエンカルナシオン修道院に送られる。

長大な物語は、ムディートの一人称で語られるのだが、読者は、彼の語りに安心してついてゆくわけにはいかない。

すべては、彼の歪んだ妄想をとおしたものであるからだ。

何が実で、何が虚か、その基盤となる物差しが、ここにはない。現実と幻想は、混沌と一つに溶け合っている。

いかなる現実よりもリアルに、幻想の迷宮は屹立し、ムディートは、ウンベルトとムディートの間を揺れ動き、やがて老婆のひとりが産んだ赤ん坊になり、目だの口だのからだの穴という穴を縫いふさがれ……

困るのは、これを読んだ後は、たいがいの物語が色褪せて、読書の楽しみが少なくなってしまうことだ。

本書と対極にある優しい美しい幻想小説は、シュルツの『肉桂色の店』。

「おかしな不思議な奇想小説」『ミステリマガジン』一九九二年五月

悪魔のような女

ボアロー＝ナルスジャック／北村太郎・訳

◇ハヤカワ・ミステリ文庫
◇一九九六年七月

香り高い残酷さ

娘と若者は、愛しあっていた。さまざまな事情から、別れねばならなくなった。歳月が過ぎ、娘は女になった。そうして、彼と再会した。昔より、いっそうはげしく、二人は愛しあった。しあわせな暮らしがはじまると、女は思った。ここまでは、美しい、甘い、恋愛映画だ。女は、男の家をおとずれた。そこで目撃したのは、男が、はるかに年上の女に男妾のようにあしらわれている場面であった。恋の苦い終わり。再会した恋人の前でかぶっていた虚勢と見栄の仮面を、無防備にはずしているところを見られた男の、無残なみじめな、口もとだけ笑っているような表情。真実を知った女のきびしい表情。ＦＩＮ。

半世紀近く昔に一度見ただけなので、主演はジャン・ルイ・バロオ、タイトルが『しのび泣き』というフランス映画だということのほかは、監督の名も相手の女優の名も、なにもおぼえていないのだが、そのころティーンだった私にとって、大人の恋とは、人生の苦さとは、こういうものなのか、と、ラストの印象が、強く刻みつけられたのだった。

本作『悪魔のような女』とも、作者のボアロー＝ナルスジャックとも関係ない映画だが、この小文を書くために本作を読み返したとき、フランスミステリの持つ大人の雰囲気、苦さに、『しのび泣き』のラストがよみがえったのだった。

最近、ある雑誌が、日本の、ミステリ作家七十数人だかに、アンケートをとった。好きなミステリ映画を三本選べというのである。その集計によるベストテンのなかに、ボアロー＝ナルスジャックの原作によるものが、二点入っていた。

一本は、ヒチコックによる『めまい』、もう一本が、本作をジョルジュ・クルーゾーが映画化した『悪魔のような女』である。

前者は、原作のタイトルは『死者の中から』である。

両方とも、公開当時、たいそう評判になった。もちろん、映画の好評は監督の手腕によるところが大きく、映画化されることが小説の名誉になるわけではないのだけれど、ボアロー＝ナルスジャックの作品の持つ恐怖とサスペンスの魅力が、ヒチコックやクルーゾーのような名監督に食指を動かさせたことは、たしかだ。ヒチコックは、映画監督として当然のことながら、原作の持つモノクロームあるいはセピア色の雰囲気を無視して、彼自身のアメリカ色に塗り替えているが。（だいたい、ボアロー＝ナルスジャックとヒチコックの雰囲気は、対極にある。）

ボアロー＝ナルスジャックは、その名前からわかるように、二人の作家——ピエール・ボアロー（一九〇六年生）とトーマ・ナルスジャック（一九〇八年生）の合作である。エラリイ・クイーンのように一つのペンネームに統合せず、二人の名を並べている。合作しはじめたとき、すでに、両方とも実績のある作家だった。ボアローは一九三八年に、ナルスジャックは一九四八年に、それぞれフランス冒険小説大賞を受賞している。

ボアロー＝ナルスジャックの作品は、共通した特徴を持つ。横溝正史に通底するグランギニョール風な残酷さを持ちながら、文芸の香気をただよわせているということである。

現在ほとんど絶版になっていて読み返すことができず、うろおぼえの記憶をたどるほかはないのだが、妻のある医師が、猛獣を飼う異様な美女と恋におちる話があった。異国育ちのエキゾチックな美女は、呪術をわきまえているらしい。妻が病みがちになったのは、美女の呪いのためではないのか。医師は、疑惑にとらわれる。その過程が、こけおどしの俗っぽさではなく、格調のある文章で緻密に描かれ、サスペンスを高めていく。このまま、呪術のしわざで終われば、神秘的なホラーである。しかし、ラストに、論理的な解決がしめされ、本格ミステリとして首尾一貫する。謎がとけても、肩透かしにあったような索漠（さくばく）とした感じをおぼえないのは、謎だけでひっぱるのではなく、物語のどの部分を切り取っても、作品として、文章として、洗練されているからだ。

もう一つの特徴は、きわめて限定された場所、最小限必要な登場人物によって形成されることである。小さい劇場で演じられる演劇を思わせる。

本作『悪魔のような女』も、主役は三人だけ。端役が二人。

前記の作（題名が思い出せない）においても、主要人物は四人、わき役が一人だった。奇術師の話（これも、題名が思い出せない）も、印象に残っている。両親が旅回りの奇術師なので、息子は学校の寄宿舎に入れられ、ふつうの学生生活を送っている。旅芸人になる気は、毛頭なかったが、父の死により、息子は、後をつぐ決意をする。双子の美女をつかっての奇術、双子の一方の死などが、サスペンスフルなストーリーをすすめていくのだが、それ以上に強烈なのは、主人公が自分を人形化する狂気じみた熱意である。舞台で機械仕掛けの人形のように動く芸を、完璧な物にしようと、彼はつとめる。その訓練は、彼の人間的な部分を殺していく。この作も、父の死後におけるメインストーリーは、主人公、その母、双子、登場人物はそのくらいだ。少数精鋭で、緊迫した物語がすすめられる。

ボアロー＝ナルスジャックの文章は、独特の暗鬱なこまやかさで、人物の内面を、えぐる。

フィレンツェに、『ラ・スペコラ』という博物館がある。フィレンツェ大学の動植物学科に所属するその博物館の展示品は、蠟による人体模型である。外観だけではない、内臓や血管まで冷静にリアルに再現したものだが、リアリズムを越えて、魔的な美を表現してしまっている。

ボアロー＝ナルスジャックの内面描写も、冷徹なリアルな筆の冴えが、悪魔の美と狂熱を呼び出してしまう。

『悪魔のような女』がはじめて邦訳されたのは、一九五五年。四十年あまり昔である。

いまではすでに古典的ともいえるパターンで書かれている。魅力的なパターンだから、追随者がいろいろなヴァリエーションを書くようになったということだろう。

古典的であっても、古くはならない。

死せる妻の気配が、妻を殺した夫に次第に近寄ってくる。死せる妻は、姿は見せぬまま、ほとんど日常的なさりげなさ、やわらかさで、夫に近づいてくる。そのやさしさのために、夫の恐怖感の描写は増大する。

こんど、映画がリメイクされることになったのも、これが、サスペンスの原点ともいえるシテュエイションだからだろう。

ラストの一行の苦みが、などと書くと、そこだけ最初に読んでしまう読者がいるかもしれないから、控える。

一言でいえば、ボアロー＝ナルスジャックは、巧い！

アガサ・クリスティー自伝
アガサ・クリスティー／乾信一郎・訳

◇早川書房（クリスティー文庫）・下巻
◇二〇〇四年十月

〈人生の中で出会うもっとも幸運なことは、幸せな子供時代を持つことである。〉

この自伝の冒頭で、アガサ・クリスティーはそう記し、〈わたしは子供時代たいへんに幸せであった。〉と、言い切っている。

一九六五年、七十五年の人生をふりかえってアガサが著した本書の、両親から充分な愛情をそそがれ経済的にも恵まれ大切に育てられた子供時代を記した部分は、ことさら生き生きと、あの〈古きよき時代〉を蘇らせている。

家庭環境のみではなく、時代そのものも、大英帝国がいまだ衰亡せぬ、よき時代――イギリスの良家のものにとっては、という限定がつくにしても――であった。そうして、アガサは、躾けの行き届いた良家の娘だった。

一方で貧富の差は激しく、階級差は厳然とあったにせよ、召使たちはそれぞれのプロ意識を持ち、持分の仕事を完璧にこなすのを誇りにしていた。〈かりに今わたしが子供だったなら、いちばん淋しく思うのは使用人がいないことだと思う。〉〈今でもこのような本当の使用人がいるかどうか、わたしは疑問に思う。〉（傍点原文ママ）

当時の使用人と主人一家との関係は、血のかよいあったものだった。経験を積んだ召使は、相応した敬意をもって遇される。

幼いアガサは、ばあややメイドを通じて、いろいろな人生を垣間見る。

想像力のゆたかな、そうして、観察力にすぐれた子供であった。

母方のおばあちゃんとその姉、ふたりの老女の言動を、幼いアガサは眺めている。〈姉妹は仲がよかったが、二人のあいだにはやはりささいなやきもちや言い争いも相当にあった。おたがいにいじめ合ってはそれを楽しんでいたし、何とかして相手を負かそうとしていた。〉

七十五歳のアガサは、四歳のアガサの初恋を、冷静にユーモラスに追想する。〈あまりにも情熱過剰のせいで、わたしは彼がこっちへやってくるのを見るとその反対の方向へ行ってしまうし、食卓につくとなるとわたしは断固として彼にそっぽをむくのであった。〉

彼のために献身し犠牲になる自分を想像し喜びに浸る四つのアガサを、七十五歳のアガサは、微苦笑しながらいとおしんでいる。

実業家であった父親の死によって、アガサの暮らしに翳がさす。

二十二歳で、アガサはアーチボルド・クリスティーと恋しあい、二年後に結婚する。欧州大戦が勃発した年であった。

篤志看護婦として陸軍病院に勤務した経験は、後の執筆活動にたいそう役に立った。毒薬に関する豊富な知識を得ることができたのだ。

毒矢に使われるクラレについて知ったのもこのころだ。口から摂取すれば何の害もないが、血液に入ると致命的な効果を発揮する。

アガサがこの知識を作品に生かしたのは、五十年も経ってからだった。

幼いころから読書好きであったけれど、作家になるという考えはまるでなかったアガサが、この大戦中の時期にどうしてあのエルキュール・ポアロを創りだしたのか。自伝では〈病院の薬局で働いていたころ、初めてわたしは探偵小説を書こうという考えになった。〉と簡単に記されているだけだ。

アガサの幼年時代の豊富な読書歴には、ホームズもルパンも含まれていた。ガストン・ルルーの『黄色い部屋の秘密』に夢中になり、いつか、探偵小説を書いてやろうと思ったこともあるけれど、確固たる願望というわけではなく、忘れ去られていた。しかし、彼女の灰色の脳細胞にその種は植え込まれ、発芽の時を待っていたのだろう。

結婚について、アガサはこう記している。

〈わたしは古風な考えを持っている、（相手の男性にたいし）尊敬が必要だ、と。〉

結婚したら、男は一家の長として権威を持ち、女はそれに従うのが当然とされる時代であった。

アガサ・クリスティーの探偵小説は好評を博し、ことに『アクロイド殺し』は、斬新な叙述トリックで評判になる。一方で夫との間に齟齬が生じはじめる。

いくつもの理由が重なって、アガサの失踪事件が起きる。

このことについて、自伝は、ほとんど語っていない。

離婚。哀しみ。再婚。

そうして、アガサ・クリスティーは、今に至るまで読み継がれ、その型を後続の書き手たちが踏襲せずにはいられないような、魅力的な名作を次々に発表するようになる。

それらのことを、自伝は、細部までこまやかに、人を観察する目は深く鋭く、しかし、自己憐（れん）憫（びん）だのナルシシズムだのに陥ることなく、驕りも衒（てら）いもなく、年をとったものにありがちな説教臭さもまるっきりなく、淡々と記す。

宗教は世界の歴史にあって、きわめて残酷なこの上なく酸鼻な行為を引き出しもするけれど、本書の最後の一行を読むと、キリスト教の最良なる光の部分が人生に微笑を与えていることを感じる。

望楼館追想
エドワード・ケアリー／古屋美登里・訳

〈父はカーテンの上の棚のように突き出た桟によじ登り、窓とは反対側の壁に飾られた大きな剝製の禿鷹をまね、動かないポーズをとることもあった。〉

引用したのは、ポーランドの作家ブルーノ・シュルツの作品の一節である。工藤幸雄氏の訳による。この父は、何度も不完全に死んだあげく、ザリガニになって料理され、一本の脚を残してトマトソースとゼリーの皿から脱出し、放浪の旅に出てしまう。

『望楼館追想』の作者エドワード・ケアリーは、愛好する作家の一人として、このシュルツの名をあげている。

これもケアリーが愛する作家の一人であるカーソン・マッカラーズの代表作『心は孤独な狩人』は、聾啞の男と異様に太った痴愚の男との哀切なかかわりである。もの静かな男に、町の人々は、いろいろな悩み事を打ち明ける。彼は、他人を安らがせる。でも、当人は、他人と関わ

◇文春文庫
◇二〇〇四年十一月

るのがわずらわしくてならず、甘いものを食べることのほかに何の興味も持たないデブの白痴にのみ、かぎりない深い友情をもっている。一方的に。他人は彼の心のなかは知らない。デブの白痴は、聾唖の男を、甘いものをくれる存在としか認識していない。

もう一人、ケアリーが愛する作家に、イタロ・カルヴィーノがいる。子供のとき木にのぼったきり、地上におりるのを拒み、一生を樹上で暮らす男を描いたのが、カルヴィーノの『木のぼり男爵』である。

一九七〇年にイングランドのノーフォークで生まれたエドワード・ケアリーの、『望楼館追想』(二〇〇〇年刊)は、第一作である。

新人のデビュー作に目をとめ賛辞をおくったのは、ジョン・ファウルズ、パトリック・マグラア。

ファウルズは『コレクター』『魔術師』などが邦訳されている。前者は、蝶の蒐集に夢中になっている男が気に入った少女を蝶を捕らえるように誘拐し幽閉する物語。後者は、人里離れた島の学校に赴任した男が、奇妙な力を持った矍鑠(かくしゃく)たる老人に芝居とも現実ともつかぬ光景を見せられ翻弄される物語である。

マグラアは比較的新しい作家で、一九八九年、短篇集『血のささやき、水のつぶやき』が邦訳された。自作についてマグラアは「気持ちの悪い主題を扱っているが、音楽的な文章でエレガントな不気味さを出したい」と語っている。肉体が腐敗してゆく老醜の天使。ロンドンの少女の住まいの庭に突如出現した、アフリカの密林と、ピグミーの襲撃を恐れ熱病に呻吟(しんぎん)する探険家。

つまり、エドワード・ケアリーは、こういう作品を愛し、こういう作家たちに愛される作家なのである。

日本の作家では村上春樹を、エドワード・ケアリーは敬愛しているそうだ。

もし、本文の前に小文を読んでおられるあなたが先にあげた作家たちのどれか一人でもお好きなら、『望楼館追想』もおそらく、お気に入りの一冊になるだろう。あるいは、ケアリーを入口に、シュルツら、独特の血脈を持つ作家たちになじまれるだろう。共通するのは、奔放な綺想と、世界・他者に対する繊細な感覚である。

つけくわえて言えば、私もまた、シュルツだのマッカラーズだのマグラアだのを偏愛している。ファウルズといい、カルヴィーノといい、心惹かれてやまない作家である。『望楼館追想』を読むや、エドワード・ケアリーが我が偏愛する作家たちの一人となったのは当然であった。

この先は内容にいささか触れるので、願わくは、本文読了後に読んでいただきたい。

〈時〉は、〈ここ〉を否応なしに変容させる。

新古典主義様式、五階建ての望楼館は、〈ここ〉がまだ牧草地のひろがる田舎だったころは大邸宅だった。

侵食してくるのは、発展する〈時〉である。

〈ここ〉は町と化し、望楼館は孤島となって取り残され、老いた建物は七人の——常識的な人々からは風変わりと見られる――人々の住まいとなった。

隠棲する住人は、老人とはかぎらない。年齢にかかわりなく、孤独に暮らすことになじみ、孤独を一種の防護壁にした人々が住みついている。

物語の語り手フランシス・オームは、三十七歳。七人のなかでは一番若い。〈孤独〉を信頼できる友人とみなし、現状の変容を拒むことは、他の六人とかわらない。

オームの職業。それは、ボアロー＝ナルスジャックのある小説を連想させる。その小説の主人公は奇術師の息子で、父の死後同じ職業につくが、自分の躰(からだ)の動きをぜんまい仕掛けの人形のようにすることに狂人めいた情熱をそそぐ。

フランシス・オームは、台座の上に立つ不動の白い人形となる。外面の不動性は、内面の不動性をもたらす。不動願望は、常識的な〈動く世界〉から逸脱する不穏な気配を秘め持っている。

最後に延々と連ねられたフランシスのコレクション・リストを眺めるとき、本文のラストの二行が、なんとも切なくいとおしく感じられるのである。

なお、本文庫と時をほぼ同じくして、ケアリーの第二作『アルヴァとイルヴァ』の訳書が刊行されることを付記しよう。

暗き炎――チューダー王朝弁護士シャードレイク

C・J・サンソム／越前敏弥・訳

◇集英社文庫・下巻
◇二〇一三年八月

両親を失った少女エリザベスは、エセックスに農地を持つ伯父ジョーゼフの勧めで、ロンドンに住むもう一人の叔父（ジョーゼフの弟）エドウィンの家に引き取られることになります。エドウィンは、裕福な織物商で、サーの称号も持っています。田舎暮らしよりエリザベスのためになると、ジョーゼフは思ったのでした。エドウィンには、娘が二人、男の子が一人います。エリザベスが、従弟を深い井戸に突き落とし殺したという事件が起きます。証言したのは二人の姉娘。ニューゲート監獄に送られたエリザベスは、黙秘を続けます。姪を深く愛し、その無実を信じるジョーゼフ伯父は、法廷弁護士シャードレイクに救助を求めます。

一五四〇年。十六世紀の半ば。ヘンリー八世の時代です。イングランドの数多い国王の中にあって、リチャード三世と並ぶ名高い人物ですが、その名を高からしめたのは、最初の妻と離婚して その侍女アン・ブーリンと結婚するために、離婚を許さないカトリックのローマ教皇と絶縁し、自らをイングランド国教会の長としたことと、ようやくアン・ブーリンと結婚したころはすでに他の女性に目移りしており、口実を設けてアンを処刑、その後も王妃を取っ換え引っ換えし、計六人。アンの他にもう一人を処刑するなどの無茶苦茶ぶりによります。

ヨーロッパ大陸においても、すでにプロテスタントとカトリックの対立はひろまってましたが、国王の一声による宗教改革は、イングランドに大変な混乱をもたらしました。修道院は所領を没収され、それを下げ渡すことで、ヘンリー八世は莫大な収入を得ます。追い出された聖職者たちは窮乏し、悲惨な状況に陥ります。

少女エリザベスが投じられた獄は、現代では想像もつかないほど陰惨です。どのような状態か、本作の中に、映像が浮かぶほど緻密に描写されています。獄内の処遇は、すべて獄吏に払う金で決まります。『開かせていただき光栄です』というミステリを書いたとき、資料を読んだのですが、この監獄の事情は、およそ二百年後の十八世紀になっても、まったく改善されていません。裁判で無実になり出獄するにも、獄吏に金を払わねばならない決まりです。裁判事情もまた、十八世紀に至るまで金次第です。本書に、金さえくれれば、顔も知らない相手であっても保証人になるという場面がありますが、十八世紀にも、偽証を商売にする輩がいました。靴に小さい藁(わら)の目印を付け、中央裁判所の前でうろうろしているものがいたら、それは、金を払ってくれるなら、いくらでも偽証しますよ、という奴です。まして、十六世紀。国王自ら、国の宗教を変えてしまった時代です。法も正義も、まったく頼りになりません。暗い地下牢に横たわる娘は、深い絶望の中に身を沈めたまま、伯父にも弁護士にも、一言も口をきこうとしません。法廷で有罪か無罪かの答弁を拒めば、重石責めの拷問を受けるさだめです。それを知りながら、エリザベスはなぜか沈黙を続けます。

開廷までわずか五日。誠実で有能な法廷弁護士シャードレイクは、肉体に重いハンディキャップを負っています。脊椎（せきつい）が歪み（ゆが）湾曲しているため、力のいる作業をしたり長い道のりを歩いたりすれば、すぐ、痛みに襲われます。そのハンディキャップに、時には劣等感を持ちさえします。

本作は、シャードレイクを主人公とするシリーズの、二作目です。

第一作では、主人公のコンプレックスは深刻でした。摂政（せっしょう）トマス・クロムウェルに信頼され、僧院での難事件の解決にあたるのですが、その過程で、宗教改革の理念と現実の落差に悩み、女性との関わりにおいては、肉体のハンディキャップに悩みます。

決してスーパーマンではない。映画でいうなら、特撮技術を用いず、役者が肉体で表現しうるかぎりを表現する。肉体の弱さも心の中の弱さも、描かれている。それが、シャードレイクの魅力の一つだと思います。自分に弱さがあるゆえに、シャードレイクは弱い者に寄り添います。拷問が始まるまでに、何とか、エリザベスの無罪を証明したい、エリザベスに真実を語らせたいと、手を尽くしますが、空しいままに、開廷の日が近づきます。

物語に大きく関わってくるのが、摂政トマス・クロムウェルです。貧しい庶民からのし上がり、国王の腹心にまで出世した切れ者です。王の信頼は厚く、絶大な権力を持っています。シャードレイクは本来経済関係の弁護士なので、そちらの訴訟案件を抱えています。それにもかかわらず、エリザベスを救うために、刑事事件に関わることになりました。そこへもってきて、クロムウェルから困難な任務を背負わされます。

あと十二日、と、クロムウェルは任務完遂の期限を切ります。その間は、エリザベスの重石責めを猶予する。クロムウェルの方にも切羽詰まった事情があり、延期は認められない。クロムウェルの要求するミッションを果たしたからといって、エリザベスが無罪になるわけではない。拷問の開始がそれまで延ばされるだけです。『暗き炎』というタイトルは、この密命の対象にかかわってきます。

なぜ、エリザベスは拷問を甘受してまで沈黙を通すのか。その謎に、クロムウェルの密命の謎が加わります。クロムウェルの課したミッションは、きわめて危険であり、誰ともわからぬ敵からの襲撃があります。それと闘いつつ、わずか十二日の間に、ミッションを果たすと共に、エリザベスの事件の真相を探り、彼女の無実を証明せねばなりません。

今のような警察機構は、十六世紀のイングランドには、もちろん存在しません。ロンドンに内務省直轄の警察組織スコットランドヤードが設置されたのは、十九世紀に入ってからです。クロムウェルは権力者ではありますが、ミッションは、公にできない性質のものなので、その権力はほとんどシャードレイクの楯になり得ません。孤立無援に近いシャードレイクにクロムウェルは、配下の一人を助手としてつけます。このバラクという若者は、最初は傲慢不遜な不愉快な人物にみえますが、シャードレイクと信頼関係を築いていくにつれ、次第に、読者を惹きつける魅力があらわれてきます。

もう一人、シャードレイクを助けるのが、前作でシャードレイクと胸襟(きょうきん)を開くようになったガイというムーア人です。医師の修業を積んでおり、薬学にも精通しているのですが、黒い肌のガイは、周囲からは奇異な目で見られがちです。半世紀ほど後に、シェイクスピアが『タイタス・アンドロニカス』に登場させたムーア人は、邪悪の権化として描かれています。オセロは、ムーア人ではあっても、気高い軍人とされていますが。ガイは、ともすれば厭世的になりがちなシャードレイクの、賢明な相談相手です。活動的なバラクと、静的で思索的なガイ、二人の協力を得てシャードレイクは困難な状況に立ち向かいます。

リチャード三世を斃したヘンリー七世に始まりあのエリザベス一世に至るチューダー王朝の時代は、権力争いやら陰謀やら、恋愛の葛藤やら、当時大国であったフランス、スペインとの攻防やら、波乱に富み、史実をなぞるだけでも小説、映画の材料に事欠かず、幾多の作品に取り上げられています。その多くは、史上の著名な人物を主人公としていますが、本作の作者C・J・サンソムは、無名の人々に光を当てます。クロムウェルを始め、権力を争うノーフォーク公、そうして表立っては姿を見せませんが重要な影響を物語に及ぼしているヘンリー八世その人なども登場はしますけれど、主人公もその仲間も、架空の人物です。虚構の人物と実在の人物が、きわめて自然に交じり合い、読者はこれが架空の物語であることを忘れるでしょう。綿密な時代考証から生まれた描写が迫真的なリアリティを持ち、読者は予備知識が無くても、十六世紀の混沌としたロンドンを、作者の筆に導かれるままに、スリルを味わいながら、堪能できます。

アンチクリストの誕生

レオ・ペルッツ／垂野創一郎・訳

◇ちくま文庫
◇二〇一七年十月

レオ・ペルッツの綺想世界

「小説は、花も実もある絵空事を」と主張したのは、エンターテインメント小説界の巨峰・柴田錬三郎でした。一九六〇年代半ばから七〇年代にかけて、日本の中間小説界では社会派的なリアリズムが尊重され――一方で、海外の幻想文学が盛んに邦訳された時代でもあったのですが――、現実の日常から飛躍したフィクションはとかく低く見られがちな風潮があったその中で、シバレンさんは声を上げたのでした。中間小説というのは今ではなじみのない呼称になったと思いますが、説明は略します。

〈花〉が奔放なフィクションを示すなら、〈実〉は、正確で広範な知識学識、人間と社会に対する深みに達した認識、その双方を備えたものを指すのではないか、と思います。〈実〉というより、張り巡らされた〈根〉なので、私がねじ曲げて解釈しているのですが、本邦でいえば、その実践者として、柴田錬三郎その人はもとより、山田風太郎、山田正紀の名が浮かびます。〈奔放なフィクション〉とはすなわち、大法螺（おおぼら）です。〈根〉が充実しているほど、みごとな花が咲く。レオ・ペルッツはまさに、「花も実もある絵空事」を著す小説家であると思います。大法螺、絵空事という言葉がよくない印象を与えるなら、それは〈純文学〉偏重のせいではないでしょうか。

レオ・ペルッツが本邦に紹介されたのは、一九八六年、ドイツ文学者前川道介先生が訳された『第三の魔弾』をもって嚆矢（こうし）とします。その解説で前川先生は、〈ドイツでは文学の世界でも、真面目なもの、教養主義的なものを尊び、遊びの要素の強いものは故意に無視する傾向があり、純文学と大衆文学を必要以上に区別〉する傾向が強いと記しておられます。二十年近い昔になりますが、ドイツの若い小説家と話を交わす機を得たことがあります。はっきり区別されている、と彼は言ったのでした。権威のある書評誌の名を上げ、それに採りあげられるのが純文学で、娯楽的要素のあるものは排除される、ということでした。現在の状況は知りません。日本では、最近は両者を隔てる壁が薄く浸透性を持つようになってきていると感じますが、ある時期まできわめて強固でした。児童文学において殊（こと）に顕著で、そのために一時期の日本の児童文学は社会主義的リアリズムを尊重し教条的になり、面白さに欠け、と綴っていくと脇道に逸（そ）れるので、ペルッツに戻ります。

ふたたび前川先生の解説を引きますと、〈史実と不即不離の関係を保ちながら、作者の主観と空想が展開する物語を専門の歴史家にも興味深く読ませるのが歴史小説のすぐれたもの〉であり、ペルッツの場合〈作者の空想がヴィジョンと呼びたいほど強烈〉であるがゆえに、〈幻想的歴史小説〉としておられます。〈幻想歴史小説の本質とその興味は、学問的に承認され秩序づけられている史実に作者が独自の強烈なヴィジョンによって亀裂を入れ、読者に思わず快哉を叫ばせる離れ業（サルト・モルターレ）であるといっていいでしょう。〉

絶版になっていた『第三の魔弾』は二〇一五年、白水社からUブックスの一つとして復刊され、前川先生の解説も載っています。私が読んだのは、この版です。

本書『アンチクリストの誕生』の訳者垂野創一郎氏が二〇〇五年に訳出された『最後の審判の巨匠』（晶文社）を、私は幻想文学偏愛を標榜しながら、けしからんことに読み逃しており、ペルッツに初めて接したのは、同氏の訳になる『夜毎に石の橋の下で』（二〇一二年　国書刊行会）によってでした。ルドルフ二世——存在そのものがフィクションのような、実在した皇帝——治下のプラハ、というだけでも十分に興味をそそられます。グスタフ・マイリンクの『ゴーレム』や無声怪奇映画『プラーグの大学生』などの舞台になった、ルドルフ二世の影がのびるプラハは、綺想幻想の物語が生まれるのにふさわしい都市です。『夜毎に……』は、素材と舞台を生かし切った興趣深いものでした。解説も垂野さんですが、史実を踏まえながら魔術を用いたかのように綺想を開花させる作風を的確な譬喩（ひゆ）で語っておられます。〈厚紙の下で操られる磁石によって、上に撒（ま）かれたばらばらの砂鉄が微妙に向きを変え、思いもよらなかった模様を形づくる光景を思わせる。〉

それ以後、垂野さんは『ボリバル侯爵』『スウェーデンの騎士』『聖ペテロの雪』、そしてこの

『アンチクリストの誕生』と、ペルッツの諸作を次々に翻訳され、日本の読者が親しむ機を与えてくださっています。ナポレオンの進撃を迎え撃つスペインだの、スウェーデン対ロシア・ザクセン同盟の北方戦争だの、場所も時代も多岐にわたり、それぞれが奇想天外でありながら、確たる史実に基づいている。中短篇集『アンチクリストの誕生』では、一作ごとに異なる場所、異なる時代が取り上げられています。

ペルッツの該博な知識と亀裂の入れ方を楽しむとともに、後書き・解説を記される訳者垂野創一郎氏の碩学（せきがく）にも驚嘆します。垂野さんは同人レーベル〈エディション・プヒプヒ〉で、ドイツ、オーストリア、チェコなどの作家を中心にした、商業ベースには乗りにくい異色の幻想小説を翻訳刊行しておられます。かつては澁澤龍彦氏や種村季弘（すえひろ）氏が率先して海外の幻想綺想作品を紹介しておられました。その流れが途絶えることなく続いているのは、嬉しい限りです。文庫版で新訳書が刊行されることにより、ペルッツの、ひいては綺想小説の、魅力に惹かれる読者が新たに生まれることと思います。

アサイラム・ピース

アンナ・カヴァン／山田和子・訳

◇ちくま文庫
◇二〇一九年七月

〈「下の霧の中で、私は寒さと孤独に凍えています！」私はほとんど叫ぶように言う。切迫感のあまり、声がスムーズに出てこない。「どうか助けてください。この陽光と暖かさをほんの少し、私にも分けてください。（略）」〉（「上の世界へ」）

〈この世界のどこかに敵がいる。執念深く容赦のない敵が。でも、私はその名を知らない。顔も知らない。〉（「敵」）

〈不意に私は激しい怒りに包まれる。世界中の人々が安らかに眠っている時、どうして私だけが、見えない看守のもとに苦痛に満ちた夜を過ごさなければならないのか。〉（「夜に」）

長くて十数ページ、ほとんどが十ページに充たない短篇、掌篇が、中篇「アサイラム・ピース」の前に十一篇、後に二篇、配されています。この配列がきわめて巧みです。

冒頭の「母斑（あざ）」をのぞく十篇は、ある不安を、さまざまな状況であらわしています。

〈この世界のどこかに敵がいる。〉

正体の知れない〈敵〉は、突然、〈私〉を襲う。拉致する。

わけのわからない裁判にかけられたりもする。

頭に鉄の環を嵌(は)められ、時に看守が環を強打し、〈疼痛(とうつう)の針を眼窩(がんか)に送り込む。〉

どういう理由で自由を奪われ監禁されるのか、〈私〉にはまるでわからない。

冒頭に置かれた「母斑」は、その後に続く掌篇群を、外から覗いた趣があります。

訳者山田和子氏のあとがきによれば、アンナ・カヴァンはメンタル・ヘルスに深刻な問題を抱え、ヘロインによって重篤な鬱状態から辛うじて逃れていました。不安を客観視し、作品化することは、アンナ・カヴァンにとって唯一の救いとなります。苦しみに溺れきったままでは書けない。冷静な観察眼とそれを文章化する強靭な力が必要です。

中篇「アサイラム・ピース」は、八つの短篇、掌篇から成ります。

作中のトポスは「クリニック」というさりげない言葉であらわされています。〈私〉だけではなく、一篇ごとにそれぞれの視点から語られ、多角的に「クリニック」とそこに関わる人々を照射します。

「クリニック」の外観は、広いテラスをそなえ、メイン棟は花で縁取られたバルコニーと〈石の柱が連なるテラスを正面に備えた堂々たる建物〉です。しかし、〈窓は錬鉄の格子で覆われている。部屋のドアは開いているけれど、建物本体の扉には錠がおろされている。〉

〈私は待つ。いつまでも待つ。〉〈私には友人が、恋人がいた。それは夢だった。〉

年輩の夫婦が、外観は壮麗なこの「クリニック」を訪れ、所長と面談します。収容されている娘にちょっとだけ会いたいと、母親はおずおずと申し出ます。しかし、母親は覚ります。〈あの子は医療の原則と権威という目に見えない壁の向こうに隠されてしまっている。〉

「クリニック」の本質を見抜いた言葉です。

原則を振りかざす権威。この壁は現実の至る所に聳えていると、私たちも感じるのではないでしょうか。権威が決めた規範、秩序に、力を持たないものは服従するほかはない。それが如何に不条理なものであっても。反論は権威の耳に届かず、届いても無視される。

収容された者の心理を描く一篇があります。彼は、自由に脱出できる機会を持ちます。しかし彼は逡巡したあげく、結局閉ざされた場所に戻ってしまいます。「アサイラム」は、大辞林によれば、「①保護者のいない児童・障害者などの保護施設　②亡命者に対する保護」となっています。「外」もまた安住できる地ではないと、彼は承知している。外にも内にも、彼が安らげる場所はない。

中篇「アサイラム・ピース」の後に「終わりはもうそこに」「終わりはない」の短い二篇が続きます。

十四篇の作品は、アンナ・カヴァンの、いわば〈叫び〉でした。やかましい悲鳴ではない。その叫びは、美しい歌になります。

アンナ・カヴァンを初めて知ったのは、二〇〇八年バジリコから刊行された『氷』（山田和子訳）によってでした。この一作で、作者の名は記憶に刻まれました。二〇一三年、書店の棚で著者名をアンナ・カヴァンと記した新刊を目にしたとき、内容を確かめることもせず、シルバーグレイの装丁の本を抱いてレジに急ぎました。喫茶店で読みはじめ、最初の三篇を読み終えたところで書店にとってかえし、同じものをもう一冊求めました。その書物が『アサイラム・ピース』です。そのときのことを、私はあるエッセイに綴っています。〈本を傷めることは、アンナ・カヴァンに傷をつけることだ。そんな子供じみたオブセッションに囚われてしまったのでした。それほど繊細で痛々しく不安に満ち、それを読むことは、赤裸にされた魂をそっと両の手に包み込んでいるようでした。〉無傷の一冊を大事な本を並べた棚におき、もう一冊を手擦れを気にせず読みました。最初の印象より、カヴァンははるかに勁（つよ）かった。

　カヴァンが〈書く〉ことを必要としたように、カヴァンを〈読む〉ことを必要とする読者は、必ず存在すると思います。そういう方々の手に、山田和子氏のすぐれた訳によるこの文庫が、届きますように。

死都ブリュージュ
ローデンバック／窪田般彌・訳

◇岩波文庫
◇一九八八年三月

センチメンタル・マーダー

あらすじだけを取り出せば、愚かな恋の話です。最愛の妻を失った中年の男が、生きる意欲を失い、死の影が漂う静かな街ブリュージュに隠棲する。そこで容姿も声も亡き妻に酷似した女に遭遇し、心を奪われ、特別な関係になる。人に卑しまれがちな職業に就いていた女は、外貌こそ妻と瓜二つであるとはいえ、性情はまったく異なり、男を金蔓としか見ていない。亡き妻を冒瀆する行為をしている女を目にした男は、激昂のあまり女を殺す。

現代の視点から言えば、男の身勝手さが露わな話でもある『死都ブリュージュ』の評価を高からしめているのは、物語のすべてに浸透したブリュージュという都市の特異な陰翳と十九世紀末の雰囲気を、濃密にあらわした表現力でありましょう。

恋という不条理な情動が、どこまで人の理性を突き崩すか。それを書き切ったのはＤ・Ｈ・ロレンスの短篇「プロシア士官」です。灼熱（しゃくねつ）の地を行く軍隊。大尉は彼の従卒に異様なまでに惹きつけられる。生易（なまやさ）しい感情ではない。身分は下の同性から視線をそらすことができない自分自身を、大尉は許容しない。彼の恋情の発露は嗜虐（しぎゃく）的な行動となる。その経緯が、絵具を厚く盛り上げた油彩画のように描かれます。破滅以外に、結末はない。ライ麦も白く燃え上がるような苛酷な暑さが、殺意にまで高まる激情をさらに誘い出すかのようです。

ローデンバックの『死都ブリュージュ』に話を戻します。

中世、バルト海と北海の沿岸都市の多くは、商業上ゆるやかな絆に結ばれていました。その繋がりは同盟（ハンザ）と呼ばれました。国家が、まだ確固たるものではなかった時代です。運河の美しさで有名な水都ブリュージュ——北のヴェネツィアとも呼ばれます——は、ハンザ都市の一つとして海上交易で大きい利をあげ繁栄し、十三世紀から十五世紀にかけて、商業的な成功をおさめたのみならず、文化水準がきわめて高く、すぐれた芸術家、建築家が業績を残しています。

しかし、十六世紀以降、繁栄はアントワープに奪われ衰退します。

ブリュージュと海を繋ぐ港湾に土砂が堆積し船の入港を困難にしたのも、衰退の原因の一つでした。

新たな運河が開かれ、ブリュージュが商業都市として復活するのは、十九世紀になってからです。

一八五五年フランドルに生まれ、パリに遊学してデカダン派、象徴派の詩人ヴェルレーヌやマラルメなどと面識を得、ボードレールの『悪の華』に魅了されたローデンバックは、ブリュージュを、再興の活力に満ちた商業都市ではなく、繁栄から衰亡への過去が揺蕩い、運河には生気のない水がよどみ死の幽暗が空気を濡らす、うら寂しい灰色のトポスとして描出しました。

妻の死後、この街に居を移した男は、亡き妻の持ち物や彼女が身をくつろがせた椅子、奥底に彼女の顔がひそむ鏡などに囲まれて物憂い日々を過ごします。ことに彼が大切にしているのは、彼女から切り取った一房の髪の毛でした。〈難船から救いだされた錨索〉である編み毛をガラスの器におさめ、聖遺物のように扱います。冒頭に記したように、彼は妻と酷似した女と出会い、妻の代替物としてつきあうのですが、似ているのは表面だけであることに次第に気づきます。亡妻については、彼女を崇拝する夫の視点からのみ描かれるので、実態はわかりません。たぶん、容姿が彼の好みに合うだけではなく、立ち居振る舞いにおいても彼の理想どおりだったのでしょう。男性優位の女性観は、昭和の日本にも根強く蔓延っていました。その残滓が現代の生活からは消えていますように。

あらすじからはみ出す部分の多くはブリュージュの街を描くことにあてられ、ここに本作の魅力はあります。色彩のない写真が数多く添えられています。人影はほとんどなく、建物とそれを映す水の面が、真の主人公がこの死都であることを示しています。ベルギー象徴派の画家フェルナン・クノップフが描いた「見捨てられた街」は、本作にインスパイアされた作品です。

妻の髪を、襟巻きみたいに首に巻いてはしゃいでいる女を見た彼は、逆上し、その髪で女を絞めあげます。

沈黙の中に、鐘の音が窓から流れ入ります。「死んだ……死んでしまった……死の都ブリュージュ」

『恋って何ですか？——27人がすすめる恋と愛の本』河出書房新社、二〇一九年十一月

マーガレットとご主人の底抜け珍道中(望郷篇)
坂田靖子

◇ハヤカワ文庫JA
◇一九九七年七月

シュールでほわー

机の上のすみっこにコーヒーカップがおいてあって、あ、下手に動くと落ちるな、と思いながら、下手に動いて、落としてしまった。何のために動いたかというと、この原稿を書く前に、坂田靖子さんの本をもう一度読もうと思ったからで、からだのまわりに、本の山がいくつもあって、それを踏破しないと、坂田さんの本の山までたどりつけないのであった。

で、坂田さんの山をかかえて、机のところまで持ってきて、また読みだしたらとまらなくなって、このカイセツは、明日締切りだというのに、どうしよう、楽しい本は、カイセツを書くより、ひたすら読みふけりたいのである。

毛布がコーヒーでびしょびしょだって、坂田さんとこのひとたちなら——人間ばかりじゃなくて、お化けも、鬼も、タマゴも、みんな——気にしないと思う。マーガレット奥さんだって、小さいこと気にしちゃいけないわ、と言って、エスキモーに会いに南極に行っちゃうんだから。でも、わたし、ちょっと困る。ここで寝るんだから、濡れているといやだ。あ、坂田さんのとこのひとでも、犬のピスタチオなら、濡れたベッドはいやがるだろうな。ピーターの仲良しのあの犬は、わりとすねっぽくてむくれっぽいから、じとーっとした上目になるだろうな。

いつものわたしなら、あ、締切り、どうしよう、と頭に血がのぼって心臓の動きが速くなって、ものすごく不機嫌になって、何も悪いことしていない家人に当たり散らして、床をけとばして、「そんなにすると、足の骨が折れるよ」とやさしい家人にたしなめられて、ますます鬼婆みたいな顔になるのだが、〈坂田さん〉の鬼の情けない顔を思い出したら、目尻がさがって、笑ってしまって、当たり散らす必要がなくなった。

その鬼のでてくる本をさがしているうちに、時間がどんどんたってしまう。長谷雄卿(はせお)をおどかそうと思って大きい鬼があらわれる、こわい顔をしてでてきたのに、みんな無視しているので、鬼はひっこみがつかなくなって、目がだんだん垂れてきて……なんというタイトルでしたっけ、さがしていると、まにあわなくなるから、鬼と会うのはあきらめよう。鬼といえば、「さくらもち」の小鬼、かわいかったな。あれ、あの本もみつからないぞ。あら、大好きな『天花粉』がないわ。なにしろ、坂田さんの本だから、みんな、どこかに遊びにいってしまったんだわ。パレードだよ、パレードだよ。

十年ぐらい前だったと思うけれど、本友達(おもしろい本を先に見つけては自慢するのを競っていた)の友人から電話がかかってきて、「サカタヤスコ、おもしろいぞ、いいぞ、ぜったい読め。送ったからね」次の日、宅配がとどいて、これが『天花粉』だった。

あれ、内容をしっかりおぼえていたつもりなのに、うろおぼえだ。中国のお話で、雷魚（まちがっていたら、坂田さん、ごめんなさい、ナマズだったかな）が、山の上につれていってくれと、若い男にねだって、つれていってくれたら〈天花粉〉をあげますよと、言うので、男はぐにゃ〜〜としたでっかいのを担いで山の上まで行って、なぜ山の上に行きたいかというと、行けば、竜になれるんですね。その雷魚（まちがっていたら、坂田さん、ごめんなさい、ナマズだったかな）は、竜になりたいの。で、ようやく竜になって、男は〈天花粉〉をもらって、よほどいいものかと思ったら、これがただのシッカロールで、汗疹だらけの仙人がワオワオと喜んで持っていってしまって、男がお粥をつくっていたら、竜になったらすることがなくなっちゃったと、ミミズに手足みたいな貧弱な竜がお粥を食べにきて、山にのぼる途中で知り合ったお化けも、いっしょにお粥を食べて、こんなふうにだらだら書いても、ちっとも面白さがつたわらないのだけれど、わたしは友人に電話をかけて「いい!! 竜になったら、することがなくなっちゃって、お粥を食べにくるの、いい」「いいだろ」と、友人は自分が書いたみたいに自慢した。

本屋に入るたびに〈坂田靖子〉を探しているとき、わたしの本の一つを文庫にすることになった（わたしはマンガではなく、お話のほうを書いているのです）。そのあとがきを書けと編集の人に言われた。あとがきは、すごく苦手なので、いやだと言ったら、「坂田靖子さんの本、あげますから」五、六冊プレゼントしてくれた。で、あとがきを書いた。

あとがきというやつ、自分が書くのはきらいだが、人のを読むのは好きで、坂田さんの本も、マンガのあとにたいがいあとがきがついていて、それもマンガで、四分音符と八分休符が庭に生えていたりする。

（よけいな〈注〉をつけくわえると、あとがきは作者が自分で書いて、解説はほかの人が書くのです。）

友人と電話で「坂田さんが」「坂田さんの」まるで、ふたりの共通の友人の話をするみたい。「「秋深し」読んだか。トーフを桶の水にぽちゃ、だぞ」と、先に読んだほうが、電話で勝ちほこる。「投げ込んで、また、ぽちゃ、と投げ込んで。何をしていらっしゃるのですか。トーフを水に投げ込んでいるのです。どうなります？　うまくいけば泳ぐはずです」「あ、いいなあ」「おじいさんが海をめくりあげるんだぞ。そして、やあ、見られたな。もういっかいめくってくれませんか。あんまり何度もやるもんじゃない。海にわるいからね」

新作を早く読んだほうは、えらそうに自慢するのであった。好きなものを人に喋るときって、なんだか、自分がそれを考えて書いたみたいな気分になるものだ。

「ユデタマゴ」夜中におなかがすいて、冷蔵庫をさがしていたら、テレビが真夜中のお料理教室をやっていて、「まず、冷蔵庫からタマゴをとりだしてください」「ナベに水をいれ、その中にタマゴを沈めます」「多少抵抗するかもしれませんが、無視して火にかけてしまいます」「だんだん煮立ってくるとタマゴが熱がって暴れますが、そこをフォークでつんつんといたぶりながら、カウントをはじめます。暴れはじめてから五分間で半熟、十分間で完全に快感に変わります」それから、フォークでカラを痛めつけて、塩をすりすり。男がそのとおりにやると、タマゴがきゃー、いやーん、きゃー。ダストシュートに捨てるとゴミ袋のなかで、きゃー、やめて、わー。「卵屋」タマゴの殻は空気に触れるまでやわらかい。鶏とパイプと直結する。鶏が生んだぐにゅぐにゅのタマゴは、パイプをとおり、台所の蛇口からでるとき、ぶわっとふくれ、空気にふれて殻が固まる。

わたしの友人は、スーパーでタマゴを一ダース、ケース入りで買ってきた。冷蔵庫にいれておいたら、一つだけユデタマゴになっていた。冷蔵庫の超能力だ。友人はさっそく電話してきた。わたしのうちの冷蔵庫は、まねをしたがったのだが、不器用なものだから、冷凍室のなかが沸騰して、氷が熱湯になってしまった。

このキッカイな事件は、ふたりとも「ユデタマゴ」「卵屋」を読んだため、タマゴがサカタマゴになってしまったのだろうという結論になった。

ああ、だけど、坂田さんの本の、シュールでほわーっとした楽しさを文章でつたえるなんて、無謀だ。文庫の解説を、と編集の人に言われたとき、嬉しがって、書きます、書きます、よくぞ指名してくださったというふうだった。

だけど、お化けが経営するホテルに、それと知らないで男がふたり泊まってしまって、あのお化けのフロントマンなんともいえない味、すっとぼけて、無表情で、なんて、いくら書いてもつたわらない。

村野がさ、正月に肉の塊どさっと持ち込んで、あっけらかんとめちゃくちゃ冗談やりまくって、戦争に負けるためにさっさとロシアにいっちゃって、と説明したって、あのおかしさ、わからないよなあ。『村野』読め、というしかないな。

「Ｌｅｔ，ｓ炊飯ジャー」というのを読み返していて、友人とわたしが〈坂田靖子〉を大好きなポイントの一つはこれだッと思った。会話がずれるのです。

マルグリット・デュラスの『太平洋の防波堤』という小説の終わりのほう、会話がどんどんずれていく。あれみたい。かみあわない会話というのは、楽しい。

と、書いたところで、締切り当日になってしまった。

イングランドとアイルランドの間の海峡の、マン島というちっぽけな島にいったことがある。大英帝国の一部なのだけれど、住民は独立精神が旺盛で、イングランドの支配がきにいらない。通貨も、島だけで通用するのを使っている。島のマークは三本足を組み合わせたもので、一本はイングランドを、一本はアイルランドを、一本はスコットランドを蹴飛ばしているのだそうだ。そういう島だから、ケルトのフェアリー伝説がまだしっかり残っている。名前を忘れた何とか橋のあたりは、霧が多い。嫌いなやつがくると、妖精が霧をかける。エリザベス女王（今の）がとおったら、霧がかかったそうだ。今でも魔女がいて、あの家で暮らしている、と島の人が指さして教えてくれた。

坂田さんとこのひとたちは、たぶん、こういうところに住んでいる。

そして、坂田さんは、ベックリンの『死の島』だの、ポーのアッシャー家だのが好きで、でも、死の島を書くつもりがなぜかロビンソン・クルーソーしてしまって、蛍光灯は、ホタルという字が入っているのが気に入っていて、――あ、「さくらもち」がみつかった。小鬼ではなく、天邪鬼だった。一本角で、まるっこくて、かわいい。桜の木の上に住んでいて、美形のお小姓の鶴丸くんに惚れていて、殿様が鶴丸くんをつれてとおると、そっとのぞいて、鶴丸くんはジュネ趣味はないから（初出誌が『ＪＵＮＥ』）すりすりしたがる天邪鬼をぼこぼこにしちゃう。

あとがきによると、坂田さんは、睡眠時間がたりないと言葉がつながらなくなる。「意味のないコトバで会話ができたら、ラクかしら」と書いてあった。ラクですよね、きっと。

濡れた毛布が乾いて、コーヒーのにおいだけの部屋になっていた。お休みなさい。

水の片鱗——マクグラン画廊
坂田靖子

◇白泉社文庫
◇一九九九年九月

〈坂田靖子〉を読むしあわせ

雨上がりの午後、珍しく虹を見た。空いっぱいに、きれいに半円を描いていた。とてもしあわせな気分になった。

虹がどうしてできるかということは、科学的にきっちり説明がつくけれど、虹を見るとなぜしあわせな気分になるのかということを、言葉で説明するのは不可能だ。

翌朝の新聞に、虹のカラー写真がのっていた。紙質の悪い紙に印刷された虹を眺めても、しあわせな気分はよみがえらなかった。

太陽と反対側の空中に見える七色の円弧状の帯であるとか、大気中に浮遊している水滴に日光があたり光の分散を生じたものであるとか、外側に赤、内側に紫色の見える主虹のほかに、その外側にはなれて色の順を逆にする副虹が見えることがある、とか、あるいは、古語では〈のじ〉

〈ぬじ〉とも言うとか、並べ立ててみても、虹を見たときのわくわくする気分、それも、打ち上げ花火みたいに、皆で、わーい、あがった、あがった、と賑やかにさわぐのではなく、ひとりでひっそり眺めていたい静かな嬉しさは、まるで伝わりはしない。

〈坂田靖子〉を読むときのしあわせを〈解説〉するなんて、虹を見たときのしあわせを〈解説〉するのと同じくらいの暴挙である。

前に一度、坂田さんのハヤカワ文庫版の解説を書いたのだけれど、そのときも、あれがおもしろかった、これもおもしろかった、とタイトルにおもしろかった、をつけるだけの、なんともぶざまな〈解説〉になってしまった。

十何年前になるか、「〈坂田靖子〉いいぞ」と、本を送りつけてきたのは、共通した反応感覚を持つ友人（女性）だった。この友人とは、たがいに、どちらが早く〈面白い本〉〈いい本〉をみつけるか、当時、競い合っていた。いい本というのは、もちろん、文部省ご推薦的な本の対極にあるもので、たとえば、自殺する男を見ている少年の話『ゾマーさんのこと』（ジュースキント）だったりする。

〈坂田靖子〉との初対面は『天花粉』であった。天花粉を手に入れて念願の龍になったら、その後することがなくてお粥を食べにくるという楽しさ（これだけでは、何のことかわからないでしょう。実物を読んでください）に、友人も私もいれこんだ。マンガ専門店はまだ多くなかったから、神保町の書泉グランデの地下のマンガ売場に足をはこんでは、新しいのを仕入れた。『村野』も『エレファントマン・ライフ』も、そうやって出会った。

自作のあとがきというのは苦手なのだが、ある文庫にあとがきを書くよう、さる編集者に厳命された。いやだとごねたのだが、その編集者には、〈坂田靖子〉を沢山もらったという、恩義があった。一宿一飯より重い。で、泣く泣く書いたのである。

あとがきを書くのは苦手だが、坂田さんの本のあとがき（解説ではなく、坂田さんが自分で描いている）を見るのは楽しい。一冊の作品を楽しんできて、最後にこのあとがきに出会うと、嬉しいおまけをもらった子供のようににこにこしてしまうのである。

一ページにおさまる短い作品にも、こちらをしあわせにしてくれる魅力はあふれていて、たとえば、「金沢月ばなし」というのがあって、ある晩月がやってきて、死んだようにみえたので、洗って花瓶にしようとしたら、生き返ってしまって、「うちには月の子供が5匹います」ほらほらふとるよーっ♡　ＢＯＭ！　ぷくぷく、てこてこ、うるさいっ！　のほわーんとした楽しさを、あの絵抜きで、どうやってつたえられるんだっ。

小説の文庫本の解説というのは、専門家——つまり書評家とか——が書く場合、だいたい、型がある。作者の略歴を記し、作品の骨子をネタばれにならない程度に書き、読みどころのツボをおさえる。

私は専門家ではないし、坂田さんの略歴も知らないし、時系列に沿って読んできてはいないので、作品の傾向の変化もわからない。これでは、まったく解説にならない。

本文庫におさめられた五篇のうち四篇は、画廊を経営するマクグラン氏と、その上顧客（とくい）ベック氏の……などと、あらすじや登場人物を紹介したところで、虹を見たときに似るしあわせな感覚をつたえることはできはしない。

管財人のアスキンズ弁護士をはらはらさせるベック氏も、ミス・タリントンも、キャラの設定とともに、この絵のタッチから立ち上がる魅力がなんともいえないのであって、ベック氏って何？　と思った読者は、解説なんか無視して、早く本文を読んで——見て？——ください。

「春のガラス箱」は、ストーリーだけをとりだせば、ディケンズのような小説にもなる。しかし、サカタマンガでなくては絶対あらわせない場面がある。何？　と聞いてはいけません。解説がそこまで立ち入って説明してしまったら、読む楽しみがなくなる。本文を読んでください。

虹は完璧な半円を描いたものでも、庭先に散水したときの小さいかけらでも、しあわせ度はひとしい。〈坂田靖子〉も、物語性のある長いものも、タマネギの絵一枚も、同じようにしあわせにしてくれる。

哀しみや淋しさの底にまで作者の筆がとどいて、それを、透明な明るさを持った、坂田さん以外のだれも思いつけない綺想で表現しているからだろう。

犬神家の一族
つのだじろう／横溝正史・原作

◇講談社漫画文庫
◇二〇〇一年九月

妖美な世界が展開する横溝作品の魅力

鬼火のような蛍の群のただなかに、たったいま、湖の底から這い出してきたもののように、全身びっしょりと水に濡れた少年が、柳の根方に佇んでいる。少年はやがて、〈つと手を伸ばすと、目の前を飛ぶ蛍をつかんだ。そしてそれを口の中に放りこんだ。するとどうだろう、彼の頬は透きとおる蛍の火にちょうど鬼灯の実のように美しく輝いたのである〉（『真珠郎』）

このような妖美な場面が、〈横溝正史〉と私の初めての出会いでした。六十数年昔の話になります。私は七つか八つでした。『真珠郎』は昭和十一年（一九三六年）から『新青年』に連載され、翌年、単行本になりました。私が読んだのは、この単行本によってでした。

横溝正史の初期の短篇の多くは、草双紙趣味の横溢した幻想的、怪奇的、耽美的な作品です。「面影双紙」「鬼火」「貝殻館綺譚」などがこの時期に書かれています。

『真珠郎』がこの中で異色なのは、本格の手法を取り入れてあることです。由利麟太郎という名探偵と三津木俊助というワトソン役がコンビを組んでいます。怪談、幻想譚であれば、どんな怪異もそのままですみますが、本格では、論理的な解明が欠かせません。由利麟太郎が活躍する長篇は黒岩涙香の流れをくむもので、スリラーの要素が強く、本格的な謎ときではありませんでした。

しかし、横溝正史は、黄金時代の海外の本格探偵小説を愛好し、そういうものを書きたいと望みます。

戦争中は、探偵小説そのものが、発表の場がない状態でしたが、敗戦により、軍部の枷がとりのぞかれると、横溝正史は旺盛な執筆活動を開始します。

四十代にして七十翁のごとき白髪の紳士由利麟太郎にかわり、もじゃもじゃ頭をガリガリとかきまわして雲脂をとばし、セルの着物にこれもよれよれの袴といういでたちの、強烈な印象を読者にあたえる、あの金田一耕助が、名探偵として登場します。

『本陣殺人事件』『八つ墓村』本書『犬神家の一族』『悪魔の手毬唄』……。事件の表の様相は、『真珠郎』のような妖美怪奇の草双紙趣味をそのまま残し、名探偵が明快な論理によってあますところなく解決するという、和洋の長所を溶けあわせた傑作が次々と発表され、読者を魅了しました。

しかし、その後いっとき、探偵小説は、息の根をとめられかけた時期がありました。現代の社会問題に取り組んだリアリズムの作品——いわゆる社会派——以外は認めないという風潮がきわめて強くなって、金田一耕助は書店から消えました。それでも春陽堂文庫などで、細々とは続いていたのですが、人目にあまり触れませんでした。爆発的に人気が復活したのは、七〇年代、角川書店が文庫で旧作を出版するようになってからです。それまで、『本陣』や『八つ墓』『犬神家』のタイトルは知っていても実物を読む機会のなかった若い方たちが、「こんなおもしろいミステリが日本にあったのか！」と夢中になったのです。

八〇年代になって、中学生、高校生のころに横溝正史に魅了された方たちが、いっせいに、不可解な魅力的な謎を論理的に解決するという〈本格ミステリ〉を発表されるようになり、読者に熱く迎えられました。社会的な問題に目を向けるミステリも、もちろん、今も多くの読者の関心をひいていますし、冒険、スリラー、ホラーと、ミステリの幅はひろがり、読者を増やしています。

本作『犬神家の一族』は、数多い横溝作品のなかでも屈指の名作です。読みやすい漫画で紹介され、新たな横溝ファンが増えることと思います。

二〇〇一年七月

私の男
桜庭一樹

◇文藝春秋
◇二〇〇七年十月

時を越えて読み継がれていく魅力

十九世紀、二十八歳の娘が著した『嵐が丘』は、二十世紀を通して読み継がれ、二十一世紀にさらに新訳が出るなど、いつの時代にも魅了される者は尽きない。

読者が魅せられる理由は多々あろうが、ヒースクリフとキャサリンのあいだの、世の常識、良識、倫理を超えた結びつきの激しさこそが、この物語の魅力の最たるものであろう。

桜庭一樹さんの長篇『私の男』は、『嵐が丘』の直系、というのが、読了して私がまず感じたことであった。

もちろん、人物の造形も小説の構成も、十九世紀の物語とはまったく異なる。

日本推理作家協会賞を受賞し、直木賞の候補にもなった『赤朽葉家の伝説』で、桜庭一樹は、鳥取の旧家の、昭和初期から戦争を経てバブル期、そうして平成に至る女三代を、独特の想像力を駆使して、シュールに描き抜いた。波乱に富み強靭な力で生きた祖母、母に比して、平成を生きる孫娘は、自分が何ものにもなれないと、感じる。作者と同世代の多くの人が実感していることなのかも知れない。激しく欲する前に与えられ、窮乏はしてはいないのに満ち足りることもない。何ものかでなくても漫然と生きられる、穏やかで便利な平成の世である——もっとも、外の嵐がこれから国を揺るがしそうな気配を、赤朽葉家の祖母万葉さんより年嵩な筆者は感じるのだけれど——。

何ものかになるのが難しい平成の子である『私の男』のヒロイン花に、作者は、物語の力によって、大震災で家族を失った孤児という境遇を与えた。

花が〈私の男〉と呼ぶ淳悟は、ヒースクリフのような荒々しい野生の男ではない。〈ひょろりと痩せて、背ばかり高い〉〈四十歳にもなる、どうしようもない無職〉〈貧乏くさい〉、それでいて、〈落ちぶれ貴族のようにどこか優雅〉でもある。

九歳で孤児となった花は、唯一血のつながりのある、十六歳年上の淳悟に、北の海辺の街で養われてきた。ある事情から二人で東京に出てきてからは、花が派遣社員として細々と稼いでいる。花もまた、キャサリンのような野放図さは持たない。むしろ、ひっそりと、人目にたたないように過ごしている。

第一章は、二〇〇八年、梅雨時の六月。

会社の同僚との結婚を控えた花に、「けっこん、おめでとう」淳悟はそう言う。淳悟のこの言葉を記すときだけ、作者は〈けっこん〉とわざわざひらがなを用いる。

ひらがなで書くことによって、作者はのっけから、周到に、淳悟の感情を表している。漢字、ひらがな、カタカナ、三種の表現手段を持つ日本語は、きわめて繊細に、書き言葉に感情をこめることができる。

冒頭から、淳悟と花のかかわりがただならぬものであることを、作者は明かしている。喪失の痛烈な悲哀を、淳悟はノンシャランな仮面で隠す。

若くて思慮の浅いキャサリンは、身分の低いヒースクリフと結婚して自分まで落ちぶれるのは嫌だ、という単純な理由で、見た目がハンサムで若くて陽気で、しかも将来は金持ちになることが確約されているエドガーと結婚する。

花は、〈いままでのどうしようもなく暗い生活から、なんとかして抜けだし〉たく、取り返しのつくうちにたしかな幸せをつかみたくて、〈きちんとした相手〉と結婚する。

しかし、キャサリンは自分がヒースクリフと一つの魂であり彼なしでは生きていられないことを自覚している。「わたしがヒースクリフを愛しているのは（略）ヒースクリフがわたし以上にわたしだからなの。魂が何でできているか知らないけど、ヒースクリフの魂とわたしの魂は同じ」（河島弘美訳）

花の魂もまた、淳悟の魂と絶望的なまでに絡み合い、花はそれを知っている。二人を一つにしているのは、肉の欲望ばかりではない。存在そのものが分かちようもなく一つになってしまっている。

平成の子である花は、十九世紀の娘のような直情的な――いささか気恥ずかしいほどの――言葉は口にしない。

新婚旅行でおとずれた南太平洋の観光客用コテージで、エメラルド色の明るい海を見ながら、花はつぶやく。「南太平洋って（略）たしかにきれいだし、すごく素敵だけど（略）どことなく、ばかみたいな海よね」そう口にしたとき、花は、淳悟と過ごした北の青黒い海を思っている。〈こんな明るい場所にじっと座っていると、わたしのわたしそのものである部分（略）魂の部分が、ゆったりと死んで、震えながら急速に腐っていくようにも感じられた〉。北の海は、花にとってのヒースの荒野であろう。

全体は六章からなり、章が変わるごとに時代は過去にさかのぼる。視点もその都度、花、その結婚相手、淳悟その人、ふたたび花……というふうに移る。花と淳悟の、俗世の掟も道徳も破壊するかかわりが、他者の目にはどう映っていたか、二人にとってはどういうものであったか、が、次第に明らかになっていく。他者の視点もまじえたことで、物語は厚みを増している。

最終章、震災で一人きりになった九歳の花の手と、自分の生のすべてを花を護ることに費やすと心に決した二十五歳の青年淳悟の手が、固く握りあわされる。

終章から二人の生をたどりなおした読者は、作者が語らない第一章の、花と淳悟のその先を、読み取るだろう。おそらく、共感を持って。

『本の話』二〇〇七年十一月

スウィングしなけりゃ意味がない
佐藤亜紀

◇KADOKAWA
◇二〇一七年三月

凄まじい力

ナチスの時代を素材にした小説は少なからずあるが、佐藤亜紀さんの『スウィングしなけりゃ意味がない』は、これまでにない視点で描き出している。

一九三九年から一九四五年に至るＷＷⅡの六年間は、思えば長い。少年が青年に変貌するに十分な歳月だ。

場所はハンブルク。ハンザに加盟し、神聖ローマ帝国の時代より自由都市として自治の特権を持ち、交易で繁栄した。市民は富裕な商人層が多い。軍事大国プロイセンの首都として発展したベルリンとは大いに気風が異なる。この独特な都市の性格が作品に生かされている。

ヒトラーは、若者を掌握することに力を入れ、青少年団ヒトラーユーゲントを組織した。最初は希望者のみであったが、じきに一定の年齢の青少年は強制的に加入させられることになる。ユーゲントパトロールは〈青少年を堕落させないための法規定〉に反するものを摘発して回る。

この窮屈な時代にあって、ゲシュタポの監視ものかは、禁断の敵性音楽ジャズに夢中になる若者たちがいた。反ナチの抵抗組織として知られる〈白バラ〉のような、思想的な立場による反抗ではない。ジャズの魅力に取り憑かれ、ひたすら享楽への欲望に忠実なのである。

父親が羽振りのよい軍需会社経営者である少年エディは、ジャズにのめり込むあまり仲間とともにこっそり手に入れたレコードを、工夫を凝らしてコピー盤を制作し、闇の販売ルートに乗せ、結構な商売になっていた。

佐藤亜紀さんの作品は、常に、人間の本性を洞察する力と、深く広い知識学識を土台に、作品が求める文体によって構築されている。さりげなく記される単語やフレーズには、史実、事実の裏付けがある。例えば「ザンクト・ルートヴィヒ・ゼレナーデ」のタイトルを記した海賊盤の中身はルイ・アームストロングの「セントルイス・ブルース」で、皆がやたら欲しがった、の叙述。ヒトラーユーゲントの行進曲が街路で鳴り響いている時期、学生たちがこのタイトルで官憲をごまかし、ジャズの演奏会を行ったという資料がある。

ジャズの名曲を総タイトルと各章のタイトルにした本作は、まさにスウィングにのるような心地で読み進められる。しかし作者の筆は冷徹で、素材に惑溺はしない。

戦争は続き、ゲシュタポの権力は絶大だが、末端において実行するのは個々の人間である。それぞれの弱点を把握したエディは彼らを利用する。代償は大きい。少年鑑別所にぶちこまれる。重労働。拷問にひとしい尋問。Night and Day 夜も昼も、彼は考える。女のことじゃない。個を無視し、一つの鋳型に嵌めこもうとする力。その力が為したこと。それへの、激烈な憎悪、嫌悪。〈狂った牢獄を祖国とか呼んで身を捧げる奴なんかいるか？〉刑期を終え出所すると、エディはジャズで結ばれた仲間たちとともに秘密の事業を続ける。もはや、ガキではない。二十に満たない年だが、父の後を継いだ表の事業もひそかな事業も切り回す。箍が外れた世界で、中枢神経興奮薬で気力を保ちつつ、正気の世界を作ろうとする。

ドイツの敗色が濃くなり、制空権を奪われ、ハンブルクは英爆撃機の大規模な空爆によって壊滅する。この場面の迫力が凄まじい。写真や記録から想像して書かれたわけだが、文章でここまで表現できるのかと、心から讃嘆する。

海外を舞台に、日本人が登場しない作品をあらわすと、なぜ日本人がそういうものを書くのか、必然性があるのか、と難詰されもする。その答えが、本作にはある。

作者の国籍がどこであろうと、『スウィングしなけりゃ意味がない』は、国境を超える普遍性を持った、優れた文学作品ではないか。国境を超えて人の心を摑む音楽と同様に。

「今月の新刊」『本の旅人』二〇一七年三月

語り物の宇宙

川村二郎

「心は物に狂はねど、姿を狂気にもてないて、『引けよ引けよ子供ども、物に狂うて見せうぞ』と、姫が涙は垂井の宿」

説経浄瑠璃「をぐり」。歌舞伎の『小栗判官』と同じ素材の物語である。

説経浄瑠璃のこの語り口が、なぜか、私には心地好い。能や、後の人形浄瑠璃の詞藻のように洗練されておらず、おなじ形容のくりかえしが多く、近代の目からみれば稚拙な類型的な言葉の羅列である説経浄瑠璃に、私はなぜこれほど惹かれるのだろう。と思いつつ、「さんせう太夫」や「しんとく丸」を読み返し読み返ししているころ、川村二郎氏の『語り物の宇宙』に接した。十年あまり前のことだ。川村氏のご訳業によってノサックやブロッホをたのしみ、氏の幻想文学を対象とした評論集『銀河と地獄』を愛読していたころでもある。

偏愛する世界を、ただ〈好き〉という言葉でしか言いあらわせない私は、『語り物の宇宙』に

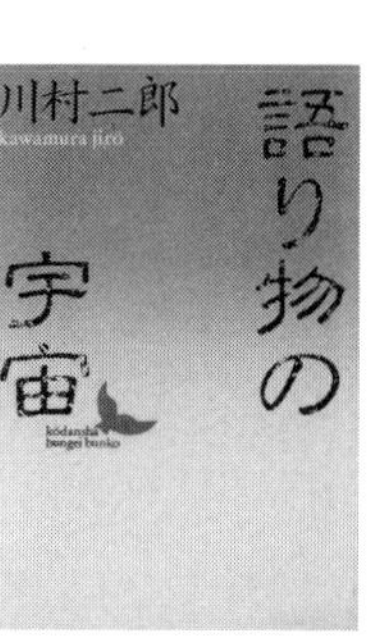

◇講談社文芸文庫
◇一九九一年三月

その感覚を的確に摑む言葉を読んだ。
〈類型への信頼が現実感覚の欠如に起因するのではなく、むしろ、現実主義者の与り知らぬほどのひろがりとして現実の規模を捉えているせいだとするならば、（略）現実主義者には全く無縁の領域、地獄をも、自己流の見方で見、表現の場に引き入れてしまう〉

　一昨年、講談社の文芸文庫になったのを機に、再読した。たいそう僭越な言い方になるのだけれど、私は、氏と同じ舟に乗って、物語の流れをわたってゆくように感じた。その流れは、『……宇宙』とタイトルにあるように、無限のひろがりを持ち、太古の息吹を持ち、素朴で哀しくて、荒々しいのだった。

「私の一冊」『朝日新聞』一九九三年十月三日付朝刊

江戸語事典
三好一光・編

◇青蛙房
◇一九七一年一月

〈とんだ霊宝。安永中期より小期間流行の、洒落のめしたこじつけ霊宝の見世物をいう。たとえば、役の行者の尊像を、頭手足とも干大根、御衣わかめ、髭はところの毛、御袈裟かぶり物は干瓢、錫杖はするめの足、足駄は氷蒟蒻でつくる類である〉

〈かぶる。引例のように、毛氈をかぶって舞台より消えることより、逃亡、不首尾、失敗、逼塞、潜伏などの意にいう。

あのお子はねエ、七さんと色をしてねエ、かぶって居なさりやす。（略）（寝言先生、辰巳之園）〉

『江戸語事典』から、アトランダムにひっぱった。

戯作、歌舞伎台本、川柳、おびただしい資料から、江戸俗語を一万項ほど選びだして五十音順にならべた本で、これを、ただひとりの人が編纂した。三好一光という方で、この労作を、私はぬくぬくと楽しませてもらっている。

しかし、ふだん、なかなか、読みとおせるものではない。

無人島の読書というのは、締切もなく、のんびりした時間という設定だろうから、寝ころがって、露天風呂にはいる心地で、ゆっくり江戸語にひたることにする。

ついでに、江戸の風習にもふれられるし、一石二鳥と考えるのは、あつかましくも、無人島から生還するという前提を、かってにたてているのだ。帰国するころァ、おいら、江戸通になっているぜィ。

それにしても、この島、本土からどれくらいはなれているのだろう。

救助の船はきてくれるのだろうか。これはひょっとして、流刑なのだろうか。

というような不安を忘れるためにも、飄々とした江戸語の世界にはいりこむ。

〈くすんだ娘。引込みがちな、ぱッとせぬ娘をいう。

貸本にくすんだ娘入れあげる（柳多留）〉

ハハ、私もくすんだ娘で、貸本屋、古本屋に入れ上げていたな。

〈剃ッ剝がし。前髪を剃る、即ち、元服をいう〉

元服といえば、もののしいが、裏長屋の餓鬼なら、すっぺがしだねえ。

と、あちらこちらページをめくるうち、締切地獄のない島暮らしにもいささか飽き、

〈土場浄瑠璃。両国や浅草奥山など盛り場の野天小屋で語る浄瑠璃興行。

老いぬれば土場浄瑠璃の茶など汲み（柳多留）〉

このわびしい一句から、短篇がひとつできそうだ。
などと、思案しているうちに、水平線に陽が沈んで、島は真の闇。

「無人島へ持っていく本」『小説新潮』一九九五年一月／再録・『皆川博子の辺境薔薇館』河出書房新社、二〇一八年五月

お江戸怪談草子

下山弘

◇新潮社
◇一九九六年九月

江戸の町にうごめく〈魔〉

恐怖という感情は、かなり早い時期から、あらわれるらしい。

生後三ヵ月にみたない赤ん坊を抱いて、人形展を見にいったことがある。会場は、青みをおびた弱い照明が闇を強調し、中央にすえられたほぼ円形のステージに芒刈萱（すすきかるかや）が生い茂り、ところどころに、泉鏡花の物語にちなんだ女たちが、幽界からの使者のように、佇（たたず）み、その雰囲気にふさわしい、おどろな音楽が、バックに流れていた。お化け屋敷のようなこけおどしではなく、品格のある、しかも妖しい雰囲気であった。

会場に入ったとたん、赤ん坊が、緊張した。泣きはしないが、全身をこわばらせ、これまでに見たことのない硬い顔になった。これはいけないと、すぐに外に出た。すると、赤ん坊はくつろいだ。

生後三ヵ月足らずの赤ん坊は、からだが気持ち良ければきげんがよく、空腹だったり寒かったり暑すぎたりして肉体が不快なら泣く、という、単純な反応しか示さない。お化けの絵もディズニーのまんがも区別はつかない。百鬼夜行の絵を見たからといって、怖がりもしない。刃物で傷つけられる痛みを経験したことがないから、出刃包丁で脅されても、笑顔で応えるだろう。

会場には、からだに不快を感じさせるものは、なにもなかった。それにもかかわらず、赤ん坊は、これから襲うであろう危難を予想したかのように、緊張した。

大人からみれば、布や綿、木切れでつくられた人形である。かくべつ怖い顔をしているわけでもない。照明と音楽の演出によって、おどろな雰囲気をつくりだしているので、直接身に危難がおよぶことなど、何もないから、人工的につくり出された〈魔〉に、大人は、鈍感だ。ことに、現代の大人は。

恐怖という言葉も知らぬ、ようやく首がすわるようになったばかりの嬰児のほうが、敏感に、反応していた。赤ん坊が怯えたのは、うたがいもなく、〈魔〉の気配を感じたからだ。

目に見えぬ〈魔〉への畏怖は、先験的にそなわっているものなのだと、そのとき、はじめて認識した。

青ざめた弱々しい光、妖しい音楽、冥府の翳をになって佇む人形たちが赤ん坊にもたらした魔の消息は、理屈では解明のしようがない。

『お江戸怪談草子』は、江戸の町にうごめいていた魔を、語る。

それも、創作された怪談ではなく、ノンフィクションに焦点があてられている。

創作譚であれば、作者の裁量で、首尾を一貫させ怪異の因果をととのえることができるが、ノンフィクションの場合は、なぜ？　に明快な答えがあたえられることは少ない。

なぜ？　理由がわからないから、いっそう凄味が増し、不気味でもある。

江戸時代の人々は、おびただしい随筆を後世に残している。文筆を業とする戯作者ばかりではない、大名、旗本、学者、さまざまな人が、日録、見聞録、旅日記などを書き記した。現代のようにマスコミが情報を広く流してくれる時代ではない。お大名から町人にいたるまで、好奇心にみちあふれ、珍しい話に目を向け、耳をかたむけていたようだ。

肥前平戸藩主の松浦（まつら）静山は、隠居後、二十年にわたって見聞を書き綴り、その成果は、全二七八巻の『甲子夜話（かっしやわ）』となった。佐渡奉行、勘定奉行をつとめた経歴をもつ根岸鎮衛（やすもり）も、佐渡在勤中に筆をおこし、江戸城中勤務のかたわら、市中風聞、為政者の噂など、筆まめに書き溜め、『耳嚢（みみぶくろ）』十巻をあらわしている。川路聖謨といえば、幕末、開港か攘夷かで世情騒然たるとき、外国奉行に起用された俊才だが、この人も、『遊芸園随筆』をあらわしている。いずれも、当代きっての知識人であるが、聞き書きのなかで、率直に〈怪力乱神〉を語っている。『お江戸怪談草子』においては、章を八つにわけ、魔のさまざまな側面を、江戸の随筆家たちに語らせている。

一つの章は三つの話からなり、それぞれ、第一話を下級武士らしい東随舎（とうずいしゃ）の『古今雑談（ぞうだん）思出草紙』から採り、他の二話を『甲子夜話』はじめ、知識人の随筆から採る、という構成になっている。魔の消息を通して、江戸の人々の心性、暮らしぶりが、焙りだされてきて、興味深い。

『波』一九九六年九月

万葉集

◇奈良時代

〈君が行く道の長手を繰りたたね焼き亡ぼさむ天の火もがも〉

『万葉集』巻十五にのせられた、狭野茅上娘子の、激しい恋の歌です。

後の世に残したい言葉といえば、万葉集全巻をそっくり残したい。古典だから残るでしょう。しかし大半の日本人がまるで関心も親しみも持たなくなっていたら、淋しいことです。外来語や和製英語の氾濫で、美しい古語はいつまで滅びずにあるだろうかと、いささか不安をおぼえます。

敗戦後、御上の意向で、本来の倭言葉はいじりまわされ、崩されてしまいました。小学校唱歌から文語を駆逐したおかげで、〈春の小川はさらさら流る〉が〈……さらさらいくよ〉と奇妙な言葉に変えられたのを、いつも腹立たしく感じています。新仮名遣いは、言葉の本来の変化を無視したものです。〈ち〉の濁音も〈し〉の濁音も、おぼえやすいように、ひっくるめて〈じ〉にした、そのため、土地と地面では〈地〉を〈ち〉と〈じ〉に使い分けなくてはなりません。

枕言葉も係り結びも、受験勉強で暗記するのは味気ないけれど、気に入った歌なり文章なりをくちずさむうちに、おのずと身につくのであれば、少しも苦にはならないでしょう。

ひところ、若い人が漢字を知らないと、大人の嘲笑の対象になりました。でも、学校で教えない、本も新聞も、御上が指定した教育漢字以外の文字はひらがなで表記しているという状態で、入学試験のときだけ突如、平生目に触れない漢字の読みを記せと迫られても、わからないのは止むを得ません。私事をはさめば、私の娘は、小学校の試験で、〈百日紅〉にヒャクニチゼキとふりがなをつけたのでした。さらに曝露すれば、〈忽然〉が読めなかった。コツゼンと読みを教えても意味がわからない。suddenly のことだと言ったら、あ、なんだ、と納得しました。悲しい。昨今は、漢字を知らないと笑われた子供たちが成人し教える立場になっているのですから、ますます、日本語を知らない日本人が増えていくのでしょう。

『万葉集』から選ぶなら、もちろん、冒頭にかかげた一首にまさる秀歌はたくさんあり、どの歌をあげてもいいのです。

〈石激る（いはばしる）垂水（たるみ）の上のさ蕨（わらび）の萌え出（い）づる春になりにけるかも〉の繊細で闊達な叙景。

〈わが背子（せこ）を大和（やまと）へ遣（や）るとさ夜（よ）ふけて暁露（あかときつゆ）にわが立ちぬれし〉大伯皇女（おおくのひめみこ）の一首は、謀叛の疑いで殺された弟大津皇子の悲劇を包含しています。

〈川上（かはかみ）のゆつ岩群（いはむら）に草むさず常にもがもな常処女（とこをとめ）にて〉大津、大伯姉弟の異母姉にあたる十市皇女（とおちのひめみこ）の乳母が、皇女の愛らしさに、思わずくちずさんだ歌です。

目につく歌を端からのせたくなります。

冒頭の恋の歌をはじめ、どれも、時代を問わぬ真情を、この上なく美しい言葉で表現しています。

「ことばのタイムカプセル」『オール讀物』二〇〇〇年十一月

高峰秀子の捨てられない荷物

斎藤明美

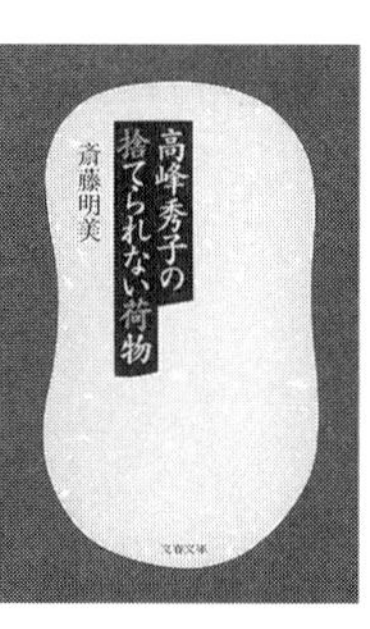

◇文春文庫
◇二〇〇三年三月

エッセイ、ノンフィクションを並べた棚の前で足を止めたのは、わたしにしては珍しいことだった。好みが偏しており、現在書いているもの、これから書こうとしているものに必要な資料以外は、もっぱら、非日常、反現実の、フィクションにばかり目が行きがちなのだが、このときは、平積みにされた本の、装幀に惹きつけられて思わず手に取った。

渋い濃紺一色に、タイトルと著者名を白く抜き、帯は錆朱（さびしゅ）。しぼのある紙の手触りが海の深みのようで、カヴァーをはずすと、手織りの布地を思わせる感触の、夏のひとえのような白地に、藍甕に浸してさっとひきあげたような淡い儚（はかな）い青がはらりと散り、わたしはタイトルの意味も著者の名も帯の惹句（じゃっく）も意識に止まる前に、抱えてレジに持っていった。

私は、大女優・高峰秀子を「かあちゃん」と呼んでいる。

という一行で始まるこの一冊を、わたしは、何の先入観もなく、したがって、かくべつな期待感も持たず、読み始めたのだった。

本書の最後に、高峰秀子さんがご自身で〈ひとこと〉と題して書かれている。

感受性の鋭い幼児にとって、もっとも身近の人間から受けるダメージが、どんなに強烈で根深いものか。……大げさではなく、一人の人間の生涯にまでかかわってくるかもしれない……その見本が、ねじりりん棒人間である私、高峰秀子なのです。

小学生のときに観た映画『馬』は、七十をすぎた今でも記憶に残っている。濡れた仔馬のたてがみを、とくちずさむ。東京カルメン、女じゃないの（ないさ、だったかな）と、『カルメン純情す』の主題歌がふっと口にのぼりもする。

わたしは、それらの映画の中の〈高峰秀子〉しか知らなかった。

読み終わったとき、〈高峰秀子〉の比類ない凄味と大きさ、ねじりりん棒の毅然としたまっすぐさ、そのねじりりん棒を抱きつつむ〈松山善三〉の大きさに打たれるとともに、それを著者が、いかに的確に明晰に、描きだしていることかと賛嘆した。

根底にあるのは、著者斎藤明美さんの、高峰秀子さんをかあちゃんと呼ばずにはいられない、ゆるぎない敬慕の感情である。

一九五六年生まれの斎藤明美さんは、大女優高峰秀子の五十年を、リアルタイムでは知らない。斎藤さんが初めて会ったとき、高峰さんはすでに映画からは引退しておられた。

なぜ、敬慕するにいたったか、なぜ、その思いを十年を経て今にいたるまで持ちつづけているのか、それは、本作の主題であり、一貫する通底音でもあるのだから、解説ごときで一言ですませられるものではない。

高峰秀子は、五歳のときから、映画に出演している。昭和五年生まれのわたしが物心ついたとき、すでに名子役として知られていた。

子役から大人の俳優、女優に転身するのはきわめて難しい。高峰秀子と同時代のアメリカの子役シャーリー・テンプルは一世を風靡したが、女優としては大成しなかった。敗戦直後の時代、小憎らしいほど芸達者だともてはやされたマーガレット・オブライエンも、消えた。

高峰秀子は、半世紀にわたり大女優でありとおした。

しかし、本書によって、義母に——一面識もないわたしが露骨な言葉を書くのは高峰さんに対して失礼な気がするが——食い物にされていた時代の凄まじい修羅を知った。高峰さんは自伝『わたしの渡世日記』で赤裸々に書いておられるのだが、わたしは未読だった。

本書から、斎藤さんの文を引用する。

高峰秀子の書いた『わたしの渡世日記』は彼女が五十歳の時点で終わっている。それはあまりにも優れた自伝であり随筆である。自身を冷徹に客体視した、心の手記だ。

徳川夢声をして、「ああ利口じゃ気の毒だ」と言わしめ、小津安二郎をして「女に生まれたのが可哀相なくらい頭のいい子だ」と語らしめた高峰秀子は、幼いときから、嘘と偽善、金にまつわる汚さを――ふつうなら子供は知らずにすむことを――嫌でも見抜いてしまっていた。

彼女の著した五十年は、〝女優として〟言わば〝強いられた〟半世紀であり、その中でなおも己を失うまいと〝闘った〟記録である。

虚偽を敏感に見抜く感受性は、裏表のない本物をも直感する。

〈人間不信〉〈人間嫌い〉を自認し、他人に踏み込まれるのを峻拒（しゅんきょ）する高峰秀子が、斎藤明美さんを素の生活のなかに受け入れたのを、斎藤さん自身は飢えた子猫のようなわたしを高峰さん松山さんが放っておけなくて、というふうに表現なさるが、僭越（せんえつ）ながらわたしが行間から感じたのは、斎藤さんのまっすぐさと高峰さん、松山さんのまっすぐさが感応しあったということである。

昭和五十四年、高峰秀子は木下恵介の『衝動殺人　息子よ』を最後に、きっぱりと、映画から引退する。

その後、さらに、平成の今日に至る四半世紀近い歳月がある。

ふたたび、斎藤さんの言葉を引こう。先の引用に続く部分である。

私はその四半世紀にこそ、彼女の自己実現があると思っている。（略）彼女は、思う存分、己の意志を貫き通した。（略）私はその姿を、書きたい。

本書は資料のみに頼った評伝ではない。かあちゃんと慕う生身の人の声を聞きつつ――インタビューはのべ十時間にわたったという――日常に親しく接しつつ、しかしながら情に溺れることなく、感傷に陥らず、高峰秀子という希有の人、心底善意の人である松山さん、そうして斎藤さん自身を、高峰秀子の『わたしの渡世日記』を評した言葉さながらに、冷徹に客体視した作品である。鋭い切っ先でえぐり込み、掌にのせて吟味し、それを伝える筆は、ときにユーモアをただよわせる。

映画を引退されても、ご本人の意志にかかわりなく、〈高峰秀子〉は大女優である。女優として人前にでるときの貫禄、オーラ。

自宅では、松山さんの前で斎藤さんと漫才を演じ、斎藤さんにお臍（へそ）までみせる。

斎藤明美さんには、他人の心を開かせ、上っ面をかい撫でるだけではない話を引き出す力が天性備わっているのではないか。『週刊文春』に、斎藤さんが時折担当なさる「家の履歴書」という連載がある。各界の士にインタビューし、住まいの追憶という切り口から、相手の半生を構成するのだが、さぞ楽しい雰囲気でインタビューはなされているのだろうと感じる。

この後は、いささか私的なことになる。

去年だったか一昨年になるか、編集の方と仕事の関係でお会いした。大柄な、物腰は落ちついて静かな、口調ははっきりした女性だった。初対面にもかかわらず話がはずみ、『高峰秀子の捨てられない荷物』の話題になった。

「いい本ですよ」とわたしが言うと、少しはにかんだように、「あれを書いたのは、私です」とおっしゃった。

名刺もいただいているのに、そうして同姓同名なのに、わたしは、『高峰秀子の……』の著者と目の前の編集者を結びつけることを思いつきもしなかった。

本着のなかで著者は、自身のことを〈脆弱で性根が弱い〉と記している。ひたすら高峰秀子に甘え、まつわりつき、ときに突き放されて泣き沈むさまに、わたしは、未知の著者に甘えん坊の少女のイメージを持ってしまっていたのだ。

甘ったれるだけの芯のない女の子なら、人を見る目の鋭い高峰さんが、こうも心を許すわけがない。観察のこまやかさ、疑問を問いただす迫力、洞察の深さ、自己憐憫（れんびん）に陥らない内面分析。それらはきわめて怜悧（れいり）な大人の目であり、それを文章にする筆力は、ただの甘ったれにできることではないと、わたしは気づくべきであった。

白い坂道をのぼる老婦人の姿に始まり、豊潤な感性とそれをコントロールする構成力によって書かれたこの一篇の終章、すべての余計な荷物を捨て去り、真実大切なものだけを抱え、人生の坂を静かに上って行く老婦人の無我の姿は、モノクロームの名映画のラストシーンのような感銘を読むものの心に残す。

再録・新潮文庫、二〇一二年四月／ちくま文庫、二〇一七年八月

悪党たちの大英帝国

君塚直隆

◇新潮選書
◇二〇二〇年八月

強国牽引し発展膨張

どのような強国も、突然出現するわけではない。制度の整備、巧緻な政略、恫喝的な軍事力などで周辺国を時に懐柔し、時に支配下に置き、時に滅亡させ、巨大化する。

本書は、ヨーロッパ大陸と海峡を隔てた小さい島国イギリスを、大英帝国として発展膨張させる牽引力となった七人の〈悪党〉を取り上げている。ヘンリー八世、クロムウェル、ウィリアム三世、ジョージ三世、パーマストン子爵、ロイド＝ジョージ、チャーチル。一人に一章を充て、それぞれの冒頭に、資料から引いた悪党ぶりを象徴する言葉がおかれる。ついでその悪党が何をなしたか、困難な時代にいかなる手段で国を発展させたかが、膨大な専門的資料を基にしながら、私のような素人にも興味深く楽しく読める巧みな文章と構成でつぶさに語られる。

一例として悪名つとに高いヘンリー八世。十六世紀、六人の妻を持った好色ぶり、そのうち二人を処刑、カトリックを弾圧した残虐性、とほうもない浪費癖などによって、後世の指弾を受ける。しかしローマ教皇庁から離脱、独自のイングランド国教会を成立させたのは、きっかけがカトリックの禁じる離婚を遂行するためであったとしても、〈ヘンリはもっと根本的に政治や国家のあり方を変えた〉と、著者はその功績を指摘する。

中世のキリスト教世界でローマ教皇庁は国や民族を超越した最高権威であったが、ヘンリーは「わが王国ではわれこそが至高の存在であり、これを凌駕(りょうが)するものなどいない」と教皇庁に対し宣言する。現代でいう〈主権国家〉とは多少意味が異なるとはいえ、その先駆的な体制を〈悪党〉ヘンリーはととのえたのであった。

〈悪党〉には、彼らを評するにあたっての、賛辞もこもっている。強力なエネルギーと冷静な賢明さが、国を統率する者には求められる。現在の世界は、軍事闘争を避けつつ国家間バランスを維持することが望まれている。日本の現況と併せ読むのも興趣深い。

『静岡新聞』二〇二〇年十二月二十日付朝刊ほか

第四部

幻想／SF／ホラー

蝶の骨
赤江瀑

◇徳間文庫
◇一九八一年六月

闇に仄(ほの)みえる華麗な色彩

私はすでに、赤江瀑の阿片(アヘン)に侵された者である。したがって、冷静に作品を分析解説することなど、及びもつかぬ。
しかし――

夏　若きディステンパアの犬の脛(すね)　ガルソンは漠(くら)き腰部もて虜(とら)われし熾(さか)んなる午後
死のごときもの日被(ひおお)いにきて呼びあいぬ　遠く追走曲(カノン)もききて睡りあうガルソンの勁(つよ)き腹
若き眸(め)に罌粟(けし)の如く咲きたちしマルドロオルあり　海小屋にきて鋭き手鏡の上に射す不眠の

刻

（『オイディプスの刃』より）

陶酔は、私の至福である。知人は、赤江瀑について書くなら、一言、〈窒息の文学〉と記してくれ、と言った。彼もまた、倖せな中毒者のひとりである。

赤江瀑の世界は、いうまでもなく、言葉によって構築され、印刷された文字によって伝達される。

〈赤〉は赤くはない、というエスプリのきいた言葉がある。

〈赤〉という字は、目で読むかぎり、黒いのである。

だが、赤江瀑が、

カットグラスの眩（まぶ）しいかがやき。氷片の沈む音。スプーンの背に映っていた庭木立……つとおよいで、泰邦（やすくに）の青藍色のポロシャツの前をよぎり、サラダ菜を小皿にとった母の白い手。

（『オイディプスの刃』）

……

と文字で描くとき、光景は燦爛（さんらん）と、あなたの眼裏（まなうら）に顕（た）たないだろうか。

家族が昼食をとっている情景である。日常、どこにもみられる。赤江瀑は、そこから、魔をよび出す。

光を描くことによって、闇を描き、闇を描くことによって、その奥に仄みえる華麗な色彩を透き見させる。

文字が、これほどに色彩ゆたかに輝くことを、赤江瀑があらわれるまで、私たちは忘れていたのではなかろうか。――忘れていたと言いきっては、語弊があろう。塚本邦雄、葛原妙子、中井英夫、そうして、三島由紀夫。しかし、赤江瀑は、中間小説誌という荒い力業を要求される舞台で、これをやりとげている。そうして更に、エンターテインメントであるからこそ許される趣向の妙、発想の自由な飛躍を武器に、力業は、ひたすら美の構築にむけて費される。

この世界をさまよう主人公は、すべて貴種である。哀しく美しく雄々しい男たち。

脱衣すればさんさんと神あるかせ給(たま)うか青年の昼の背上(そびらえ)　手に遺(のこ)るアンシャンレジィムよ

男の肉体を、赤江瀑は、背に〈神あるかせ給うか〉と謳(うた)う。

たとえそれが、淫猥なポーズを人目にさらすヌード・モデルの若者であろうと、いや、猥雑なところに身をおくものであるがゆえに、いっそう、貴種は、壮麗に輝く。

ベッドの正面の上に大鏡が張ってある。その前を通るとき、健祐はちょっと立ちどまった。

右腕をもたげるようにして、裸の背を鏡に映した。かいがら骨の下あたりから腋の下にかけてうっすらと濃褐色の影が走っている。

瑕ひとつない肉の底から明るい褐色に染まった肉体は、その影の部分でだけ、かすかなほの暗いカスミの流れを思わせる炎症を起していた。

（「美神たちの黄泉」）

築港の灼けた日ざしのなかから、せまい石段をのぼり、古びた木造建ての肝油工場の脇の路地へ入ってきたその男は、ねむそうな眼をしていた。一泳ぎした後の、潮で濡れた髪の毛を赤いタオルでゴシゴシこすりあげながら、彼は砂まみれのゴム草履をつっかけて、武信のそばをとおりすぎた。

毛深い、勁い踝にホンダワラが搦みついていた。

武信は海へおりて行く途中、その男は海からあがってきたところで、男の背後には、せまい路地の彼方に、八月の海があった。

黒潮のながれる海であった。

（「黒潮の魔軍」）

黒潮ながれる八月の海を背にあらわれた男は、マッサージ師である。

昔、マイダス王は、その手の触れるものすべてを、黄金にかえた。

日常ありふれた品々が、そうして、場所が、赤江瀑の世界にとりこまれたとき、魔性の力を帯びはじめる。

物は、そうして場所は、本来、魔性を秘め持っており、日常性の仮面でたくみに人目をあざむいている。

仮面がひきはがされると、

ひと束ねの黒髪は、男を惑わす美しさとともに、鉄鎖にまさる凄まじい兇器であり、(「闇絵黒髪」)、一基の石の灯籠は灯がともされると裸身の女にまがうなまめかしさをあらわし(「灯籠爛死行」)、群生する竹の葉ずれは、蜜蜂の羽音と重なりあって、若者の狂気を誘い出す(「殺し蜜狂い蜜」)。

刀は香りを象徴し、香りは刀を象徴し、そのイメージの複合により、『オイディプスの刃』の一篇は、さながら一体の完璧な美の表象であるヘルマフロディトを形成する。

マイダス王は、パンが、酒が、黄金にかわって口腹をみたさぬことを嘆いた。

しかし、人が小説の世界に浸るとき、黄金のパン、黄金の美酒こそ、望ましい。

この黄金は、鍍金(メッキ)ではない。表層の卑俗な日常性をはぎとられたとき赫き出る純度の高い金である。そうして、赤江瀑の作品群のなかでも傑出したいくつかのものとなれば、まぎれもない純金である。

『蝶の骨』においては、あなたは、まず、デパートの一劃に導かれる。

およそ雑駁な日常的なこの場所に、客の爪に絵飾りを刻む男がいる。

〈動物、花、人物像、紋章模様……など、さまざまな細密画が、じつにファッショナブルな絢爛たる図柄で爪の面（おもて）を飾っていた。（略）生地の爪肌を透かして下の血の気がほのかなピンクに匂いたち、曙色の海か空に描きだされた幻の絵像を見るような爪もあった。〉

場所は、すでに、魔性を帯びはじめた。

あなたは、女主人公流子（りゅうこ）とともに、この迷宮を歩む。

行手にあるものについては言及すまい。

美酒に酔うのに、成分の分析はよけいなことだ。

脇明子氏は泉鏡花論『幻想の論理』において、〈鏡花世界〉という言葉が鏡花の作品が比類なく美しいことを示す反面、鏡花をみごとな細工を施した厨子におさめるように孤立させたとは言えぬか、と記された。

私もまた、不用意に〈赤江瀑の世界〉と記し、それ以外に言いようもないのだが、同時にこの世界が決して、閉ざされた特殊なものではない、多くの人が心の深奥に持つ、広大な世界に光をあてたものなのだと、強調したい。

一九八一年五月

再録・『幻想文学57　伝綺燦爛――赤江瀑の世界』二〇〇〇年二月

夜叉の舌——自選恐怖小説集

赤江瀑

◇角川ホラー文庫
◇一九九六年四月

削り取ったどんなわずかな小片であっても、香木は、その質を失わない。

本書に収録された十篇、ことごとくに言えることなのだが、たとえば、「池」の一篇。冒頭、曾祖母（そうそぼ）と祖母、母、三人の女が、盂蘭盆会（うらぼんえ）の支度をととのえている。この一場だけを切り取っても、独特の方言によるせりふのやりとりの、いかばかり美しく巧みなことか。「まあ、ちょっと、ヒナ子おかさん。お提燈（ちょうちん）の飾りつけがすんだのやさけ……まだ宵闇（よいやみ）には早よありますけど、せっかくですけに、火ィを入れて、みましょいね」死者迎えの支度であるにもかかわらず、そうして、そこにいるのは、三代にわたる、老いた女、中年の女であるにもかかわらず、なにか華やいだ艶（つや）めかしさが、香り立つ。

静かに場面は移行して、三人のうち、曾祖母と母、二人はすでに故人であり、その精霊（しょうりょう）迎えの支度をしている少年の追憶が語られているのだと、わかってくる……と一篇を読み終えたときの陶酔感と悦びを語ろうとすれば、つい、内容にも触れ、未読の人の楽しみを奪うことになるが、このみごとな短篇は、どの部分で切っても、名品であり得る。

第一章だけでも、母の新盆を祖母とむかえる少年を描いた名小品として読める。しかし、妖しい謎の気配が、幽かにただよっている。さりげない一つの言葉、ふとおかれた小道具、そのすべてが、美と妖を醸しだす。

第二章まで読み進むと、少年と少女が精霊船をおくる道行。池の側の近道をとることによって、二人は、異界をあやうく通過する。そのあやうさをほとんど自覚することなく。少女の語る池にまつわる言い伝えが、両面性をもつという周到な仕掛け。ここで終わっても、子と母の、哀切な物語が、読者の胸をみたす。なお、謎は残っている。いや、いっそう深まる。

三、四と、謎と妖しさを垣間みせつつ進む物語は、ラストにいたって、衝撃的に反転する。

そうして、恐怖とは、美の裏の顔であることを、読者は識る。また、裏に恐怖を秘めぬ美は、真の美とは呼べぬことも。

凜とした水晶の骨に、甘やかな蜜の肉をまとったのが、赤江瀑の世界にあらわれる男たちである。「池」の少年も凜乎としている。そうして、いいようない優しさを、身の内に持っている。

赤江瀑の作品の人物が口にする言葉は、方言にしろ、赤江さんが好んで描く京都の言葉にしろ、雑駁な生の言葉ではなく、つねに、磨き抜かれたせりふである。

一九七〇年、第十五回小説現代新人賞を受賞され、俗な言葉でいえばデビュー作となった「ニジンスキーの手」が、すでに、たぐいない香木であった。風俗小説、社会派小説、日常の土に足をすりつけて歩む小説が大半であった当時の小説界に、「ニジンスキーの手」は、そうして、赤江瀑という、蒼穹を飛翔する迦陵頻伽の出現は、衝撃的であった。

このように言うと、赤江さんは、含羞の微笑をおみせになるだろう。

しかし、赤江瀑の作品にあって、言葉の一つ一つが、妖麗な、凄艶な花であることは、まぎれもない事実である。そこに描きだされた世界は、日常の生活のうわっつらが影ひとすじさすことも、峻拒していた。〈言葉〉によってこれほど濃密な世界を描けるということが、一つの驚異であった。

ひきつづいて、「獣林寺妖変」「禽獣の門」「殺し蜜狂い蜜」と、毒の甘露をしたたかにふくんだ作品群が、待ちかまえているファンの喉をうるおした。

平板な日常にたよることはせぬ、異を描き、物語の興趣を存分に盛っても、決して俗には堕さぬ、これまでに、だれも描いたことのない世界を創造する、というストイックなまでに強靭な意志が作者の心中になくてはできない力わざである。

一九七四年、初の長篇『オイディプスの刃』が、角川書店の小説誌『野性時代』に発表された。

〈……夏の光にみちあふれた食卓だった。きらりと目を射たカットグラスの眩しいかがやき。氷片の沈む音。スプーンの背に映っていた庭木立……〉

凡庸な風景の表層を、作者は、幻視の刃で剝ぎ捨て、異様なまでに煌かしい夏の庭を、赤江瀑の言葉によってしかあらわせない方法で、顕現させる。この後につづく無惨なできごとは、光によってみちびかれた闇である。名刀で割腹する父親は、あたかも、「池」の少年の後身であるかのように、凜乎としたやさしさを持っている。日本刀と香水が、美しい魔の光芒によって結ばれたこの作品は、第一回角川小説賞を受賞している。

赤江さんの作品は、怪異妖異を描かずとも、おのずと、幻想世界を形成するのだが、幻視者という言葉は赤江瀑のためにある、とさえ読者を賛嘆させたのは、第十二回泉鏡花賞受賞作の『海峡』である。海峡という言葉をキーワードに、エッセイとフィクションが幻戯のようにいりまじり、読むものはただ陶酔に浸る至福の時を持った。街中の路地。地面の鉄板蓋をあけると、忽然と地下の大広場。そこには腐爛魚が山積みになり、黒装束の男たちが……と、説明しても、一読したときの驚きと蠱惑的な印象をつたえることはできない。赤江瀑の文章によってのみ可能な、それは、夢魔の見せる光景であった。

不死の命をもった作品、そういう作品を書く作家、は、数多くはない。〈赤江瀑〉は、読み返すごとに新しく、そうして、深くなる希有な一人である。

灯籠爛死行（赤江瀑短編傑作選・恐怖編）

赤江瀑

◇光文社文庫
◇二〇〇七年三月

華麗な逸脱

一つの短篇が雑誌に発表されることが、一つの事件になる。

一九七〇年、赤江瀑の「ニジンスキーの手」が小説現代新人賞を受賞、十二月号に掲載され、その後、たてつづけに「獣林寺妖変」「禽獣（きんじゅう）の門」「殺し蜜狂い蜜」と、同誌に発表されるごとに、息をのみ魅了される一群の人々がいたのである。

私事を先に記すが、私は、その当時『小説現代』誌を読んでいなかったので、赤江瀑とその作品を知ったのは、右記の四作が収録された短篇集『獣林寺妖変』をたまたま書店の店頭で見かけ、強烈な吸引力を持つタイトルに惹（ひ）かれて求めたのが最初であった。一九七一年、八月。いきなり、異界に引き込まれた。

一九六〇年代後半から七〇年代にかけての一時期は、国枝史郎が見直されたり、牧神社や南柯書局、森開社などが幻想小説を刊行したり、創土社がエーヴェルスやルヴェル、ダンセイニなどの怪奇幻想短篇集を出したりしていた。マンディアルグだのジュリアン・グラックだのが翻訳出版されたのも、高野文子の『絶対安全剃刀』が出たのも、ほぼこの時期である。

演劇においては、唐十郎、清水邦夫、佐藤信などのアンダーグラウンド演劇が活気に満ちあふれ、演劇といえば新劇という風潮をくつがえしていた。

しかし、中間小説誌においては、リアリズムが圧倒的だった。当時の人気作家は、宇能鴻一郎であり、川上宗薫である。あるいは、社会の下積みの者の怨念をリアルに描いた小説が、もてはやされる時代であった。

赤江瀑氏がエッセイに書いておられた泉鏡花の言葉を孫引きすれば（いま手元にないのでうろおぼえだが）〈矢を的に当てるのに、手に持って地に足をすりつけ、的まで運ぶ小説〉ばかりだったのである。矢が、空間を飛翔する世界が小説である。自然主義が主流をなす明治大正の文壇にあって、泉鏡花は痛々しいほどに激しく、そう主張した。

赤江瀑が虚空に放つ華麗な矢に、そうしてその赤江瀑の空に、目をとめたのが、唐十郎であり、松田修であり、中井英夫であり、具眼の若い編集者たちであった。小説現代の編集長と担当編集者は、ほぼ隔月あるいは二、三ヵ月おきぐらいに、赤江瀑の百枚前後の力作を掲載した。当時の『小説現代』編集部は新人の育成にきわめて熱心であった。赤江瀑の小説が発表されるのを、〈事件〉と表現したのは、記憶は確かではないが、唐十郎ではなかったか。

第一期の『野性時代』が創刊されて間もないころでもあった。新雑誌の創始者角川春樹氏は、早速、赤江瀑に長篇の依頼をしている。

名作『オイディプスの刃』はこの誌上で生まれた。しかし、社会派リアリズム全盛の時期、赤江瀑の濃密な文章を拒否する識者も、少なからずいたのである。

過剰なほどに濃密な文章でなくては、顕れてこない世界がある。

京、北嵯峨の化野（あだしの）を歩いて、わたしは唖然とした。狭い一郭に、小さい石が並んでいるだけの、まったく殺風景な場所だったのである。観光名所だから、そこに行き着くまでも、両側に土産物屋が軒を並べる俗な道筋にすぎなかった。

赤江瀑の「花曝れ首（はなさされこうべ）」を読んだ直後であった。

〈嵯峨野めぐりの観光客が往き来する真昼間の道〉に、〈島田髷（まげ）にお高祖頭巾（こそずきん）〉〈若衆髷（わかしゅ）に一本差し〉の江戸の色子二人が、何の不自然さもなく〈脂粉の香も匂やかに〉出現するのは、ゆきずりの学生の姿などが周到に配された、赤江瀑の、当時の文壇の規範から華麗に逸脱した文章だからこそなのだと、そのときわたしは、思い知ったのであった。

黒鳥譚（中井英夫全集2・付録）

中井英夫

◇創元ライブラリ
◇一九九八年十二月

冬の薔薇

贅沢な時間を生きることができたものよと、我が来し方をかえりみてしみじみ思う——しみじみするのは好きではないが、してしまったものは致し方ないか——。生きていりゃこそ、中井英夫、塚本邦雄、澁澤龍彥、赤江瀑の作品を、発刊と同時に手にすることができた、と下世話にくだけては、かの方々に申しわけないか。当方長く生き過ぎて、俗の垢が毛穴にしみてしまった。哀しいことだ。

黒地を真横に切り裂いたひともとの薔薇、塔晶夫（とうあきお）『虚無への供物（くもつ）』は、その数年後に出た赤江瀑の『獣林寺妖変』とともに、戦慄の書であった。ここでこそ、ここちよく呼吸ができると感じ、そう感じられる書物が世にあることが、戦慄的なまでに嬉しかったのだ。

塔晶夫と赤江瀑の出現は、私の記憶のなかで、ほとんどひとつに重なっている。ミステリの世界で社会派が猛威をふるい、日常リアリズムに立脚せねばミステリにあらずの暴風が、虚構のなかにこそ真実ありと趣向を凝らし華麗な文体を駆使する努力をむなしくさせがちな時期であった。中井英夫は、エッセイのなかで、現代日本文学の〈美を放棄し〉〈とめどもない身辺雑記を語って倦むようすもない〉ありように激しい言葉を投げている。曰く〈感覚の鈍磨した、汚れた足でどこにでも上りこむ手輩〉〈美とか幻想とか聞けばわけもなく失笑するだけの無気味な生物。それでいて押し黙って、ただ何事かを待っている表情のずく入道〉胸のすく啖呵だ。

筒井康隆に風当たりが強く、半村良も酒場の風俗を書いた小説でなくては認められない悲しい時代であった。

当時、演劇のほうでは、寺山修司、唐十郎、佐藤信、別役実などの実験的、前衛的な活動が盛んであったのに、小説のほうは、きわめて保守的であった。純文学を書きはじめていた知人（女性）は、編集者に、男性の視点では絶対書くな、女に男の気持ちがわかるわけはない、嘘を書いてはいけない、と釘をさされていた。ずく入道と、啖呵のひとつも切りたくなるわな。

しかし、かかる冬の時代に、冒頭にお名前をかかげさせていただいた方々の豊潤な世界をたのしめたのは、まことに贅沢のきわみであった。

この二十年のあいだに、ようやく、少年少女期に中井英夫たちの影響を受けたような人々が書き手として登場し、ここ数年、幻想文学も活力を得てきたかに見える。過去のミステリの中からベストをえらぶ本に、赤江瀑の『オイディプスの刃』が一位にあげられていたのは、快挙であった。

敬愛する流薔薇園の主に、私がお目にかかったのは、ただ一度だけだ。中井さんの記憶には残っていまい。

場所は新宿の酒場、薔薇土。『秘文字』の出版を祝う、ごく内輪の集まりに、書き出して日の浅いアマチュアにひとしい身の、中井さんと面識もない私が、どうして雑魚のととまじりができたのか、確かな記憶がない。

『秘文字』は、中井英夫、日影丈吉（ひかげじょうきち）、泡坂妻夫、三氏の書き下ろし短篇を、それぞれことなる解読法による暗号で記したもので、建石修志（たていししゅうじ）さんの装幀になる箱入りの豪華な造本であった。

三人の作者のほかに、書物の仕掛け人である田中敏郎さん、装幀の建石修志さん、作家の矢川澄子さんなど、はっきりおぼえていないのだが、十数人だったろうか。暗号解読の第一号である若い男性も同席していた。

どなたとも初対面の私は、借り猫状態でソファのはしっこでかたくなっていた。

中井さんのファンである若い女性——それとも編集者だったのだろうか——が、三人の作者にそれぞれ、紅薔薇を一輪ずつ贈った。中井さんはさりげなく胸に挿した。その仕草が似あっていた。日影さんはどのようになさったかおぼえていない。泡坂さんは、脇においたが、そのうち忘れて、おしりの下に敷いてしまった。ずいぶん遠い日のことだ。ほかにおぼえていることといったら、泡坂さんが手品をなさったことと、矢川さんが少女のように愛らしかったことぐらい。

後に、中井さんが辛辣なからみ屋で、つきあうのは大変なのだと聞いたけれど、そのときの中井さんは、皮肉も毒舌もなく、物静かな印象しか受けなかった。

思い返せば、あの一夜は、私のラ・バテエに残る砂金の一粒であったのだ。

唯美の世界に憧憬を抱きながら、その後も私は雑駁なものしか書けない歳月を過ごしていた。白水社から『日本風景論』シリーズの刊行がはじまったのは、一九八〇年ごろだっただろうか。中井英夫、赤江瀑、塚本邦雄、澁澤龍彥、飯島耕一、池内紀という、こよなく魅力的な書き手が、それぞれテーマをさだめてのエッセイであった。

中井英夫は『墓地』、塚本邦雄は『半島』、赤江瀑は『海峡』……。綺羅をつくした美しい文章が眩かった。詩人吉岡実の装幀も瀟洒で、その最終の一巻に書くことを許されたときの嬉しさと緊張感といったら、なかった。私はエッセイはどうにも苦手で、ひとりだけミステリを書くというわがままを、編集者にゆるしてもらったのだったが。

日常においては遠い人だけれど、中井英夫は、常に、私にとって師のひとりだった。美という規範において、きわめて厳格な。

病臥の晩年を記録した写真集『彗星との日々』（本多正一氏撮影）からは、中井英夫の美神に殉じた姿がうかがえる。

聖セバスチアンのごとく、中井英夫は総身に俗の放つ矢を受けて、なお恍惚と目を天に投げて微笑し、俗に屈することを拒んで地上から去った。磨いた樫に似た褐色の半裸の姿は、聖人の彫像にひとしい。我らもやがて闇に沈まん、とつぶやいて、私は擱筆する。

蘆屋家の崩壊

津原泰水

◇集英社文庫
◇二〇〇二年三月

言葉のそれぞれには、おおむね、読者に共通の認識があります。星条旗と書かれているのを日章旗と認識する読者は、まず、いません——と、場違いな喩(たと)えが飛び出したのは、目下の世界情勢のおかげで、こんな喩えは、一、二年もすれば意味が通じなくなると思いますが——。言いたかったのは、読者に共通認識のないことを言葉で表現するのは至難だ、ということです。本書に収録されている「水牛群」を一読して私が賛嘆したのは、この難事を作者がみごとになしとげられた点です。

この短篇を初めて読んだのは、井上雅彦さんが編纂なさる『異形コレクション』に掲載されたときでした。毎回一つのテーマのもとに、数多い作家が短篇を書き下ろすアンソロジーです。「水牛群」が載ったのは〈グランドホテル〉編で、佳作の揃った秀逸な巻でしたが、なかでも、津原泰水さんのこの短篇に、私は瞠目(どうもく)したのでした。

『蘆屋家の崩壊』がハードカバーで刊行されたとき、津原さん自身が各短篇に言及しておられますが、「水牛群」については、〈神経症に罹(かか)って、作中の猿渡そのままの状態で構想し〉と記されています。

私事になりますが、私もまた、このような状態になった経験があります。しかし、それを、エンターテインメントに昇華して他人に伝えるのが如何に難しいか……。

大半の読者には、共通の認識のないことだからです。

かつて、ボオドレエルは、我は傷口にして短剣、という意味の詩をあらわしました。傷と凶器が二にして実は一であるという——嗜虐(しぎゃく)と被虐の合致という——エロティックな感覚が自己の内部にも存在することに、読者は気づきました。そうして生まれたのは、新たな共通認識でした。「水牛群」は、ボオドレエルのその詩のような力を持つ一篇です。体験したことのない読者も、明瞭にその感覚を理解し、共通認識を持ちうるのです。しかも、強烈におもしろいのです。

もうひとつ、小説を書く者にとって難しいことがあります。読者がすでに共通認識——既成概念——を持っていることを、作者独自の感覚で表現することです。ひとりよがりになる、あるいは、独自と錯覚して実はありがちな、という罠におちいらず、成功すれば、陳腐な皮膚が剝(は)がれ、瑞々しい本質があらわれます。

小説を書く者は、言葉のほかには表現・創造の手段をもちません。津原泰水さんの作品を読むときいつも感じるのは、言葉と、その連なりである文章と、それによって構築される文体——つまりは小説を書くということ――に、きわめて厳しい自覚を持っておられるということです。

第一作『妖都』から、最新作『ペニス』（この文庫が発売になるころは『少年トレチア』が最新作になっているのかもしれません）にいたるまで、津原泰水は、言葉によって世界を変容させつづけています。日常の眼が見る新宿や井の頭公園は、世界のほんのうわっつらです。津原泰水の目をとおして、読者は表層の下にひそむ姿を視るのです。

『蘆屋家の崩壊』は短篇集ですが、主人公が猿渡という男の一人称で統一されているのと、ドラキュラ伯爵と綽名（あだな）で呼ばれる怪奇小説家が出没すること、その他にも共通の人物が登場することで、連作の趣向になっています。

常に黒ずくめの服装をした、怪異に関しては古今和洋の造詣深い伯爵が、まことに魅力ある存在として造形されています。

収録された短篇のどれにも共通しているのは、垢抜けた語り口の巧みさと、さりげなく滲（にじ）む苦いユーモアの感覚、そうして、無駄のなさです。脇道にそれるようなエピソードや蘊蓄（うんちく）の披瀝が、実はすべて、物語が必要とするアイテムになっています。

私は年来、歌人塚本邦雄師のお作を熱読してきたのですが、師の小説のなかでは、食べ物がそれは美味しそうに、かつ美しく描かれています。ありふれた料理が、師の筆にかかると、一変します。

ありふれた料理が、津原泰水氏の筆にかかると、一変します。豆腐料理は一流レストランのステーキを超え、蟹は……ああ。

本書がハードカバーで刊行されたとき、私は帯にコメントを書いたのですが、その小文を、もう一度ここに記します。

繊細な魂が強靭な想像力を持ったとき、本書のごとき、凄味と可笑しさの融合した秀作群が創出される。〈猿渡〉と〈伯爵〉のコンビが飄々として行くところ、日常世界は薄暮の幻想地獄に変貌する。篇中ラストの「水牛群」において、作者はついに魂の傷を、哀切にして壮絶なイメージに結晶させた。

文庫版 百鬼夜行——陰
京極夏彦

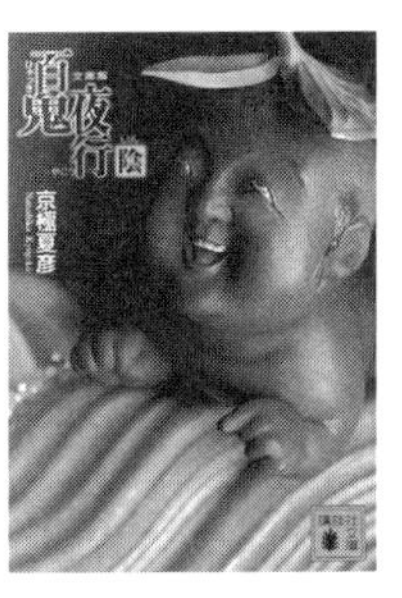

◇講談社文庫
◇二〇〇四年九月

私の「憑物体験」

〈わたしなら、京極堂（そして作者京極夏彦）は、合理（陽）と非合理（陰）の熾烈な攻防の果てに弁証法的に立ち現れる「超合理主義者」なのだ、と言うだろう。
——そして、わたしは、そこにミステリーの未来を見る。〉（山口雅也氏・『魍魎の匣』文庫版解説）

京極夏彦さんのデビュー作、それまでのミステリーの常識を破った『姑獲鳥の夏』に、書評界は最初冷淡だったようで、山口氏は、〈当時（と言っても、ほんの数年前のことだが）の批評のフィールドには、情け無いことに、この破格の作品を受け止め、正当に評価するだけの器量も体制も無かったようだ。〉と記しておられます。その〈ほんの数年〉の間に、京極さんの作品は読者に熱狂的に受け入れられたのでした。真に面白い作品をまず受け入れるのは、読者のようです。

筒井康隆氏が初期において読者には熱烈に歓迎されながら論壇では見当違いな言葉を投げられたことや、小林信彦氏の大傑作『唐獅子株式会社』が冷遇されたこと、山田風太郎氏が評者にも言挙げされるようになったのは晩年であったことなどを、思い重ねてしまいます。

その『姑獲鳥の夏』の文庫版に、笠井潔さんが、次のような解説を寄せられています。

〈現代日本の本格ミステリは、「見えるものは見える」という日常的世界の地平を、内部から破壊しはじめている。探偵小説の前提条件を徹底的に懐疑することにおいてのみ、かろうじて現代的な探偵小説は可能ならしめられるという逆説。この逆説を真正面から蒙った『姑獲鳥の夏』は、山口雅也『生ける屍の死』や麻耶雄嵩『夏と冬の奏鳴曲』とならぶ、現代本格の記念碑的な傑作である。〉

二作目の『魍魎の匣』で、京極夏彦は大ブレイクし、京極堂シリーズは刊行されるたびに一つの事件にさえなりました。

シリーズ三作目の『狂骨の夢』の文庫解説で、山田正紀氏は、リアリズムを排除した幻想的な探偵小説と一般に認識されている京極夏彦の小説は、実は、きわめてリアルなのだということを、論を尽くして明快に証明され、最後に、〈松本清張や京極夏彦の功績は、じつは、リアリズムとは何であるか、リアルとはどういうことであるか、その新たな視点を発明したことにあるのだ。〉（傍点原文のまま）と記しておられます。

強固な現実などはない、脳が、個が生きるのに都合がよいように現実を捏造している、その捏造の過程で、脳はおびただしいものを削除し、それらは〈意識されない意識〉のなかに浮遊している、これこそが、現実のさらに深層を貫くもう一つのリアルなのだという山田さんの言葉は、実に納得のいくものです。

もう一つのリアルは、現実しか認めないものから視れば憑物です。

京極夏彦さんの新刊文庫の解説とは、とんでもない無謀なことをお引き受けしてしまったものです。

膨大な容量を持つ京極夏彦という作家とこれまでに刊行された諸作品については、小文にまず引用させていただいたように、泰斗の方々がすでに、本質にまで達する懇篤な解説を記しておられます。

また、民俗学の視点からは、小松和彦氏、大塚英志氏をはじめ、専門の方々が言及しておられます。

それに付け加えるどのような言葉があるでしょう。

『百鬼夜行――陰』は、京極堂シリーズの外伝の趣を持ちます。京極堂に憑物を落としてもらうことのないまま、登場人物たちは妖怪の餌食になります。妖怪の数々やその出自は、目次と各編に図入りで付された詞書きで明らかですから、ここに一々解題はしません。

登場人物は京極堂シリーズに既出の脇役で〈本編とリンクする箇所も多い〉〈京極堂シリーズを制覇した読者にこそ必読〉と友清哲氏が「〝京極夏彦〟入門」に書いておられます。私はシリーズ全制覇をしていないので、その点でも解説者の資格はありません。制覇していれば、一篇ごとの人物について、シリーズのどの作品にどのように登場したかを明らかにすることもできるのですが。

それゆえ、解説としては邪道であり、申し訳ないのですが、私の、まあ憑物体験といえるようなものを簡単に記すことで、（いささか強引ながら）責を果たすことにします。

私の老父は、医者という科学の徒でありながら、若いときから死後の霊の実在を信じており、霊媒と称する男を家に招いて頻繁に交霊会を催し、それに集まる人たちが新興宗教めいた集まりを組織するようになり、おかげで私は十六、七のころから数年、いわゆる〈お筆先〉をやらされたのでした。自動書記です。

どうみてもいかがわしい酒浸り（びた）の霊媒を、父は無邪気に信頼していましたが、私たち子供はいんちきだと思っていました。当時、父親の権威は絶大でしたから、いやいやながら、交霊会なるものに出席していました。その模様を詳細に記すには紙数が足りないので省略します。いんちきだと思っていたのに、あるとき、突然、私は信じてしまったのです。交霊会の最中、真っ暗闇のなかで、霊と称するものに不意に頭髪をひっぱられたのです。ひっぱるものに、思わず手を触れました。枯れ木のような感触でした。それと同時に、胸の中が熱くなりました。初めての感覚でした。感動とも異なる、異様な感じでした。その瞬間、憑かれてしまったのでしょう。

それ以後、父に命じられて自動書記をやるようになりました。父は神道の流れをくんでいました。床の間いっぱいに飾られた白木の神棚の前に机と紙の束をおき、正座して目をつぶり、鉛筆を手にしてぐるぐる動かしていると、自然に文字を書きはじめる——といっても実際は、頭の中にとてつもない速さで思いもかけない言葉が浮かび流れ、それを手が追っていくのです。一枚の紙に五、六文字を大きく書き飛ばしていく勢いでした（いま、これができれば小説を書くのに楽なのですが、集中力は失せました）。じきに、ラテン語やギリシア語が書けるわけではない、自分の知識にないことは書けないのだとわかって、つまり潜在意識の発動にすぎないではないかと索然とし、霊媒のいんちきも明らかになり、それでも、父は私の〈霊能〉なるものを捨てられず、離れるのに苦労しました。陰と陽の攻防の一種でしょうか。そのいきさつは愚痴にひとしく、小文には関係ないことなので省きます。

最近刊行された『異界談義』（角川書店）に、京極さんは、〃妖怪は、モノを指し示すだけの言葉ではない、不思議なことや妖しいことを、総じて妖怪と呼んでいた〃と記しておられます。蜃気楼もその昔は妖怪だったという顰みにならえば、憑依、憑霊は、憑く存在、憑かれる存在とともに、その現象そのものも妖怪と呼ばれるのでしょう。

陰の世界に棲息させられていたとき、真っ昼間、何も怖いことなどないのに、ふいにどうしようもない恐怖感につかまれ居たたまれない思いをすることがときどきありました。父は、霊が話しかけているのだ、と喜んでいましたが、怖い思いをするこっちは、たまったものじゃなかった。『狂骨の夢』に〈死後の世界は生きている者にしかない〉という言葉がありますが、山田正紀さんが解説で取り上げておられるとおり、名言です。異界は、ある。けれど、ない。ないけれど、ある。死者は無となって死後の世界から脱却できるけれど、生きている者は死後の世界を意識されない意識の中に抱え込んでいる。

私は陽の世界に住むことができるようになり、理由のない恐怖をおぼえることもなくなりましたが、一度だけ蘇りました。伊勢神宮を訪れたときです。背筋がぞくっとしたのですが、あり得ない、と拒否しました。再訪したときは、何も感じなくてすみました。

前出書の小松和彦さんとの対談で、京極さんは、日本的な文化歴史の浅い北海道で生まれ育ったので、逆に日本的なものに強く惹かれたと仰っています。

妖怪を愛しながら溺れ切らず、冷徹な視座を保って昇華させた作品群は、これからも読者を魅了しつづけていくことでしょう。

太陽の庭
宮木あや子

◇集英社文庫
◇二〇一三年二月

少女の吐息が創り出した蜃気楼のような世界に、読者はまず誘われる。

東京都内にありながら、地図にはのっていない、存在するのに非在の地〈永代院〉。明治のころから、外の如何なる影響も受けず、現代まで続いてきた、神秘的な場所。代々由継を名乗る当主は、複数の正妻と何十人もの妾を住まわせ、閉ざされた庭には、その子供たちが群れる。年に一度の園遊会。ボーイソプラノのコーラス。絶対権力者として君臨する当主。

この冒頭を読みながら、私は、映画『エコール』を思い浮かべていた。ドイツの作家フランク・ヴェデキントの中篇小説『ミネハハ』を、原作のイメージにかなり忠実に映画化したものである。人目に触れない館に運び入れられる柩。中にいるのは、幼い女の子である。蓋が開けられ、目ざめた女の子は、年上の少女たちに迎え入れられる。（これは原作にはないが、内容を象徴する美しく不思議なシーンである。）

もちろん、『太陽の庭』と『エコール』は具体的にどこも重なりはしない。秘密めいたあえかな場所で過ごす子供たち、という設定が、私の中で二つの作品を連携させたのだ。

『ミネハハ』は幻想的、詩的な小説であるが、一方でヴェデキントは、代表作の一つである戯曲『春のめざめ』において、抑圧された少年少女の性の悲劇をリアルに描いている。

閉ざされた永代院にあっても、少年と少女の間に春のめざめが生じるのは、自然な成り行きであり、性の交歓、妊娠、出産という、なまなましい現実も、蜃気楼の中にあらわれる。

永代院の女の子は、ある時期になると、外界に出て行かねばならない。ここで、私はもう一度『エコール』を思い返すのだが、〈外〉に出て、耀く噴水と遊び、未来に笑顔を投げる映画の女の子と異なり、永代院で育った少女葵が自家用機で運ばれた〈外〉は、これも正式な住所をもたぬ閉ざされた学園で、そこに送られるのは〈島流し〉と呼ばれる。

第一話「野薔薇」は、駒也という少年の視点で永代院の日々が語られるが、学園を舞台とした第二話「すみれ」は、島流しにされた葵が語り手となる。

この学園もまた、蜃気楼めいている。葵自身が、そう語る。〈この学校ですれ違う女たちは皆、影が薄い。比喩ではなく存在感がとても希薄だ。この世に存在するための神経の糸を緩めたら、彼女たちは空気に溶けてどこか別の次元に行ってしまいそうに見える。〉

第三話は、不穏な食虫植物をタイトルとしている。世界から拒絶されていると感じ、ならば、自分が世界にならなければならない、そう覚悟を決めた少年和琴——葵の弟——の視点で語られるこの章も、不安な謎にみちている。十五歳になると元服し、親や乳母の庇護を受けられなくなる男の子たち。そういう男の子の一人である和琴の前にあらわれる〈白い子供〉。元服した和琴が入れられる〈西の家〉。ここもまた、常識的な時の流れから外れた不思議な場所だ。

小説『ミネハハ』を原作とした映画はもう一本あり、そちらはタイトルも原作どおり『ミネハハ』である。

しかし、映画『エコール』が原作に忠実に再現した叙情性、幻想性、不条理を、映画『ミネハハ』は剝ぎ取り、リアルな理論で、謎を解明する。なぜ、少女たちは過去を抹消され、ここに集められるのか。経営者は何を企んでいるのか。

本作『太陽の庭』にあっては、第四話「太陽の庭」で、物語の雰囲気が俄然、変貌し、謎の実態があらわれてくる。

第一話から第三話までは、話者は変われど閉ざされた永代院の内部の者の視点で語られてきた。内部の者は、自分を中心にした狭い範囲のことしか理解できない。

第四話では、外部の、それも週刊誌の女性編集者である柿生が、ふとしたことから永代院の秘密に強い関心を持ち、調べ始める。取材に飛びまわり、携帯でメールのやりとりをする、まさに、私たちが暮らしている〈現代〉である。

柿生の上司山下は言う。「かつてこの国には天皇という神がいた。それは事実だ。しかし敗戦によってこの国は神を失った」

神話に溶け入る太古はさておき、兄弟相克や、南北両統の争いなどがあったにせよ、天子は常に、厳として、人の上におわした。

千数百年をさかのぼる飛鳥の昔、柿本人麻呂は朗々と歌いあげた。

大君は神にしませば天雲の雷の上に廬せるかも

持統天皇が雷岳に行幸されたとき、献った歌である。天皇は現人神にまします、と、讃えたのであった。

朝廷の盛衰はあった。応仁の乱から戦国時代には朝廷は衰微し、御所の修復もままならず、財政困難で二十一年間も即位の式をあげられなかった帝さえおわした。しかし、どれほど衰微されようと、一天万乗の帝の権威は、ゆるがなかった。天朝様（その時の天皇）を戴いたものが、正義であり、錦の御旗に逆らえば、〈朝敵〉という、もっとも忌まわしい名で呼ばれる。ゆえに、天皇は政治の実権を握る者に利用されもした。

敗戦後の一九四六年一月一日、昭和天皇は「天皇は神ではない。人間である」という意味の、いわゆる〈人間宣言〉を宣せられた。三島由紀夫は『英霊の聲』において、二・二六事件で死した青年将校や特攻隊兵士の激越な怨磋を記している。「などてすめろぎは人間となりたまひし」

戦前、戦中、戦後、そうして平成の現代まで生きながらえた筆者の私的な追憶を一言、書き添えさせていただく。天皇は神と、あの日まで、教えられていた。御真影（天皇皇后両陛下のお写真）と教育勅語をおさめた小さい建物〈奉安殿〉は、どの小学校も、入口近くあるいは校庭に据えられており、登校のおり、その前で深くお辞儀をするのが、さだめられた作法であった。

神を失った戦後の日本において、永代院とは、何なのか。そのなす役は何か。

神、宗教という大きい問題を内包しながら、『太陽の庭』は、繊細な少女小説であり、後半は行動的なサスペンスでもある。

先に刊行され文庫にもなっている『雨の塔』は、本作とリンクしていることを付記しよう。

夜に啼く鳥は
千早茜

ジョナサン・スウィフトの『ガリヴァー旅行記』は、小人国と大人国が、子供向けにリライトされたり絵本になったりして、よく知られていますが、本来はたいそう皮肉に辛辣に人間の本性を風刺した作品群です。痛烈な人間嫌悪をあらわした最たるものは、高貴なる馬の国を訪れた「フウイヌム国渡航記」です。その前に、ガリヴァーは日本を含む幾つかの国を探訪しています。ラグナグ王国に着いたガリヴァーは、その住民の中に少数の不死者がいることを知ります。彼らは生まれつき、目印となる痣を持っています。不死。素晴らしいじゃないか！　とガリヴァーは思うのですが、やがてその悲惨な実態を知ります。彼らは、体力も判断力も記憶力も衰え、老いさらばえたまま永遠に生き続けなくてはならない。八十歳になると、法的には死者とみなされます。彼らは若者を憎みますが、もっとも嫉妬を抱く相手は、死ぬことのできる老人です。

ならば、不老の要素が加わったら、どうなるか。若さを保ち生き続ける。これ以上望ましいこ

◇角川文庫
◇二〇一九年五月

とがあろうか。

そう思う者は太古から絶えなかったようで、神話、伝承によって幾多の例が伝わっています。ことに、権力と富貴を手にした者は、その状態を永遠に保ち続けたい。秦の始皇帝に不死の霊薬探索を命じられた徐福の伝説は日本各地に残っています。逆に日本では、時の帝の詔を受けた田道間守が、不老不死の霊果をもとめ常世の国に渡る譚が『日本書紀』などに記されています。

しかし、不老不死はそれほど望ましいものか。刑罰としての不老不死もあります。〈さまよえるユダヤ人〉や、それを発想元の一つにしたワーグナーの『さまよえるオランダ人』、また、岩に縛りつけられたプロメテゥスの神話などが、その孤独と苦しみを伝えます。

千早茜さんの『夜に啼く鳥は』は、その不老不死の存在を核とした物語です。

第一話では、小川未明やアンデルセンの童話のような語り口で、不老不死となる娘の話が物語られます。哀しくやさしく、けれども勁さをも持った譚です。

第二話以降では、はるか後世――ほぼ現代――、その子孫である一族の物語がきびきびとした文体で綴られます。

隠れ里にひそみ棲む彼らの大多数は、普通に老い、普通に生を終えますが、中に何人か不老不死であるとともに、治癒能力をも持ったものがあらわれます。その力の根源について、ここで語るのは控えます。視覚的な美しさ、そして〈不死者の自由〉についての深い考察は、本文から読み取っていただくべきでしょう。

強力な能力を持つ人物〈御先〉が、物語を牽引します。

外観は異様なほどに美しい十代の少女であるけれど百数十年の歳月を生きてきたミサキは、言います。

「肉体は若いままであっても、心は老いるのだよ」

〈不老〉と〈不死〉と〈人が生きる〉ということの本質を摑んだ言葉です。

ここで私事に言及するのは場違いなのですが、私も齢九十に達しようとしています（うわァ）。不老でも不死でもないけれど、世相、世論の変遷は、いやというほど体感してきました。変遷は、どの国にあっても同様だろうと思います。ことに二つの大戦は、世界の様相を一変させています。ある国の正義は他の国に災厄をもたらします。ある時代の常識は、後世から見ればとんでもない不条理です。〈自由〉〈平等〉という申し分のない旗印が、殺戮を正当化させもします（フランス大革命がその一例です。もちろん、これは体験していません。資料で知りました）。〈平和〉も、なにやら胡散臭い。〈平和〉をもたらすためには何をしても許されるのか。第二次大戦中、日本で大流行した歌の歌詞は〈東洋平和の　ためならば　なんで命が　惜しかろう〉でした。〈平和〉は〈戦争〉の口実になり得る。

ミサキは、冷静な態度をくずさないことで、世の変容に巻き込まれず——哀しい辛い思いは多々あるけれど——生きます。外観は少女でも、世の非情、冷酷、不条理を知ったからには、心は、少女のままではいられない。しかし、狡猾な世知を身につけることはなく、少女の潔癖さをミサキは保ち続けてもいます。

連作の形を取る『夜に啼く鳥は』の、第三話と第四話は、世の中に自分の居場所を見つけられない子供、少女の視点からそれぞれ書かれています。ミサキは、弱者である女の子とその兄、あー死にたいと始終口走る少女の心の奥深くに、寄り添っています。ミサキ自身が、異能を持つこと及びジェンダーの点からも、マイノリティです。

千早茜さんは、小学一年から四年までの時期を、アフリカのザンビアで伸びやかに過ごされました。帰国して日本の小学校に転校したとき、同級生から好奇の目で見られ、不愉快な思いをしたと、インタビューで語っておられます。排除されがちな弱者、マイノリティの側に常に立つ作者の姿勢は、その過程でごく自然に備わったものなのでしょう。だから、作品は、マイノリティの正義を強調するような説教臭い話にはならない。孤立する子供や少女の、表には見せない心の動きが精緻に描出されています。

この連作を読みながら、物語る間合いの巧みさを感じました。たとえば第一話の冒頭、海辺の村の子が砂浜に白い塊を発見する件です。子供は〈柔らかく砂に転がるそれに近づき、恐る恐る覗き込みました。〉読者は、何だろう、と好奇心に駆られる。次のフレーズは、〈空が鳴り、雲の影が流れました。〉です。挟まれたこの一行が、〈白いものは赤子でした。〉と明かされる事実の効果を強めている。これがパターン化して頻繁に用いられたら煩わしいのですが、作者はその按分を、意識的にか天性か、熟知しておられます。

『夜に啼く鳥は』は、デビュー作『魚神』に通じる神話的な要素を持つ幻想譚ですが、『あとかた』に代表される現代の恋愛を主題とした作や、独特なエッセイ『わるい食べもの』など、千早茜の作風は多彩です。杉や樫のような一本の樹幹ではなく、一ヵ所から幾つもの幹が伸び、それぞれ色も形も異なる花を咲かせ果実を実らせる樹を、思い浮かべました。樹幹は複数だけれど、それらは、地下に広がるがっしりと強靭な一つの根から生れ出たものです。

その根が吸い上げ、物語の養いとする要素の一つは、生誕と死の間を生きる人間に向けた、作者の冷静で怜悧（れいり）な観察眼です。たのしいエンターテインメントとして開花した『夜に啼く鳥は』には、その樹液がたっぷりと行きわたっています。

禁じられた楽園

恩田陸

◇徳間文庫（新装版）
◇二〇二〇年三月

本書を手に取ることは、興味深いインスタレーションの入り口に立つことです。すぐれたストーリーテラーという言葉を、私は最大の讃辞として本書の作者に捧げるのですが、〈恩田陸の物語〉は、動きの表面を掬(すく)うのではなく、人間の心の深みにまで錘(おもり)を下ろし探り上げていくことを推進力としています。

『禁じられた楽園』を読み進む読者は、突然、次のようなフレーズに出会います。

〈恐怖とはどこにあるのか、世界はさまざまな恐怖に満ちているけれど、つまりは恐怖する自分の内側に存在している。〉

〈ちっぽけな存在の人間にとって、この世で一番怖いのは狂気よりも正気だ。〉

つづくフレーズは、いっそう〈狂気〉と〈正気〉についての考察を深めます。

〈狂気はある意味で安らぎであり、防御でもある。それに比べて、正気で現実に向き合うことは

どれほど人間にとってつらいことだろう。〉

恐怖に満ちたインスタレーションを制作したカリスマ的アーティスト鳥山響一について、これもアーティストである香月律子が抱いた感想です。

〈現実〉は、一貫した筋立ても正邪の分別もない、不条理の上に別の不条理を重ね、さらにその上に別の……と幾重にも重ねた不条理のミルフィーユをフォークで突き崩したようなものです。その現実に身を沿わせて生きるには、不条理を条理として受け入れる狂気を楯とするほかはないと律子は感じているのでしょう。

ここで戦争を持ち出すのは如何にも場違いであり、解説の任から逸れるのですが、戦時中という〈現実〉においては、戦争を狂気と捉える正気の者が狂人とされます。敗戦により狂気の一つからは逃れ得ましたが、今現在の〈現実〉が正気であると、断言できるでしょうか。

鳥山響一は、正気で現実に向き合う勁い人物なのか。

作者自身のあとがきによれば、鳥山響一は〈バリバリ邪悪路線の男〉とあります。バリバリ邪悪は軟弱者にはつとまらない。彼の強さは、他者を実験材料とみなして躊躇わないところにあるのでしょうか。

早川書房から『異色作家短篇集』というシリーズが刊行されたのは、一九六〇年代以降でした。ロアルド・ダール、シャーリイ・ジャクスン、ジャック・フィニイ、レイ・ブラッドベリ、シオドア・スタージョン……と、ジャンルの枠を超えた〈異色〉な作家とその作品が選ばれていました。〈異色〉は、江戸川乱歩の言う〈奇妙な味〉に重なります。粋な短篇集とも言えます。シャーリイ・ジャクスンの「くじ」で足元がひっくり返るショックを受けたり、スタンリイ・エリンのおかげで特別料理といえばあれを指すことが本好きの間では常識になったり、と、大きな話題になったシリーズでした。

異色な作品が次々と刊行されていたこの時期に、将来の異色作家恩田陸は生誕したのでした。ちなみに、このシリーズは二〇〇五年から新装版が再刊され、何本かは文庫化されて息長く続いています。

息が長い作といえば、恩田陸さんのデビュー作『六番目の小夜子』は、第三回日本ファンタジーノベル大賞にノミネートされ、一九九二年に文庫化、いったん絶版になったものの、加筆の上、九八年に単行本上梓、二〇〇一年に再度文庫化されました。二〇一九年には、三十二刷が刊行されています。読者にどれほど熱く支持されてきたかが窺える経緯と数字です。高校生の間でサヨコ伝説の行事が代々引き継がれてきたように、『六番目の小夜子』を読む行為は、読者の間で自ずと引き継がれているのではないかと思えます。時代が移り世相が変われば、読者の受け入れ方も変わる。それにもかかわらず長く読み継がれているのは、時代を超えて共有される「核」の部分を作者が摑んでいるからでしょう。

恩田陸さんの作品に初めて接したのは一九九二年刊の文庫版『六番目の小夜子』でした。不思議な魅力に惹かれ、その後『球形の季節』『不安な童話』『三月は深き紅の淵を』……と、恩田陸が構築する世界を楽しく逍遥するようになりました。

すべてを読破しているわけではなく、一端を垣間見たに過ぎない私が言うのは僭越ですが、恩田陸の作品に通底する要素の一つに、自我が認識しない領域についての着目があると思います。自分の行動の理由が、自分でも明晰に理解しがたい。しかしそれは結果において必然であったりします。一人の強力な意識が、他者の顕在しない意識に働きかけもします。

インタビューで、恩田陸さんは、幼時の読書体験を語っておられます。大意。家に本が沢山あり、よく読んでいた。とりわけ印象深いのはロアルド・ダールの『チョコレート工場の秘密』だった。

その後も、身近にある本を片端から乱読されたそうです。

おびただしい書物の消化は、作家恩田陸の重要な養分となったことでしょう。先行作へのオマージュとして書いたと仰る作も幾つかあります。

しかし、私は思うのです。子供のころ身辺にろくな本のない環境に育ったとしても、恩田陸は自ら物語を創り出していただろう。小鳥が、学ばなくても歌うことを知っているように。

そうして、自由に羽ばたく空があることを知っているように。

二〇一六年に上梓された『蜜蜂と遠雷』は直木賞と本屋大賞（二度目！）をダブル受賞し、映画化もされ、評価がようやく実力に追いつきましたが、この稿を書くために直木賞の選評を読んでみたところ、興味深い言葉がありました。恩田陸の作品はそれまでに五回ノミネートされ、『蜜蜂……』は六回目でした。「氏の候補作品が手もとにとどけられるたびに他の候補作品とはちがう俎を用意しなければならなかった。」「ようやく同じ俎上に乗った、と安心した。」（宮城谷昌

光氏）

恩田陸の作風がいかに異色であったかを示しています。小説はこうあるべき、という選考委員の認識からはみ出して奔放に飛翔する、しかも一作ごとに新しい実験を試みるのが、〈恩田陸〉でした。

デビューから受賞までずいぶん長い期間がありましたが、翼はその間にいやまして強靭になり、これからも、より高く、より広く、舞われることと思います。その軌跡が、素晴らしい＝面白い作品となって読者を巻き込んでゆくことでしょう。

以下の一文は、私的な蛇足です。

恩田さん、かなり以前、奇妙なパフォーマンスに誘ってくださったこと、おぼえていらっしゃるでしょうか。舞台に男性が立っている。照明が落ち、闇になるけれど、彼の顔だけはスポットライトが当たっている。闇の中に浮き出した顔がどんどん大きくなる。破裂しそうにふくらむ。照明ＯＮ。普通のサイズの彼がニコニコして立っている。あのトリックはいまだにわかりません。時々思い出しては、不思議な気分になります。楽しくて、不思議。恩田陸の作品を読み終えたときの余韻みたいな。

二〇二〇年二月

万博聖戦
牧野修

カイセツ

「問題はそのオトナ人間の戦い方なんだよ。（略）基本はちょっとずつコドモの心に潜り込んで、オトナ化していくんだよ。そのためにコドモらしいこと——たいていは馬鹿みたいなことを子供たちから取り上げるんだよ。な、これは絶対わかってやってるよ」

子供たちに人気のあるテレビ漫画について、サドルがシトに語る言葉です。シトが問います。

「わかって、っていうのは、つまり実際にオトナ人間が現実の社会でも侵略しているってこと」

◇ハヤカワ文庫ＪＡ
◇二〇二〇年十一月

「そういうことそういうこと。（略）」

外観はそのまま、内面が侵略者によって変えられる物語は、ジャック・フィニイの『盗まれた街』をプロトタイプとして、さまざまなヴァリエイションが案出されてきました。

地球侵略を企てるインベーダーなら、敵は地球の住人とはまったく異なる異星人ですが、オトナ人間は、人間のもっとも大人らしい部分ですから、きわめて厄介な存在です。

〈社会的である〉という方向性を持ったある種のエネルギーこそがオトナ人間なのだよ。

社会は秩序によって成立している。社会の秩序は、大人が作る。それは権力をも作り出し、支配関係を生み、格差を生じさせます。

きちんとルールが守られる優等生の世界を作るには、ルールを作るわずかな人間と、ルールがあれば必ずそれに従っちゃうその他大勢が必要なんだ。そういった人間を作り出すのが人類簡易奴隷化計画だよ。

現実の二〇二〇年の日本で、新型ウイルスの蔓延は、ルールを作る者と従うその他大勢のいる社会の状態を明確にしました。

マスクをせよ。みんな、従順です。外出自粛の要請（ほとんど禁足令でしたね）が出ているとき、フレイル状態の私は、これ以上足が弱らないよう自宅の近辺をふらふら歩きまわりました。閑散とした住宅地ですが、たまに行き会う人は皆マスクをしていました。私も人影を見ると顎マスクを引きあげました。（規則に従順なその他大勢の一人です。）

今も、ビニールの遮蔽幕が人と人の接触を妨げています。人を見たらウイルスの媒介者と思え（他人に感染させないため、と言い換えられていますけれど）。楽しい談笑は、悪。

「型」を作り、「型」の中に嵌まり込むことで、安心感を得る。戦争末期の日本が、そうでした。民間人であっても、男性の場合、背広は排され、軍隊の新兵みたいなカーキ色の上衣にカーキ色の戦闘帽。女性はもんぺ、あるいはズボン。服装を統一することで、心も一つの型に嵌められると、〈ルールを作る者〉は思ったのでしょうか。同調圧力という言葉は当時はなかったけれど、法律で規制されなくても、ある方向にいっせいに足並みを揃えるのは、この圧力によるものでした。「自由」は悪と、私たちコドモは教え込まれました。敗戦後、映画『パリは燃えているか』を観たとき、解放を喜ぶパリの人々の服装が自由であることに、私はショックを受けたのでした。あ、戦争中でも、綺麗な色のスカートでかまわなかったんだ、よその国は。

侵略者オトナ人間が現実に存在すると語り合っている時点は、一九六九年。サドルとシトは中学一年生。あの大阪万博を翌年に控え、世間は沸きたっています。

日本が高度成長期にあると言われた時代です。一方では大学紛争が熾烈を極め、安田講堂における全共闘、新左翼の学生たちと機動隊の流血の攻防戦、学生運動の退潮などがあり、七二年のあさま山荘事件、連合赤軍の酸鼻をきわめたリンチ事件に繋がってゆく流れがありますが、子供たちにとっては――多くの大人にとっても――大阪万博に勝る昂奮はなかったようです。

鎖国を続けてきた日本が開国し――させられ――、西洋列強に追いつこうと我武者羅に努力し、一流国の証しである万博開催を夢としながら、世界情勢や重なる戦争で挫折。壊滅的な打撃を受けた敗戦を経て、ようやく実現に辿り着いたのでした。

オトナ人間は、〈憑依生物としてはたった一つだが、それを機能させるには物理的な肉体を必要とする〉。

膨大な人間が集まる大阪万博は、オトナ人間にとっては餌食が集合する場所です。放置すれば憑依し放題となる。対抗するコドモ軍。サドルとシトは、不可欠の戦力として――二人以外に子供たちを救える者はいない――、万博が開幕するや、決戦に向かいます。

コドモには、素晴らしい武器がある。その武器を手に入れるには奇抜な手段を用いる。

サドルはさらに、オトナ人間に取り憑かれないための方法を思いつきます。大人の感覚では馬鹿げているとしか思えないことに熱中するのが子供です。

ここで、カイセツ人間はちょっと脱線します。私には弟が二人いました（一人は他界したので過去形）。幼いコドモだったころ、下の弟がめそめそしていると、上の弟があやして遊んでやりました。そのやり方。手拭いの一端を弟に持たせ、反対の端を自分が持ち、振り回しながら歌う。「お手々をつーながないで、フンドシつないでワッチョイチョイチョイ」ワッチョイチョイと、べそっかきが笑顔になるのでした。本篇を読まれた方は、カイセツ者がどうしてそんな場面を思い出したか、おわかりになると思います。

軌道修正。

世界の仕組みは、アニメーションの仕組みと等しい、と、作中で語られます。世界は、無秩序にばらまかれた刹那——断面——の集積であり、子供はその無秩序無時間をそのまま受け入れることができる。オトナ人間は、コドモに憑依し身体を乗っ取り、直線的な時間と秩序を与えることで〈自由意志の介在しない完全に秩序だった世界を実現しようとしているのだ〉。

しかし、コドモは直線的な時間の進行とともに加齢せざるを得ません。内面も、コドモのままではいられない。遅かれ早かれ、オトナになってゆく。

二十一世紀、世界経済は低迷し、政治は混迷をきわめている。そんな中で、二〇三七年、万博エキスポ大阪が開かれます。

サドルもシトも、大人の年齢です。彼らは、如何なる行動をとるのか。その行動は一九七〇年の大阪万博に如何なる影響を及ぼすか。シトの名は漢字で書けば贄人であり、使徒に通じるのも無意味ではなさそうです。

本然的な自由への希求と社会秩序の絶対化との葛藤という重い主題が、読者をわくわくさせる面白さに溶け込んでいます。

本作を読了したカイセツ者は、八十数年前、子供の遊び場になっていた東横百貨店の屋上で、覗きからくりみたいな箱の真っ暗な窓に眼を押し当て、握りしめていたコインをスロットに落とすと視野がぱっと明るくなり、ぱらぱらと絵がめくれてポパイがブルートを叩きのめすほんの数十秒が永遠の時間であるように夢中で過ごした幼時を思い出し、稚拙なあれが、現在の華麗にして巧緻なアニメーションの原点であったのだなあ、作者牧野修氏の想像力は飛躍して、強力なチトラカードを創出されたのだなあと、追憶と感慨にふけっている状態ですから、読者は解説者を見捨て、さっさと本文に没入されることをお勧めします。

アナトミック・ドールⅡ——吉田良一人形作品集

吉田良一

◇トレヴィル（発行）
◇リブロポート（発売）
◇一九九五年十二月

ひびわれた鏡に、少女が映っていました

『星体遊戯——少女人形写真集』（吉田良一／新書館）という一冊の本のカヴァーの写真だったのですが、とたんに、これは、〈私の本〉と感じてしまったのです。ずいぶん、身勝手な感じ方です。でも、ぬきさしならず歯車がかみあってしまったのでした。こういう感覚を、たまに持つことがあります。対象は、小説だったり、詩だったり、絵だったりします。このときは、〈人形〉でした。それも、少女の。

寸分の隙もなく歯車がかみあうのは、めったに、ないことです。それだけに、嬉しさは、言いようもありません。生まれる前に別れ別れになっていた分身に、めぐりあえた、というふうなのです。

幼いころ読んだ物語に、二重底の湖の話がありました。底の一部に洞穴があり、その下に、もう一つの湖がある。上の湖面は、いわば、日常の表層。上の湖水の中は、常識的な心理。その下に、普通の目には見えない、神秘、魔の領域がある、とでも寓意的に解釈できましょうか。『星体遊戯』の少女たちは、日常の表層を越えた、魔の湖をこころに持つ人形師によって造られたのだと、私は感じました。造られたものではあるけれど、それぞれが、それぞれの生を生きていました。

桜の森のなかにたたずむ少女は、妖しくそうして清冽なエロティシズムを、少女自身は無自覚なままに、にじみださせています。

日常の力にたいしては、まったく無力であるけれど、毅然とした内世界をもつ、少女たち。痛ましいほど無垢であり、生きる苦痛を先験的に知っている少女たち。

木々や花や岩、風、すべてに不可視の〈精〉があるように、少女にも、日常、身辺にいる雑駁な生身の少女を越えた、〈少女の精〉とでもいったものがある。吉田良一氏は、不可視の〈少女の精〉に、人形という形をあたえられたのでした。人形は、すなわち、人形師の内面世界。

その後、トレヴィル刊の作品集も手元におき、私は、ときどき、人形たちと無言のときを過ごします。そうして、こんな豊饒な世界に引き入れてくださる人形師さんに、そっと、無言のお礼を言ってもいるのです。

Astral Doll──吉田良 少女人形写真集
吉田良

◇アスペクト
◇二〇〇一年十月

何年前になるでしょうか。ゆきずりの一人の少女に、目を奪われ、心を奪われました。無心に佇んでいるにもかかわらず、おのずと滲（にじ）む少女の寂寥。いきなり底無しの穴に落ち込んだように、恋に落ちていました。いえ、もったいぶった書き方はやめましょう。恋の相手は、書店で見かけた吉田良氏の写真集の表紙でした。ひび割れた鏡に、鏡像と実像がそっと寄り添っている、私を魅了した少女人形の写真は、このAstral Dollにも掲載されています。

買い求めたその写真集を、家に帰り着くまで待ちきれず、喫茶店の隅でひろげたのをおぼえています。

ページを捲（めく）るごとに、私は人形の世界にのめりこみ、自分の躰（からだ）が消える思いでした。

外からの力にはひとたまりもないあえかな存在でありながら、孤独という砦のなかで、自らを毅然と保つ少女の矜持を、人形は具現しています。少女の本質……といったらいいでしょうか。

現実の生身の少女は、ここまで純粋な〈少女〉であることはできません。

着物の片肌をしどけなく脱ぎ、満開の桜のもとに佇む少女の、なんと恐ろしく官能的なことでしょう。人形であるからこそのエロティシズムです。

写真集の人形たちは、現実の肉体の模倣ではなく、無機質の存在でありながら、はるかに〈魂〉を感じさせるのでした。

それから、幾度くりかえし、人形たちの世界に浸りこんだことだったでしょう。私はひとつの望みを持つようになりました。物語を、私は書いています。物語が読者の手に渡るには、印刷され、一冊の書物にならねばなりません。書物の顔は、装幀です。いつか、この人形にふさわしい物語が書けたら、写真を装幀に使わせていただきたい……と願ったのです。

人形は、蔭にそれを世にあらしめた製作者がおられるのだと、あらためて思いが至りました。少女の本質を見抜き、それを具現化する希有の技を持った方がおられるのだと。

人形の魅力にみあうだけの物語を、私はなかなか書けませんでした。以前に書いたある物語――幻想ミステリ――が文庫になるとき、鏡像の人形の写真を使わせていただきたいと、編集者を通じてお願いしました。親本が出たときは、まだ、こんな蠱惑的な人形がいることを知らなかったのです。許可をいただいて、人形は私のささやかな物語を象徴する表紙になってくれました。

その後、ある雑誌に連作短篇を書くようになったとき、私は最初から、桜の下の人形の写真を装幀に使わせていただきたいとひそかに願い、それにふさわしい物語を創ろうとつとめました。吉田さんのお宅に編集者とともに伺い許可をいただいたのですが、そのとき、すぐりに逢えました。すぐりは、人形の名前です。二階の一室でしばらくのあいだ、私はすぐりと二人だけの時を持ちました。

この世とあの世の境のような時であり、場所でした。

この小文が〈吉田良の人形写真集〉の解説であるからには、吉田さんのこれまでの略歴、業績などにも触れるべきかもしれませんが、その知識を、私は持ち合わせていないのです。無機質の材料を用いて、血肉を持った少女以上の少女を生み出した造物主であるという、それだけで私には十分だったものですから。

『クラフトアート人形』という、創作人形の写真集を最近見ました。大勢の方の作品が掲載されていましたが、吉田さんに師事されたという方の多いのに瞠目(どうもく)しました。そのお一人お一人が、師のコピーではなく、独自の創作をなさっている。吉田さんは、師として、弟子に枠をはめるのではなく、個々に内在するものを引き出すようにしておられるのではないかと感じたのでした。

人形は、物言わず、自ら意のままに動くこともできない。それなのに、なぜ、こうも多くのことを語りかけてくるのでしょう、なぜ、こうも哀切だったり諧謔味たっぷりだったり、人間以上に表現力がゆたかなのでしょう。

唯一の正しい答というのはないのでしょうが、人形が、製作する人の魂をあらわし、視る人に己の内面を見せるある種の鏡のような力を持つからだ、というのも、答の一つになると思います。

DELTA OF VENUS——佳嶋作品集

佳嶋

◇エディシオン・トレヴィル（発行）
◇河出書房新社（発売）
◇二〇〇八年四月

私は、摑まれた。

佳嶋さんの絵を初めて見たのは、一昨年、ステュディオ・パラボリカから刊行された『夜想・特集#耽美』誌上であった。

私は、摑まれた。吉田良さんの人形に摑まれたときのように。野波浩（のなみひろし）さんの写真集に摑まれたときのように。

蠱惑（こわく）的な力を持つイラストレーターが繚乱と顕われたのは、十九世紀末だった。その代表的な一人がオーブリー・ビアズリーで、百年の時を経た現代にあってもなお、魅せられる者は後を絶たない。

同時代、油彩の絵画にあっては、明るい印象派が流行していた。写真技術の発達により、写実一辺倒の絵画の価値が減り、絵画でしか表現できない技法に人々の目が向けられるようになったゆえである。

しかし、印象派には決定的に欠落していた要素がある。内面の暗部へのベクトルである。不安、神秘。そうして豊穣なエロスを含む死、死を彩るエロス。

それをこそ創作のモチーフとしたのが、ダンテ・ゲイブリエル・ロセッティやジョン・エヴァレット・ミレイ、エドワード・バーン＝ジョーンズなどのラファエル前派、ギュスターヴ・モロー、フェルナン・クノップフなどの象徴派である。工業が発展し、蠟燭や松明（たいまつ）、暖炉の火が夜の照明であった昔に比べて、ガス灯から電灯へと都会の闇は薄れていったが、そのためにいっそう、創造者の内なる闇への希求は深まったともいえる。

ビアズリーら世紀末イラストレーターのモチーフは、象徴派と共通している。

装飾性も世紀末芸術の一特徴である。この特徴を、私はストイシズムと感じる。冷たい厳格さという意味ではない。溢れ迸ろうとする激しいものを、かろうじて押さえ込み、美の範疇にとどめるための、創作者の強靭な意志によって形作られた、枠である。

佳嶋さんの作品は、『夜想』誌の印刷で見ただけでも、ガラスの上に描いたような透明感があり、愛らしさとグロテスクさが絶妙に混淆（こんこう）し、きわめてコンテンポラリーでありながら、死とエロスの世紀末芸術の血脈を濃密に感じた。

ネットで検索し、個展が開かれるのを知った。

老齢のせいで足腰が弱り、難聴はなはだしく、その上方向音痴なので、知らない場所にはめったに出かけないのだが、このときは、取り憑かれたように、会場に行った。しばらく陶然と眺めていた。

ご本人に会場でお目にかかり、この繊細な作品群が、コンピューターを駆使して制作されたものだと伺った。

写真技術の発達が絵画の手法を激変させたように、イラストレーションに大きな影響を与えたのは、印刷技術の発達であった。これについては、海野弘氏の御著書『世紀末のイラストレーターたち』で知った。ビアズリーの点描は、新しい技術なくしては印刷できなかった。

今また、コンピューターという最新技術が、新たな才能を開花させるようになったのだと思った。

私事をつけ加えさせていただく。去年、書き下ろしの長篇を出版することになった私は、佳嶋さんに装画とイラストレーションをお願いした。

ジャケ買いをしました、という読者の声が、多々寄せられた。

若い佳嶋さんが、独自の世界を、これからさらにどのように深め広げていかれるか、期待と楽しみはつきない。

夜想#中川多理——物語の中の少女

中川多理

◇ステュディオ・パラボリカ
◇二〇一八年五月

去年はもとより昨夜とても、未生より時の涯までも、幼きものに哀しみのあらざるときやある。中川多理さんの人形……と書きかけて、少し躊躇いました。〈人形〉と呼んでいいのでしょうか。この、哀しみと寂しみが凝って形をとった小さい人たちを。

一人一人に名前をつけて呼びかけたくなります。小さい人は、ふちが薄らうるんだような瞼をあげるでしょう。でも、決して、泣きはしない。小さい人たちは、自分が哀しみで濡れていることさえ知らない。

この人形たちは、生きている子供たちの哀しみをそっと、胸の中に抱き取って、そうして、浄化して、子供たちに返す。そうしているという意識もなく。

中川さんの師・吉田良氏とは、浅からぬゆかりがあります。一九八七年。ハンス・ベルメールの球体人形に魅せられたころ、吉田氏の関節人形写真集『星体遊戯』に書店で出遭い、一目でとらわれました。そのころのお名前は良一でした。編集者をとおして拙作の装画に使わせていただきたいとお願いしたところ、ご快諾とともに、お宅に招いてくださり、少女人形と対面しました。吉田氏は私をそっと少女と二人きりにしてくださり、私はしばらくのあいだ、少女の前に座り込んでいました。生活する人間の時間とは別の〈時〉の中に、私はいました。

数年前、とうに絶版になっていた私のデビュー当時の短篇集『トマト・ゲーム』が文庫版で再刊されることになったとき、ブック・デザイナーの柳川貴代さんが装画に選んでくださったのが、中川多理さんの二人の少年でした。ハードカバーも前の文庫も、オートバイ小説なのでバイクの絵を使っていましたが、少年の関節人形をもちいるという発想は予想外の新鮮さでした。

その後、写真などを介してではあるけれど、中川多理さんの少年少女たちに接する機会が多くなり、パラボリカ・ビスや京都の春秋山荘に子供たちが集うお知らせをいただくたびに、どんなにか会いに行きたかったのだけれど、足弱の身で遠出ができず、写真を見ながら想像するのみでした。

あの薄白い少女たちの空間に身をおいたら、私のうつそみは消えるでしょう、しあわせな心地とともに。

『幽』誌から、特集〈人形／ヒトカタ〉の口絵にもちいるので、中川多理さんの人形たちをモチーフに、掌篇を添えて欲しいとの依頼とともに、数葉の写真が送られてきました。

〈哀しみと浄化、そして救済〉。

人形たちが私に与えてくれた物語は、それでした。

書き上がった原稿を編集者をとおして中川さんにお送りしたところ、物語りにさらにふさわしい場所に中川さんは少女たちを伴い、新たな写真を撮ってくださったのでした。幼きものに哀しみのあらざるときやある。さはあれど涙の沼のひとがたに、憩わざる子はあらじとや。

アルス・コンビナトリア　伊豫田晃一作品集　特別限定版（別冊小冊子）　伊豫田晃一

◇エディシオン・トレヴィル
◇二〇二〇年四月

幻想の結合と変容

ぼくの「師は」と仰（おつしや）ったか「先生は」だったか、記憶は不確かなのですが、「レオナルド・ダ・ヴィンチです」ときっぱり言われた伊豫田晃一氏の声音は忘れられません。アカデミックな美術学校で学んだのではなく、現代の画家に師事することもなく、巨匠の作品とじかに向き合い、その手法を学び取った、という意味に解しました。私は絵画に関してはまったくの素人ですが、伊豫田さんの作品と画集などで知るレオナルドの素描や油彩画を思いくらべ、深く納得したのでした。

今、この『伊豫田晃一作品集』を堪能されている方々に、私の個人的な事情など関係ないのですが、物語を書き綴っている身が、独特の幻想性を持った世界を精緻で端正な技法で描く特異な画家と、どのようにして知己を得るに至ったか、語らずにはいられないのです。細かい部分で記憶違いがあるかも知れませんが。

二〇一三年の春ごろだったと思います。東京創元社から拙作が二本、文庫化されることになり、装画をどなたにお願いするかというとき、担当編集者がメールに画像を添付して、推薦してくださいました。初めて知る伊豫田晃一氏の作品でした。「美女と野獣」のタイトルで、本書にも収録されています。

惚れ惚れとしたのは言うまでもありません。ぜひ、とお願いしました。

『鳥少年』の装画は、神話の中からあらわれたような少年とも少女ともつかぬユニセックスな姿が、髪に花輪を飾り、半身を沼に——あるいは川でしょうか——に沈めて立つ絵をいただきました。ハウプトマンの「沈鐘」のような物語を包含しても当然な、神秘的で幻想感の滲む絵でした。もう一作の『結ぶ』は、これも意表をつく発想に基づく精妙で美しい絵でした。絡まり結すぼほれているのは、二茎(ふたくき)の薔薇。

装画はどちらも本書に収録されていますから、これ以上の説明は省きますが、画家伊豫田晃一氏への信頼は揺るぎないものになりました。

その翌年、フランス革命を背景にした物語の連載を『小説現代』誌で始めるとき、挿画をお願いしました。ご迷惑ではないかと案じもしたのです。伊豫田さんは専門のイラストレーターではなく、タブローの画家です。ご自身の個展のための制作が繁忙をきわめてもおられます。挿画は小説に付随するものになりますし、毎月の締め切りに追われます。本来のお仕事に、スケジュールの上でも支障をきたしはしないかと思いわずらったのでした。作家の原稿が遅れると、誰よりもしわ寄せのいくのがイラストレーターです。そして、雑誌の挿画はわずか一月で任を終えます。次の号が刊行されれば、店頭から消え、読者の目に触れることもなくなります。雑誌に用いられる紙はアート誌のような上質なものではありません。繊細な部分を印刷で再現できるかどうか、という問題もあります。お目にかかったとき、「鳥少年」の原画を見せていただいたのですが、額装されたそれは、文庫の印刷された絵に数倍する魅力がありました。

挿画のお願いはまことに申し訳ない気がしたのですが、快諾していただけました。

一緒に仕事をしてくださるイラストレーターの方々に、私はひそかに望んでいることがあります。挿画は、文章で書かれていることをそのままなぞるのではなく、文章を発想元として、画家の想像力を思う存分にひろげたものであってほしい。画家の〈作品〉であってほしい。

直接そう申し上げたかどうか、おぼえていないのですが、伊豫田晃一氏は、まさにその通りの〈作品〉を一年と七ヵ月にわたって描き続けてくださることになり、そうして私は、毎月わくわくして絵の到着を待つことになります。

一点一点が、独立した作品として鑑賞されるにふさわしい、気迫のこもった素晴らしい絵でした。

物語の説明ではない。たとえば、女の子が馬車にはね飛ばされたことを示す絵は、上部に巨大な車輪、その下を頼りなく歩いている小さい女の子で表現されます。花や蔓草が装飾性を高めます。

鉄、石、水、木、布、人間の皮膚、さまざまな質感をモノクロームで描きわける画技に讃嘆し、その技巧が、表層の写実ではなく、豊潤な幻視のイメージに翼を与えていることに、その都度、嬉しい驚きを私は得たのでした。

圧巻はギロチンの絵です。収録されていますから贅言は費やしません。これほど美しく恐ろしく表現された断頭台を、私は他に知りません。

ああ、その前に、地下の暗渠に幽閉された人物の絵もあります。革命の暴動に巻き込まれ、鰐の口腔内に飲み込まれるような恐怖に囚われた少年の内面世界です。頭部のない石膏像に似て、しかも、ハンス・ベルメールみたいに人体のパーツが異様に組み替えられている。

絵の中に何かがひそむ騙し絵のような楽しいものもあります。

扉絵と挿絵と、各回二点。その扉絵には必ず、思いがけないところに「眼」が描かれています。「眼」はさまざまな表情——あるいは無表情——をあらわしています。

馬車にはねられた女の子は美しく成長するのですが、背面を描いた裸体は刺青のようなレース模様が皮膚と一つになり、その右肩に「眼」は瞼を開き冷ややかにこちらを見ています。

ギロチンの絵に比肩する——凌駕するともいえる——至高の作は、物語がロンドンに移ってからの、路地を描いた一点です。入り口にクロコダイルの剝製をおいた蠟人形館が開設されることになる、貧しい汚い路地なのですが、伊豫田晃一氏は、磨り減った石畳とのたうって進む鰐を一体化させるという飛躍した発想を、卓越した画技で作品化されました。物語において鰐が如何なる意味を持つか、画家は充分に読み解いてくださったのでした。この絵によって拙稿は重厚さと神秘性を付与されました。感謝に堪えません。

連載終了後、二巻の単行本になり、その装画も、もちろん伊豫田さんにお願いしました。装幀家柳川貴代さんのデザインと相俟って、見た人を惹きつけてやまない本になりました。モノクロームに、Ⅰは赤、Ⅱは青が、それぞれほんの一筆もちいられ、それがたいそう気品と深みのある色なのです。感嘆したのは、カバーを外したときです。表紙は革装かと錯覚するほどに、クロコダイルの皮が再現されていたのです。画具は鉛筆と木炭だそうです。袖や見返しにも鰐皮の模様は用いられていました。

単行本には、雑誌掲載時の挿画が数点ずつおさめられました。担当編集者の尽力もあってのことと思います。彼もまた、〈伊豫田晃一の作品〉に魅入られた一人でした。

二〇一九年、『クロコダイル路地』は文庫化され、その際、全挿画が収録されました。滅多にないことです。雑誌の挿画のほとんどは、その場限りで消えます。形にして残さずにはいられないと編集者に思わせる魅力、迫力が〈伊豫田晃一の作品〉にはあったのだと思います。

ほどなく伊豫田晃一作品集全二巻が発刊されました。初期の作品から刊行時に至るまでの、ほぼ全作品を網羅した画集です。

『クロコダイル路地』の全挿画がこの画集におさめられたのは、こよなく嬉しいことでした。紙の質も印刷効果も雑誌や文庫とは格段の差があり、版も大きく、原画の持つ魅力が再現されていました（本書は、その二巻を合冊し、さらにその後発表された作品をおさめた特装版です）。〈伊豫田晃一の作品〉は決して消えない。

二冊の画集によって、画家の内包する世界が如何に広く深いか、それを二次元で表現する力がどれほど優れているかを、あらためて思い知りました。神話、伝説から、現代のシュルレアリスム、ヌーヴォー・ロマンの作品まで、広範な文学世界の渉猟、さらに錬金術や天文学、占星術に向けた視線、それらが画家の内部に溶け入り、制作のモチーフとなり、それを表現するのに詩人の資質が力を添える。絵画に素人の私が言うのは烏滸がましいかぎりですが、そう感じられるのです。伊豫田氏は詩も創作しておられます。以前お贈りいただいたのは、軽やかで勢いのある筆致の絵と詩からなる詩画集でした。

　画集のページをアトランダムにめくります。

冒頭の「ドリス」。鍵の絵は、幻想系に特化された書物を扱う〈古書ドリス〉さんのシンボルマークとして制作されたものと記憶します。〈古書ドリス〉さんの品揃えは、幻想文学やその系統の美術を愛好する者にはセイレーヌの歌声です。伊豫田晃一氏の作品の展示も時折行われます。画家伊豫田晃一の不思議な魅力に満ちた世界への扉を開ける鍵とも思えます。

　S字形をなした下部が肋骨と化した剣の柄、切っ先は鋭い蔓薔薇の茎。剣の持ち主にふさわしい若い男性の横顔を融合した「ロクス・ソルス」は、フランスの作家レーモン・ルーセルの代表作を画題にしています。ルーセルの『ロクス・ソルス』は、シュルレアリストやダダイストから礼賛され、後世のヌーヴォー・ロマンに影響を与えたのもさこそと思われる、通常の小説の概念から逸脱した作です。

　鍵に次いでこの絵がおかれたのは、伊豫田晃一の作品が、ロクス・ソルスのように、常識の鎖を断ち、奔放に発想するというマニフェストのように感じました。画家の構想の美しさ、特異さ、そうして技術の見事さがこの一点に凝縮されています。

肺に睡蓮が咲く奇病で死ぬ恋人。ボリス・ヴィアンの『日々の泡』（邦題を『うたかたの日々』とした訳書もあります）は、「寄生睡蓮」のタイトルで、水に漂うオフィーリアのように描かれます。少女の胸からのびた睡蓮の仄(ほの)かな青が、なんと効果的なことでしょう。

オフィーリアは多くの画家がモチーフにしています（ジョン・エヴァレット・ミレーの作がとりわけ有名ですね）。伊豫田晃一氏もまた、オフィーリアを描いておられますが、従来の絵とはまったく異なる構図です。「死の島としてのオフィーリア」というタイトルから、鑑賞者はアルノルト・ベックリンのあの絵を連想します。岩と糸杉から成る孤島の入江に、白衣の人物――おそらくアケロンの渡し守――が柩をのせた小舟を漕ぎ寄せる図が、ベックリンの「死の島」です。伊豫田氏の作品においては、水に浮かぶオフィーリアの頭部が死の島となり、蠟燭と見まがう白い小さいひとをのせた儚い小舟が寄り添っています。水面に浮かぶ睡蓮は、灯籠流しのようです。オフィーリアの髪は白鳥の羽毛と化し、別の神話を引き寄せそうです。

水夫が幼くして死んだ娘を船上にあって強く思い悼(いた)む、その思いから生まれた幻影の波の娘が蜃気楼のような海の村に在(あ)り続けるというシュペルヴィエルの「海に住む少女」、婚約者に裏切られ結婚式の衣裳のまま荒廃した屋敷で年老いるミス・ハヴィシャム（ディケンズ『大いなる遺産』）、メーテルリンクの戯曲『ペレアスとメリザンド』からは哀しみに死ぬメリザンド……と数多くの人物が小説や戯曲から誘い出され、大きく変容します。そこにはタナトスの影が揺曳(ようえい)するのですが、作品に暗鬱な翳りはなく、時にはユーモラスでもあります。林檎の断面が梟の顔面と同一化したり、「チャイナタウン」は深皿の中のパンダだったり。胴体にブルボン朝の紋章を散らした象のタイトルが「バスティーユ」であったり。（思わず笑いました。）

ギリシア神話やギリシア悲劇の神々、人物、スラヴ伝承の水に棲むルサールカ、グリム童話のヨリンゲルなどがモチーフに用いられていますが――オイディプスのユニークで魅力的なこと――、日本神話のアマテラス、ツクヨミ、そうして俵屋宗達の風神雷神までもが、変容し、すがた麗しくあらわれます。「九相図」は本来、屍骸が腐敗し骨になってゆく過程を九段階の図で描いたもので、どれほどの美女も死すればこうなる、煩悩を冷ませと説く仏教絵画ですが、伊豫田氏はそのタイトルを、初々しい蕾から開花、衰え萎んで地に落ち、朽ちてゆく百合の絵に与えておられます。盛りの百合を束ねた図は、ギリシア神話の多頭の怪物「ヒドラ」をタイトルとしています。

……と興にのって画集を逍遙していたら、規定の字数をだいぶ超過してしまいました。

伊豫田晃一氏に舞台美術、舞台衣裳のデザインを託す、具眼の演劇関係者はおられないかなと夢想しつつ擱筆します。

あとがき

文庫の解説は、せいぜい十篇ぐらいしか書いていないと思っていたのですが、日下三蔵さんと担当編集者の岩崎奈菜さんが丹念に拾い集めてくださって、なんと単行本一冊分もあると知り、たまげています。何十年も前のものまで、よくまあ探しだしてくださったことよと、お二方の探索力とご尽力に叩頭せずにはいられません。

解説文も、エッセイと同様、きわめて苦手なのでありました。ついでに言うと、あとがきを書くのも苦手です。以前、あとがきを書けと編集の方に言われ渋っていたら、大好きな漫画家さんの本を、どっさりくださったので、変節したことがあります。(あ、このあとがきは渋っていません。自発的に書いています。)

目下、ジョン・コナリー『キャクストン私設図書館』(田内志文訳)を読んでいる最中なのですが、訳者はあとがきに〈(略)コナリー作品は、なんの期待や予測も抱くことなく足を踏み入れ、踏み出していかなくては存分に味わうことができない森のようなもの。何が飛び出してくるか分からない曲がり角を曲がり続けていく緊張感を持ちながらページをめくってこそ、なのです。〉と記しておられます。

コナリーは特に顕著ですが、どの作家のどの作品にしろ、先入観を持たずじかに接するのがもっともよい読書法だと思います。

私はここ数年、『辺境図書館』という総タイトルで、子供のころから現在に至るまでの、興味を持った本の紹介を連載しています。〈辺境〉が示すように、愛読の書でもよく知られた作には触れず、埋もれがち、消えがちなものをなるべく選ぶようにしています。とうに絶版になり入手も困難な作については、まず、その内容を要約して記さなくては、読者に通じません。文章の引用をまじえて、おおまかなあらすじを記すようにしています。

しかし、発売されたばかり、いま店頭においてある、という書物の場合は、新鮮な驚きや喜びを読者から奪わないよう、それでいて内容の魅力が読者に伝わるようにと心がけるのですが、たいそう難しいです。

翻訳書の場合、訳者あとがきは、解説を兼ねることが多い。コナリーの訳者田内氏のあとがきはたいそう巧みで、私は読まずにはいられなくなりました。まだ途中なのですが、ごく短い掌篇の、ラスト近くの数行に惹かれ、私が解説を書いたら、この部分を引用したい誘惑に駆られるだろうなと、自戒しました。

文庫解説は、本文より先に読まれることが多い。読者に作品の魅力をまず伝えなくてはならない。しかし、内容に深く触れることはできない。作者の他の作も読み込む必要もあります。

書評を専門とする方々は、その点たいそう優れておられると、いつも感嘆します。私は筆が至らず、つい、作者との私的な関わりなど書いてしまいます。

今読み返すと、懐かしいのですが、気恥ずかしくもあります。そして解説を書くのは難しいといいながら、自作の文庫解説は他の方にお願いしているのですから……申し訳ないです。

日下さん、岩﨑さんの並ならぬご尽力に、あらためて深い謝意を表します。そうして、前の随筆集に引き続き、今度も勿体ないほど美しい装画装丁で造本してくださった新倉章子さん、柳川貴代さんにも、篤く感謝しています。

皆川博子

二〇二一年六月

編者解説

日下三蔵

昨二〇二〇年九月に河出書房新社から刊行した『皆川博子随筆精華　書物の森を旅して』は、おかげさまでご好評をいただき、ここに第二弾をお届けできることになった。今回は、以前から作りたくてたまらなかった「皆川博子解説&書評集成」である。

前回、手元に蒐(あつ)めた単行本三冊分以上のエッセイから一冊分だけを選ばなくてはならなかったが、私としては何をおいても解説集を作っておきたいと思った。だが、担当の岩崎さんから、いきなり解説集はディープ過ぎて一般読者に敷居が高過ぎるので、まずは普通のエッセイ集を作りましょう、と言われ、それももっともだ、と思い直したのである。

芝居の世界には、通な観客を意味する「見巧者(みごうしゃ)」という言葉があり、そこから転じて小説の読み方の鋭い人のことを「読み巧者」と言ったりする。作者の狙いや工夫の跡を的確に把握し、作品の読みどころをズバッと指摘してみせるような人で、本来であれば文芸評論家などという人種は、全員が読み巧者であって然るべきなのだろうが、なかなかそうはいかない。

早い話、かくいう私が読み手としては至極凡庸と自覚していて、量だけは馬鹿みたいに読んでいるおかげで、誰がどこにどんな作品を書いているとか、作品の成立事情といったトリビアはたくさん知っているから、解説でも、なるべくたくさん、それを披露しようと努めているに過ぎない。

常にアッと驚くような読み方を提示してくれる読み巧者の評論家としては、若島正さんとか巽(たつみ)

昌章さんが思い浮かぶが、凡人としては遠く仰ぎ見ることしかできないので、毎度のことながら、データだらけの無味乾燥な解説を書くしかない。

むしろ、ミステリの世界では一流の作家が同時に読み巧者であることが多い。いや、これは話が逆で、優れた読み手だからこそ、書き手としても卓越した技量を発揮できるのだろう。『幻影城』の江戸川乱歩や、『黄色い部屋はいかに改装されたか?』の都筑道夫などが、その代表格である。作家デビュー以前から博覧強記の評論家として活躍していた北村薫、山口雅也の両氏も、この系譜に連なる書き手だし、笠井潔、法月綸太郎の両氏のように実作者でありながら優れた評論を数多く発表している人もいる。

評論集がまとまっていない作家で、文庫解説などから読み巧者ぶりが伝わってくるツートップは、瀬名秀明さんと皆川博子さんのお二人だと、常々思っていた。瀬名さんの文庫解説集は、二〇一七年に電子書籍として刊行されたので、今回、念願だった皆川さんの解説&書評集を編む機会を得て、本当にうれしい。

もっとも、皆川さんの読み巧者ぶりは、『インポケット』から『群像』に移って連載中の読書エッセイ「辺境図書館」シリーズを読めば明らかなので、殊更(ことさら)に編者の手柄として吹聴することは出来ない。このシリーズは、講談社から『辺境図書館』(17年4月)と『彗星図書館』(19年8月)、二冊の美しい単行本になっていて、遠からず三冊目も刊行されることだろう。

本書の構成について一言。対象となる作品のジャンルによって、全体を大まかに四つのブロックに分け、それぞれのブロックは概ね作品の刊行順とした。ただし、同じ著者について書かれたものは、一ヶ所にまとめてある。

タイトルページに対象となる作品の書影と刊行データを載せ、各篇の末尾に初出または再録のデータを記した。末尾に何も書いていない文章と再録のデータしか載っていない文章は、タイトルページの本のために書かれた解説ということになる。

第一部　ミステリ

「反転の美学」『江戸川乱歩全集　第二十三巻　少年探偵団』講談社　79年4月

「妖しきは乱歩体験」（巻末エッセイ・乱歩と私）『江戸川乱歩推理文庫18　緑衣の鬼』講談社　89年4月

「明智小五郎、探偵デビュー」江戸川乱歩『明智小五郎事件簿I』集英社文庫　16年5月

「解説——登場人物に少しの甘さもないミステリ」南條範夫『いつかあなたが』徳間文庫　85年6月

「解説」北村薫『六の宮の姫君』東京創元社（創元クライム・クラブ）　92年4月

「解説」竹本健治『カケスはカケスの森』徳間文庫　93年12月

「解説」綾辻行人『時計館の殺人』講談社文庫　95年6月

「私の『十角館』」綾辻行人『十角館の殺人　限定愛蔵版』（SPECIAL BOOKLET）講談社　17年9月

「異界」（巻末エッセイ）小栗虫太郎『成吉思汗の後宮（ゼナーナ・ジンギスカン）』講談社文庫コレクション大衆文学館

95年12月
「解説」小池真理子『柩の中の猫』新潮文庫　96年7月
「官能の風景」小池真理子『小池真理子短篇セレクション・2官能篇　ひぐらし荘の女主人』
　河出書房新社　97年7月
「解説」東野圭吾『秘密』文春文庫　01年5月
「解説」恩田陸『三月は深き紅の淵を』講談社文庫　01年7月
「キーワードは〝懐かしさ〟」『本の話』03年10月号　＊恩田陸『まひるの月を追いかけて』に
　ついて
「序」倉田啓明『稚兒殺し――倉田啓明譎作集』龜鳴屋　03年8月
「解説」篠田真由美『アベラシオン』講談社　04年3月
「いつまでも読み継がれて」『都筑道夫少年小説コレクション1　幽霊通信』本の雑誌社　05年
　8月
「大坪砂男をぱくった男」『大坪砂男全集2　天狗』創元推理文庫　13年3月
「解説――真の贅沢――」服部まゆみ『この闇と光』角川文庫（改版）　14年11月
「解説」三津田信三『幽女の如き怨むもの』講談社文庫　15年6月
「アリス賛歌」有栖川有栖『江神二郎の洞察』創元推理文庫　17年5月
「解説」泡坂妻夫『迷蝶の島』河出文庫　18年3月

第一部には、ミステリ作品に寄せた文章を蒐めてみた。倉田啓明は明治末期から昭和初期にかけて活動した小説家だが、贋作事件や盗作事件を起こしたため、長らく忘れられた作家となっていた。鮎川哲也がアンソロジー『怪奇探偵小説集』（76年2月／双葉社）に短篇「死刑執行人の死」を採ったことで、一部のミステリ・ファンに強烈な印象を残した。その倉田の作品集を出した龜鳴屋は、石川県金沢市で活動するリトルプレス。『稚兒殺し――倉田啓明譎作集』は皆川さんが序文、巻末解説は作家デビュー前の西村賢太氏が担当していた。芥川賞作家の西村さんは、一般には純文学作家として知られているが、実は大変な探偵小説通でもある。

第二部　時代小説

「解説」藤沢周平『霜の朝』新潮文庫　87年2月
「解説」藤沢周平『風の果て　下』文春文庫　88年1月
「解説」南條範夫『三世沢村田之助――小よし聞書』文春文庫　92年4月
「忘れられない蕭条たるラスト」『山田風太郎忍法帖7　魔界転生　下』講談社文庫　99年4月
「解説という名のひそかなお便り」久世光彦『逃げ水半次無用帖』文春文庫　02年2月
「解説――時代小説の王道を誠実に歩む」宇江佐真理『おぅねぇすてぃ』祥伝社文庫　04年4月
「作品『きりしとほろ上人伝』」『別冊宝島　作家たちが読んだ芥川龍之介』宝島社　07年1月
「解説」宇月原晴明『安徳天皇漂海記』中公文庫　09年1月
「「吉野葛」」『池澤夏樹＝個人編集　日本文学全集15　谷崎潤一郎』（月報）河出書房新社　16

年2月

第二部には、時代小説に寄せた文章を蒐めてみた。原則に従えば、芥川龍之介「きりしとほろ上人伝」について書かれた文章には、初刊本の書影を入れるべきなのだが、戦前の本であるため、皆川さんの文章が掲載された本の画像を載せておいた。

幕間　推薦文

日影丈吉『恐怖博物誌』出版芸術社（ふしぎ文学館）　94年8月
ヒュー・オールダシー＝ウィリアムズ『人体の物語』早川書房　14年8月
『マルセル・シュオッブ全集』国書刊行会　15年6月
上田早夕里（さゆり）『セント・イージス号の武勲』講談社　15年9月
ピエール・ルメートル『天国でまた会おう』早川書房／ハヤカワ・ミステリ文庫（上巻）　15年10月
佐藤亜紀『吸血鬼』講談社　16年1月
山本掌『月球儀』ＤｉＰＳ．Ａ　18年3月
倉数茂『名もなき王国』ポプラ社　18年8月
佐佐木定綱『月を食う』角川文化振興財団（発行）／ＫＡＤＯＫＡＷＡ（発売）　19年10月

前半二部と後半二部の間に、本の帯に寄せられた推薦文を蒐めてみた。いずれも一行から数行という、ごく短いものだが、作品の本質を見事に言い表した素晴らしいコピーばかりである。

第三部　海外文学／コミック／現代文学／ノンフィクション

「『夜のみだらな鳥』リアルに屹立（きつりつ）する幻想の迷宮」（おかしな不思議な奇想小説）『ミステリマガジン』92年5月号

「香り高い残酷さ」ボアロー＝ナルスジャック『悪魔のような女』ハヤカワ・ミステリ文庫　96年7月

「解説」『アガサ・クリスティー自伝　下』早川書房（クリスティー文庫）　04年10月

「解説」エドワード・ケアリー『望楼館追想』文春文庫　04年11月

「解説」C・J・サンソム『暗き炎　下――チューダー王朝弁護士シャードレイク』集英社文庫　13年8月

「解説　レオ・ペルッツの綺想世界」レオ・ペルッツ『アンチクリストの誕生』ちくま文庫　17年10月

「解説」アンナ・カヴァン『アサイラム・ピース』ちくま文庫　19年7月

「センチメンタル・マーダー」『恋って何ですか？――27人がすすめる恋と愛の本』河出書房新社　19年11月　＊ローデンバック『死都ブリュージュ』について

「シュール　で　ほわー」坂田靖子『マーガレットとご主人の底抜け珍道中（望郷篇）』ハヤカワ

文庫ＪＡ　97年7月
「解説《坂田靖子》を読むしあわせ」坂田靖子『水の片鱗――マクグラン画廊』白泉社文庫　99年9月
「妖美な世界が展開する横溝作品の魅力」つのだじろう『犬神家の一族』講談社漫画文庫　01年9月
「時を越えて読み継がれていく魅力」『本の話』07年11月号　＊桜庭一樹『私の男』について
「凄まじい力　佐藤亜紀『スウィングしなけりゃ意味がない』」『本の旅人』17年3月号
「『語り物の宇宙』（川村二郎著）」（私の一冊）『朝日新聞』93年10月3日付朝刊
「江戸語事典」（無人島へ持っていく本）『小説新潮』95年1月号
「万葉集より」（ことばのタイムカプセル）『オール讀物』00年11月号
「江戸の町にうごめく〈魔〉」『波』96年9月号　＊下山弘『お江戸怪談草子』について
「解説」斎藤明美『高峰秀子の捨てられない荷物』文春文庫　03年3月
「強国牽引し発展膨張『悪党たちの大英帝国』君塚直隆著」『静岡新聞』20年12月20日付朝刊
ほか

第三部には、海外文学、コミック、現代文学、ノンフィクションに寄せた文章を蒐めてみた。『万葉集』について書かれた文章は、書影の入れようがないため、空欄としてあることをお断りしておく。

第四部　幻想／SF／ホラー

「解説――闇に仄(ほの)みえる華麗な色彩」赤江瀑『蝶の骨』徳間文庫　81年6月
「解説」赤江瀑『夜叉の舌――自選恐怖小説集』角川ホラー文庫　96年4月
「華麗な逸脱」赤江瀑『灯籠爛死行』（赤江瀑短編傑作選・恐怖編）光文社文庫　07年3月
「冬の薔薇」『中井英夫全集2　黒鳥譚』（付録）創元ライブラリ　98年12月
「解説」津原泰水『蘆屋家の崩壊』集英社文庫　02年3月
「解説――私の「憑物体験」」京極夏彦『文庫版　百鬼夜行――陰』講談社文庫　04年9月
「解説」宮木あや子『太陽の庭』集英社文庫　13年2月
「解説」千早茜『夜に啼(な)く鳥は』角川文庫　19年5月
「解説」恩田陸『禁じられた楽園』徳間文庫（新装版）20年3月
「カイセツ」牧野修『万博聖戦』ハヤカワ文庫ＪＡ　20年11月
（解説）吉田良一『アナトミック・ドールⅡ――吉田良一人形作品集』トレヴィル（発行）／リブロポート（発売）95年12月
「解説」吉田良『Astral Doll――吉田良　少女人形写真集』アスペクト　01年10月
「私は、摑まれた。」佳嶋『DELTA OF VENUS――佳嶋作品集』エディシオン・トレヴィル（発行）／河出書房新社（発売）08年4月
（無題）中川多理『夜想#中川多理――物語の中の少女』ステュディオ・パラボリカ　18年5月

「幻想の結合と変容」『アルス・コンビナトリア　伊豫田晃一作品集　特別限定版』（別冊小冊子）エディシオン・トレヴィル　20年4月

第四部には、幻想小説、SF、ホラーに加え、写真集や画集などのヴィジュアル本に寄せられた賛辞を蒐めた。非小説のヴィジュアル本を含むため、ブロック名は「幻想／SF／ホラー」とした。

著者の幻想小説集『ゆめこ縮緬』（98年5月　集英社）の表紙に作品が使用された人形作家の吉田良一氏は、二〇〇一年に吉田良に改名しており、本書には二つの名義の写真集に寄せられた文章が入っている。

伊豫田晃一氏の画集に封入されている小冊子には、作品の図版が多数掲載されていて、皆川さんの文章もそれを前提としたものになっているが、本書では絵を収録させていただくページ数の余裕はなかった。『クロコダイル路地』連載時の挿絵については、本文にもあるように、講談社文庫版に全点が入っているので、ぜひ参照していただきたい。

皆川さんによると、解説は依頼を受けて書くものだから、必ずしも偏愛する作品ばかりとは限らない、とのことだったが、それでも編集者が皆川さんに依頼しようと考えるだけあって、皆川さん好みの作家や作品について書かれているケースが、圧倒的に多いように思う。そして、どの文章からも、作家と作品に対する敬意が滲み出ており、小説を、物語を心から愛しておられることが伝わってくるのである。

当初の構想の通り、読み応えのある本になったと思っているが、最後にお断りしておかなくてはならないことがある。本書には、皆川さんの書いた解説、書評、推薦文を可能な限り蒐めたつもりだが、まったく洩れがないとは言い切れない点である。いや、恐らくかなりの収録洩れがあるのではないだろうか。

私は一九九〇年ごろから、皆川さんが解説を書いた本をリスト化しているが、自分が特に熱心に読んでいるジャンルでない限り、すべてを網羅してチェックするのは不可能だからである。ご本人の著作ならばともかく、他人の本の解説となるとインターネットでの検索にも限界がある。現に、今回の編集作業中に新たに見つかった解説も、いくつかあって肝を冷やした。

本書に収録されていない皆川さんの解説をご存じの方がいらっしゃったら、ぜひ編集部までご一報ください。本書が文庫化されるときに増補するなり、「随筆精華」シリーズの三冊目が出せたら、そこでフォローするなり、出来る限りの対応を考えたい。

とはいえ、本数にして七〇篇以上、三三〇ページに及ぶ本書は、小説が好きで好きでたまらない作者が、小説の神に宛てて出した恋文を凝縮したような一冊となっているはずである。一気に通読するのが困難なほどの密度だが、編者にとっては折に触れて何度も繙（ひもと）きたい、まさに偏愛の宝物だ。小説が好きで好きでたまらない読者の皆さんも、同じように感じてくれることを祈っている。

（くさか・さんぞう　ミステリ評論家）

皆川博子（みながわ・ひろこ）

一九三〇年生まれ。七二年『海と十字架』でデビュー。七三年「アルカディアの夏」で小説現代新人賞を受賞後、ミステリ、幻想小説、時代小説、歴史小説等、幅広いジャンルで創作を続ける。八五年『壁――旅芝居殺人事件』で日本推理作家協会賞、八六年『恋紅』で直木賞、九〇年『薔薇忌』で柴田錬三郎賞、九八年『死の泉』で吉川英治文学賞、二〇一二年『開かせていただき光栄です』で本格ミステリ大賞を受賞。一二年日本ミステリー文学大賞、一五年文化功労者。

皆川博子随筆精華 II
書物の森への招待

二〇二一年 七 月二〇日 初版印刷
二〇二一年 七 月三〇日 初版発行

著　者　皆川博子
編　者　日下三蔵
発行者　小野寺優
発行所　株式会社河出書房新社
〒一五一-〇〇五一 東京都渋谷区千駄ヶ谷二-三二-二
電話　〇三-三四〇四-一二〇一（営業）
　　　〇三-三四〇四-八六一一（編集）
https://www.kawade.co.jp/

本文組版　株式会社創都
印刷・製本　三松堂株式会社

Printed in Japan
ISBN 978-4-309-02974-0

【好評既刊】

皆川博子随筆精華
書物の森を旅して

皆川博子　日下三蔵 編

◇河出書房新社
◇二〇二〇年九月刊

敬愛する作家、
魅了された小説、
お気に入りの芝居や絵画、
海外取材記、そして、
創作への想い。

＊

小説の女王の偏愛と美学に満ちた
とっておきのエッセイ集、第一弾

＊

単行本未収録94篇を精選